참마도 新무협 판타지 소설
FANTASTIC ORIENTAL HEROES

귀궁사 7

참마도 新무협 판타지 소설

초판 1쇄 찍은 날 § 2010년 2월 5일
초판 1쇄 펴낸 날 § 2010년 2월 12일

지은이 § 참마도
펴낸이 § 서경석

편집장 § 문혜영
편집책임 § 서지현
편집 § 주소영

펴낸곳 § 도서출판 청어람
등록번호 § 제1081-1-89호
등록일자 § 1999. 5. 31
어람번호 § 제2-1884호

주소 § 경기도 부천시 원미구 심곡 2동 163-2 서경B/D 3F (우) 420-822
전화 § 032-656-4452 팩스 § 032-656-4453
http://www.chungeoram.com
E-mail § chungeoram@chungeoram.com

ⓒ 참마도, 2009

ISBN 978-89-251-2079-9 04810
ISBN 978-89-251-1890-1 (세트)

귀궁사
鬼弓士
참마도 新무협 판타지 소설
FANTASTIC ORIENTAL HEROS
7
[완결]

도서출판 청어람

第一章
하남성, 소림사 선방

　고즈넉한 산사의 오후, 선을 수련하는 사람들이 있는 곳이라 그런지 경건하기 그지없었다.

　은은한 불향과 함께 느껴지는 선기에 방문하는 사람들의 고개가 절로 숙여지는 곳, 이곳이 바로 소림사였다.

　한데 그 소림사 경내에서 전혀 어울리지 않는 풍경이 펼쳐지고 있었다. 장소가 주는 경건함과는 달리 그 안에 있는 사람들은 한결같이 긴장감 어린 얼굴을 하고 있었다.

　거의 이십여 명에 가까운 그들은 모두 구파일방의 사람들이었다. 아직 대회까지는 이틀이 남은 상황이지만 이미 이들이 다 모여 있는 것만으로도 대회는 열린 것이나 다름없었다.

　어쩌면 오랜만에 만났을 테니 반가울 만도 하건만 그들의 얼굴이 그리 좋아 보이지 않았다. 제일 상석에 있는 소림의 장문

일선사 공료의 표정 또한 마찬가지였는데, 아무래도 심각한 이야기를 주고받은 듯했다.

"하면 공료 대사께서는 무엇을 알고자 하시는 것입니까?"

낭랑한 목소리 하나, 화산의 사람들을 이끌고 온 산호검(山虎劍) 야경(野競)의 목소리였다. 그 목소리에 공료는 고개를 돌리며 말했다.

"당연히 진실을 알고 싶은 것이오. 십 년 전 귀문이 어떻게 되었는지 말이외다. 그리고 그 중요한 열쇠는 다름 아닌 귀 파의 제자가 가지고 있다 알고 있소이다."

말과 함께 그는 고개를 돌려 바로 옆을 바라보았다. 그곳엔 무당의 사람들이 앉아 있었고, 그중 특히 한 사람의 얼굴이 눈에 들어왔다.

미검자 학산 장로의 옆에서 살풋한 웃음을 짓고 있는 사내, 가화준이라는 이름을 가진 사내였다.

그는 여기 들어온 이후 단 한마디도 입을 열지 않았다. 그저 다른 사람들이 이야기하는 것을 조용히 듣고만 있었는데, 그럼에도 불구하고 묘한 신경이 쓰이는 사내였다.

마치 모든 것을 다 알고 있다는 듯한 표정, 사람을 놀리는 듯한 그 표정은 묘하게 공료의 마음을 휘젓고 있었던 것이다.

"진실이라… 장문인의 말씀은 십분 이해하오만 그것이 지금의 현실에 어떤 영향이 있는지 궁금하오이다. 지금 우리는 육마에 대한 이야기를 하고 있었던 것이 아니오이까?"

무당의 학산 장로는 슬쩍 손을 휘저으며 입을 열었다. 그건 확실히 주의를 끌려는 동작, 마침 가화준이라는 사람에 대한 주의가 막 모아지려는 순간이었다.

왠지 그에게 사람들의 관심이 향하는 것이 부담스러운 듯한 학산 장로의 모습에 공료는 미간에 주름을 만들었다. 너무도 의도적으로 화제를 몰아가는 것이 눈에 보였으니……

"육마에 대한 이야기이기에 하는 것이오이다. 십여 년 전, 분명 우리는 육마를 제거했다고 믿었소이다. 그런데 지금 그들의 발호가 보여지고 있소이다. 이런데도 과거의 일을 묻어버린 채 나아가자는 말씀이시오이까?"

공료는 그냥 넘어가지 않겠다는 의사를 분명히 하자 학산 장로는 살짝 난처한 얼굴을 만들었는데, 공료가 이렇게 나온다면 그로서도 할 말이 없는 것이다.

이 회의의 주최자는 분명 공료였고 그건, 얼마든지 그가 회의의 주제를 바꿀 수 있다는 뜻이었다. 그러니 학산 장로로서는 어찌할 도리가 없었던 것이다.

그러나 이대로 있을 수는 없었다. 그가 가만히 있는다면 공료는 십 년 전의 이야기를 꺼낼 것이고, 그렇게 되면 듣기 싫은 이야기를 또 듣게 될 터였다.

이미 남궁가와 팽가가 있던 객잔에서 한 번 들었던 이야기, 그 이야기가 공론화되어 봤자 좋을 것이 없었다. 그건 이대로 묻고 끝나야 하는 이야기가 분명했다.

"진실이라… 어떤 진실을 말씀하시는 것입니까? 장문께서는 혹 이 사람에게 묻고 싶은 것이 있으십니까?"

"자네, 누가 나서라 했나!"

가화준이 입을 열자 학산은 당황해하며 소리쳤다. 자칫하면

이 모든 노력들이 수포로 돌아갈 수도 있었다. 지금은 조용히 해주는 것이 그를 돕는 길인 것이다.

"소림의 장문인이십니다. 궁금해하시는 것이 있으면 당연히 알려 드려야지요. 본 파와 소림과의 관계를 생각한다면 이것은 너무도 당연한 도리가 아닙니까?"

"……."

너무도 당당한 가화준의 목소리에 오히려 학산은 입을 다물 수밖에 없었다. 그로서는 뭐가 그리 당당한지 도무지 이해가 안 되었다.

제정신이 박힌 사람이라면 부끄러워해야 할 이야기였다. 사흘 전에 객잔에서 십 년 전의 일을 먼저 들은 후 학산은 머릿속이 멍해져 어떤 일도 할 수가 없었다.

지금 이 순간까지도 말이다. 그런데 그 이야기를 지금 또 하겠다는 것이니, 기겁할 만한 것이다.

"그리만 해준다면 난 정말 족하네. 그럼 하나 묻겠네. 대체 어찌 된 것인가? 아니… 이건 좀 다른 이야기로군. 달리 이야기하지."

기회를 놓치지 않겠다는 듯, 공료는 바로 말문을 열었고, 학산은 또다시 머릿속이 멍해졌다. 공료의 이야기는 다시금 들려왔다.

"우선 하나 알고 싶은 것이 있네. 단야라는 친구… 알고 있겠지?"

"물론입니다. 여기 오기 전까지는 몰랐지만 보는 순간 알 수 있더군요. 잘 알고 있습니다."

가화준의 선선한 대답에 공료는 고개를 끄덕였다. 이렇게 가면 되는 것이다. 그는 큰 호흡을 두며 다시 말했다.

"단야, 그 친구… 초운이 아니던가? 난 그리 확신하네만."

가장 중요한 일이었다. 난자된 얼굴 때문에 확인할 수는 없었지만 그 성격이나 각오의 태도를 보면 틀림없는 소림의 초운이었다.

아니, 솔직히 이자가 틀리다고 말하더라도 이미 그는 단야를 초운으로 인정하고 있었다. 무엇이 어떻게 되든 그 점은 변함이 없었던 것이다.

그저 증거가 필요한 것이다. 가장 단야를 잘 알고 어릴 때부터 친구였던 사내이니 그의 말은 틀림이 없을 터였다.

"이미 확신하고 계신데 어찌 제 말이 필요하신지요? 믿고 싶으면 그리 믿으시면 되는 것 아닙니까?"

묘한 이야기였다, 다 아는 이야기를 왜 묻는냐는 듯한 소리. 하나 공료는 그의 입으로 듣고 싶었다.

"훗하, 그러나 그토록 궁금하시다면 말씀드리지요. 맞습니다. 그 친구가 초운입니다. 이제 답이 되셨습니까?"

"아-미타불……."

나직한 불호와 함께 공료는 두 눈을 질끈 감았다. 역시 자신의 판단은 틀리지 않았다. 단야를 위한 그의 파격적인 노력은 정당했던 것이다.

소림의 희망이 돌아왔다. 소림에서도 각오를 제외하고 누구도 연성하지 못했던 역근경을 최연소로 연성한 사람이 돌아온 것이다.

십 년의 시간을 격하고 말이다. 그러나 그 만남은 너무도 기쁜 것이나 어째서 이런 일이 일어났어야 하는지 그것에 대한 이야기는 전혀 없었다. 오늘 그가 하고 싶은 이야기는 바로 이것이었던 것이다.

"분명 본인을 비롯한 소림의 사람들은 십여 년 전 운아가 죽었다고 알고 있었네. 그 점은 누구보다 자네가 제일 잘 알고 있을 것이라 믿네."

차분하지만 날카로운 기운이 담긴 목소리였다. 가화준을 향한 그 목소리에 학산 장로의 안색은 눈에 띄게 변했다.

"물론입니다. 제가 그리 이야기했으니까요.. 분명 전 그 친구가 이미 세상 사람이 아니라고 했지요."

너무도 순순히 시인하는 그를 보며 공료는 미간을 찡그렸다. 이렇게 이야기하는 것을 보니 무언가 믿는 구석이 있는 것 같았기 때문이다.

물론 무당의 위세를 믿고 이럴 수도 있겠지만, 그건 상황에 맞지 않았다. 무당의 위세라는 것은 다른 문파의 앞에서나 가능한 일이었다. 적어도 이곳에서 펼 수 있는 것은 아닌 것이다.

소림, 이 두 글자가 가지는 힘은 그리 작은 것이 아니다. 강호라는 곳에서 소림의 힘은 황제와도 같은 것인 것이다.

자금성에 있는 황제가 부럽지 않을 정도로 말이다. 그러니 무당의 위세를 믿고 이야기하는 것은 절대 아닐 터였다.

"왜 그렇게 이야기했는지 말해줄 수 있나? 자네가 이틀 전에 객잔에서 한 이야기는 익히 들어 알고 있네만."

쓸데없는 이야기는 빼라는 뜻이었다. 지금 소림의 경내는 물론이고, 소림이 위치한 등봉현에서는 소문 하나가 파다하게 돌고 있었다.

무당의 가화준에 대한 이야기, 그가 남궁세가와 하북팽가가 머물고 있는 객잔에서 한 이야기가 떠돌고 있었던 것이다.

모두가 다 사실인지 아닌지는 아직 모르지만 보고를 받았을 때, 공료는 정말 크게 놀랐다. 설마 십 년 전에 그런 황망한 일이 일어났을 줄은 미처 몰랐던 것이다.

그 와중에 초운이 희생된 것이 못내 화가 날 뿐이었다. 이미 십 년의 시간이 흘렀지만 지금이라도 정말 제대로 된 진실을 알고 싶은 것이다.

"왜… 라는 것은 이유를 말하는 것이군요. 그렇다면 간단합니다. 저 역시 그가 죽은 줄 알았으니까요. 그뿐이지요."

정말 간단한 이야기였다. 초운이 살아 있는 줄 몰랐다는 그의 말, 그렇게 이야기한다면 공료 역시 할 말은 없었다. 한데 그때였다.

"저 역시? 지금… 그리 이야기한 것인가?"

초운이 죽었다고 이야기한 것은 분명 여기 눈앞에 있는 가화준이다. 그런데 그의 말속에서 기이한 것이 느껴졌다.

그의 말투로 미루어보았을 때 초운이 죽었다는 것을 안 것은 그 혼자가 아닌 듯싶었던 것이다. 그러자 가화준은 빙긋 웃었다.

"하하하, 장문인께서는 참으로 재미있으시군요. 아니, 순수하신 것인가요?"

"…지금 무슨 말을 하는 겐가?"

살짝 비웃는 듯한 가화준의 목소리에 공료는 노기를 띠며 말했다. 말투가 도를 넘어서고 있었던 것이다.

"객잔에서의 이야기를 들어 알고 계신다니 더 이야기하지 않겠습니다만, 하면 제가 묻지요. 제가 무슨 수로 귀문 귀궁사의 가족들을 찾을 수 있었을까요? 저 역시 무당에서 수련하는 한 사람일 뿐이었을 텐데 말입니다."

"……."

말과 함께 그는 눈을 돌려 어딘가를 바라보았다. 그곳엔 상거지 꼴의 인물이 한 명 있었는데, 다름 아닌 개방의 상절개(相折丐) 우복(友福)이었다.

항상 웃고 떠들며 분위기를 즐겁게 만드는 인물이 오늘은 전혀 말을 하지 않고 있었다. 대신 무거운 표정을 지은 채 한일자로 입을 꼭 다물고 있을 뿐이었다.

"육마와 귀문이 한꺼번에 사라졌는데도 강호에서는 아무도 몰랐지요. 물론 귀문의 신출한 힘이 있기에 가능한 것이지만, 소문 자체가 그토록 쉽게 사라질 수 있다고 보십니까?"

가화준이 이번에 바라본 이는 화산의 산호검 야경이었다. 그리고 그 말에 공료는 무언가를 느꼈다.

화산이 소문을 차단한 것이다. 그저 관에서 어떤 힘이 있어서 그들이 차단한 것이 아니라 요녕과 가까운 화산에서 이를 차단한 것이다.

아니, 그게 문제가 아니었다. 중요한 것은 이 일을 알고 있는 것이 이들뿐만이 아니라는 점이었다.

무당을 필두로 한 구파일방, 소림의 자신을 제외하고 모두들 입을 꽉 다물고 있는데, 그 모습에서 공료는 무엇인가를 느꼈던 것이다.

"그렇군."

자신도 모르게 그는 주먹에 힘을 주었다. 그리고는 곧 나직한 그의 목소리가 허공에 흘렀다.

"모르고 있던 것은 소림뿐이었다, 이건가?"

빠각.

꽉 쥐어진 공료의 주먹 속에서 염주알 하나가 박살났다.

＊　　　＊　　　＊

숫.

이상하는 조용히 손을 내렸다. 지금껏 정성스럽게 단야의 팔을 잡고 그의 상세를 살피던 그녀였지만 왠지 얼굴은 그리 좋은 표정이 아니었다.

언뜻 살펴보면 언제나 그렇듯 표정은 없어 보였지만 오늘은 특히 더 굳어져 있었다. 아니, 시간이 지나면 지날수록 점점 더 굳어져 가고 있었다.

이유는 단 하나, 전혀 차도가 없는 단야의 상세 때문이었다.

"오늘도 정성이구나."

"오셨습니까?"

뒤쪽에서 들려오는 목소리에 그녀는 여린 목소리를 내었다. 누구인지는 너무도 잘 알고 있었다. 이 초옥에 그녀만큼이나 자주 들르는 노인, 현세연의불 각오였다.

"이 늙은이야 할 일이 없으니 오는 것이지만, 네가 걱정이구
나. 아무리 이 녀석이 중요하다 하더라도 네 몸부터 돌봐야지."

"제가 어디 아픈 곳이 있나요. 그저 이런 상황에 도움이 되지
않으니 답답할 따름입니다."

솔직한 기분을 담아 그녀는 이야기했다.

무력감, 그녀의 가슴속에 휘돌고 있는 것은 다름 아닌 처절한
무력감이었다.

의술을 행하는 사람임에도 불구하고 단야를 어찌해 볼 수 없
다는 사실이 점점 그녀의 얼굴을 어둡게 만들고 있는 것이다.
연의문의 오화라는 이름이 너무도 허명처럼 느껴질 정도였다.

"그리 자책할 것 없단다. 이 녀석의 몸은 네 힘으로 어찌하기
는 어려울 것이다. 나 역시 뭔가를 해보고 싶지만 불가능하
니……."

"……!"

솔직한 각오의 말에 그녀는 살짝 놀랐다. 물론 의술로 본다면
각오보다 그녀 자신이 더 뛰어났지만 그건 일반적인 의술에 관
해서였다.

이렇듯 무공을 하는 사람들의 부상은 전혀 다른 이야기였다.
내력을 사용하여 진맥을 하는 것을 그녀 역시 여러 번 경험한
적이 있었는데, 그 효용이 정말 신묘했던 것이다.

그렇게 진맥하는 사람이 바로 그녀의 사부였다. 비록 사부만
큼 의술에 대한 지식은 없지만 몸을 알고 기색을 살피는 것은
어쩌면 그녀보다 더 뛰어난 사람이 각오일 터였다.

"대사님의 뛰어난 무술로도 알 수 없다는 말씀이시군요. 하

면 어디서부터 생각을 해야 할지……."

난감한 표정을 지으며 그녀는 고개를 좌우로 저었다. 어딘가에서 조그마한 단서라도 얻는다면 무엇이든 해보고 싶지만 그 단서조차 전혀 없었던 것이다.

"차라리 무공에 대한 것이라면 나도 그리 걱정하지 않네. 이 녀석이 익힌 것이 스스로 몸을 돌볼 것이니, 역근경은 그리 녹록치 않은 것이라네."

"역… 근경?"

각오의 말에 이상하는 입속에서 슬쩍 말을 되돌렸다. 뭔가 머릿속에서 느껴지는 것이 하나 있었던 것이다.

단야의 몸 안에서 싸우는 일, 특히나 그가 느꼈던 흉통은 빙혼장에 의한 것이 아니라는 하경과 관여림의 목소리가 스치듯 생각났던 것이다.

몸 안의 무엇인가가 스스로 치유한다는 것, 그것이 바로 역근경이었다. 거기서부터 돌파구를 찾을 수도 있는 것이다.

"대사님, 하면 단 대협의 몸에……."

"역근경을 깨워달라는 것인가? 이 늙은이의 힘으로 말이지? 응?"

"……."

마치 마음속을 들켜 버린 듯하자 그녀는 입을 꽉 다물었다. 이렇게 이야기할 정도면 그 역시 이미 그러한 것을 생각하고 있었다는 뜻이니…….

"확실히 자네의 생각은 틀리지 않아. 내가 가지고 있는 내력으로 이 녀석의 내력을 깨울 수는 있지. 그러나 그것이 과연 옳은 방법인지 난 모르겠다네."

모호한 이야기를 하며 각오는 슬쩍 신형을 움직였다. 어느새 그의 몸은 단야의 침상 머리 쪽으로 가 침상에 걸터앉았다. 그리곤 쪼글쪼글한 손을 내밀어 헝클어진 단야의 머리를 쓰다듬고 있었다. 비록 보이지는 않았지만 그 따뜻한 손 매무새가 느껴지자 이상하는 절로 고개를 숙였다. 각오에게 있어 단야란 존재가 어떤 의미인지 잘 알 수 있었던 것이다.

이곳에 오기 전에 어느 정도 이야기를 들어서 알고 있었다. 단야의 본명이 초운이라는 것과 소림의 사람이었다는 것을 말이다. 그리고 거기에 덧붙여 각오의 제자란 사실도 알았다.

돌아온 제자가 기억조차 사라졌으니 화나거나 놀랄 만도 하건만 각오는 그러지 않았다. 그저 그가 살던 모옥에 다시 그의 몸을 뉘고 이렇듯 바라보고만 있었던 것이다.

"역근경이 대단한 것이긴 하지. 죽음에 이르더라도 한 줌 진기만 있다면 소생이 가능할 정도로… 그러나 난 역근경보다 이 녀석이 더 대단하다고 생각하거든."

"……."

"어릴 때부터 마음이 곧은 놈이었지. 우리들이 정한 세상을 따르는 것이 아니라 그 마음속에서 완성된 세상을 펼치고 싶어 했단다. 어찌나 그 말이 허황되게 느껴졌는지……."

아릿한 표정을 지으며 각오는 시선을 아래로 떨구었다. 단야의 상처투성이 얼굴을 손으로 쓰다듬으며 그는 웃고 있었다.

주름진 노안은 세상 그 누구보다도 자애로운 미소를 담고 있었고, 손길 또한 여인의 그것처럼 부드러웠다. 실제로 의식이 있었다면 간지럽다고 할 정도로 말이다.

“역근경이든 무엇이든 내가 실행한다면 그건 이 녀석의 정신을 건드리게 되는 것이란다. 비록 무공으로는 스스로 한 몸 지킬 수 있다고 생각하지만 치료라는 측면을 생각한다면 난 어린아이와 다를 게 없지.”

각오가 차분히 입을 열자 이상하는 그저 듣기만 했다. 충분히 공감할 수 있는 이야기였다.

“그래서 난 하지 않을 것이다. 그리고 정말 외부적인 수단을 사용하여 치료를 해야 한다면 오직 단 한 사람만이 가능할 것이다.”

각오의 말에 그녀는 살짝 고개를 끄덕였다. 그가 지금 누구를 이야기하는지 너무 잘 알고 있었다. 정신을 건드리지 않고도 깨어나게 할 수 있는 실력을 가진 사람은 아마 단 한 명밖에 없을 터였다.

그만큼 신묘한 의술을 가져야 하는 것이다. 환자가 치료가 되고 있다는 사실조차 모를 정도로 치료해 내는 사람, 바로 그의 사부 연의궁주 도시황뿐이었다.

“잘 알겠습니다만, 그분은 원체 바람과 같은 분이시라 저희 오화도 어디 계신지 모릅니다. 그러니…….”

“해서 내 부탁을 했네. 본산의 사람들로 하여금 그를 찾아달라고 말이야. 그러니 지금쯤 다들 최선을 다하고 있을 것일세.”

“아…….”

그녀는 그제야 주변의 느낌이 달라진 것을 이해했다. 명색이 소림사라면 꽤나 많은 기척이 느껴져야 하건만 생각보다 적은 수의 사람들만이 느껴졌던 것이다.

"그러니 조금 기다려 보는 것이 좋을 것 같아. 게다가 이 녀석을 믿어주기도 해야겠고. 허허……."

너털웃음과 함께 그는 침상에서 일어섰다. 그리곤 창가로 다가가 작은 창을 열어 세상을 바라보았다.

그곳엔 흐릿한 하늘이 보였다. 저녁노을이 조금씩 펼쳐지는 시간, 하루가 마감되는 시간이 서서히 다가오고 있었다.

모든 것이 따뜻하게 느껴지는 그 시간과 풍경이지만 각오는 조금 다른 눈길을 던지고 있었다. 맑은 두 눈 가득 정광이 폭출되고 있었던 것이다.

"결실의 시간이… 다가오는 것이려나."

조용히 읊조리는 각오였다.

2

아무도 말이 없었다. 공료를 비롯한 수많은 사람들 모두가 다 서로 눈치만 볼 뿐, 입을 꽉 다물고 있는 것이다.

공료는 아랫입술을 질끈 깨물었다. 그동안 공문이 알 수 없던 것도 다 이유가 있는 셈이었다. 결국 이들이 모든 정보를 차단하고 있었던 것이다.

어쩌면 관에서 차단하고 있을 것이라 생각했건만 상황은 그보다 더 심했다. 정파의 동료라 생각하는 이들이 소림을 속였던 것이다.

"어째서였소이까?"

이젠 무당의 가화준이 문제가 아니었다. 이들 구파일방의 소리를 듣고 싶었다. 왜 그토록 자신들을 소원하게 만들었는지 말이다.

"어째서 이 소림을 그토록 철저하게 배격한 것이오이까? 십 년의 시간을 숨겨올 정도라면 그만한 이유가 있을 것이라 생각하오."

공료의 목소리가 살짝 떨렸다. 그만큼 그는 분노하고 있었다. 이건 그냥 넘어갈 일이 아니었다.

"정말 모르서서 하는 말씀이십니까? 그렇다면 여기 있는 사람들은 정말 비참해집니다, 공료 대사님."

"무어라?"

가화준의 이야기에 공료의 눈이 매섭게 변했다. 그러자 가화준이 다시 입을 열었다.

"십 년 전 귀문이 강호에 들어 소림에 왔었지요. 그때 역시도 공료 대사님께서 소림의 방장이셨으니 기억하실 것입니다."

"물론이네. 당시 우리 소림에 들어와 이야기했었지. 귀궁사 사백승, 그가 귀문의 대표로 왔었다네. 그것이 뭐 어떻다는 것인가?"

도무지 이해할 수 없는 일이었다. 대체 왜 귀문이 왔던 것이 이 자리에서 회자되는지 말이다. 그들이 소림에 와서 한 이야기는 이미 십 년 전에 끝난 일이었다.

"소림은 아무렇지도 않게 생각하는 문제이겠지만 우린 아닙니다. 대사님, 한 번도 그렇게 생각해 보신 적이 없으십니까?"

"……."

공료의 표정이 굳어졌다. 그제야 이들이 지금 하는 이야기가 무슨 이야기인지 조금씩 알 것 같았다. 십 년 전의 일과 연관지어 본다면 말이다.

십 년 전, 한 사내가 소림을 찾아왔었다. 스스로를 귀문의 수장이라 말했던 사내, 귀궁사 사백승이라는 사내였다.

그는 자신들이 이 강호에서 살아가겠다고 이야기했고, 이를 인정해 달라고 했다. 공료는 그때 웃음이 나왔었다.

소림은 강호에서 조금 큰 방파일 뿐이었다. 강호를 지배하는 것도 아닌데 굳이 와서 이렇듯 이야기할 필요가 없었던 것이다.

스스로 개파를 하면 그만이고 개파한 곳의 무림방파와 좋은 관계를 유지하면 그뿐이었다. 더욱이 개파를 하기로 한 곳 또한 아직 정하지도 않았었다.

그러니 소림의 입장에서는 무엇 하나 말해줄 것이 없었다. 웃으며 그리하라고 축원했던 것이 전부였던 것이다.

“단 네 명이오, 공료 대사!”

문득 들려오는 창노한 소리에 공료는 눈을 돌렸다. 그곳엔 화난 표정의 노인이 자리를 박차며 일어나 있었는데 그가 누구인지는 너무도 잘 알고 있었다.

아미의 비망검(非亡劍) 소현(蘇玄) 사태. 소림과 같이 불자를 모시는 그녀의 입에서 나온 소리는 격한 감정이 담겨 있었다.

“그 네 명이서 강호에 도전장을 던진 것입니다. 그들이 가진 힘이 어떤 것인지 대사께서도 잘 아시지 않소이까!”

“…….”

공료는 살짝 입을 벌렸다. 지금 소현 사태가 하는 말이 도무지 무슨 말인지 알 수 없었다. 아니, 알고 싶지도 않았다.

"단 네 명이서 일파의 힘을 감당할 정도로 강한 자들입니다. 그들이 제대로 된 개파를 한다면 그 여파가 어느 정도인지 짐작이라도 해보셨습니까?"

"그게 무슨 말이오?! 하면 내가 불허라도 해야 했다는 말이오? 무슨 권리로 그런 말을 할 수 있겠소이까!"

공료는 어째서 소현 사태가 이런 생각을 하는지 이해할 수가 없었다. 이건 정말 말도 안 되는 상황이었다.

그런 논리라면 아미가 처음 개파했을 때도 적용할 수 있으리라. 그 당시 먼저 강호에 자리를 잡고 있었던 문파들이 이기적으로 나왔다면 그들 또한 개파는 요원했을 터였다.

물론 그때와 지금은 많은 것이 달라졌다. 문파의 수도 많아졌고 또 그만큼 다양한 무공이 세상에 존재했다. 그 다양한 무공을 바탕으로 문파를 세운다 한다면 용인할 수밖에 없는 것이다.

실제로 많은 문파가 생기고 또 멸해왔었다. 다만 다른 것이 있다면 그들은 감히 구파일방의 틈에 끼려 하지 않았던 것뿐.

어쩌면 귀문이 소림에 온 것 자체가 이들에게 하여금 눈 밖에 난 것일 수도 있었다, 자신들에게는 말할 필요도 없었다는 것처럼 보일 수도 있는 것이다.

"권리는 없지요. 그러나 분명 우린 소림과는 입장이 다릅니다. 그 어떤 바람에도 굳건히 서 있는 소림과 달리 우린 너무나도 초라한 사람들입니다."

"……."

공료의 눈이 좌중의 사람들을 향했다. 그들 모두의 눈 속에서 난생처음 보는 감정이 서려 있음을 그제야 그는 깨달았다.

이미 그들은 그가 아는 구파일방의 사람이 아니었다. 단지 집단 이기주의에 물들어 있는 비정상적인 사람들이 지금 이곳에 있을 뿐이었다.

아니, 이기주의라고 말할 것도 없었다. 자신들보다 강한 자들이 나오는 것을 보지 못하겠다는 것, 그것뿐이었다.

"그런 우리에게 귀문과 육마가 한꺼번에 사라질 기회가 생겼습니다. 대사가 우리 입장이었다면 어찌하겠소이까?"

화산의 산호검 야경이 입을 열었다. 그는 당당하게 이야기했지만 공료는 전혀 그 말에 동조할 생각이 없었다.

"도장께서 내가 그 입장이라면 어찌할 것이냐 물었소?"

공료의 음성이 낮게 깔렸다. 정말 너무도 화가 나니 오히려 크게 소리치고 싶지도 않아졌다는 말이 실감나는 순간이었다.

"이 공료, 그들에게 축하한다고 이야기할 것이오. 한술 더 떠 근처에서 개파를 한다면 더욱더 좋겠지요. 이게 나의 본심이오."

과연 본심인지, 아니면 이기적인 사람들에게 일침을 가하기 위해 일부러 하는 말인지는 모르지만 그의 말에 많은 사람들의 표정이 변하고 있었다.

"그렇습니까? 과연 소림이군요. 이 가화준, 소림의 그러한 여유에 경의를 표합니다."

가화준의 목소리는 묘하게도 공료의 느낌과 비슷했다. 놀리는 것인지, 아니면 원래 성격이 그런지 알 수 없는 가운데 가화준은 피식 웃으며 입을 열었다.

"그런 대단한 소림이 아침부터 바쁜 것 같으니 이 사람, 못내 궁금할 따름입니다. 실례가 안 된다면 그 이유를 알 수 있을까요?"

화제라도 돌리려는 듯 가화준이 말했으나 공료는 입을 꽉 닫았다. 지금의 상황과 전혀 상관없는 이야기를 하고 싶지는 않았던 것이다.

"단야… 그 친구, 무슨 이상이라도 있는 겁니까? 그 때문에 소림이 움직인 것인가요?"

"…누구한테 들었더냐?"

공료는 되물었다. 그런 사실을 그가 알고 있다는 것은, 곧 누군가에게 이야기를 들었다는 뜻인 것이다. 알아보려면 충분히 알아볼 수도 있는 시간이지만 너무나 정확하게 알고 있는 것이 이상했다.

"듣지 않아도 알 수 있습니다. 만일 아무 이상이 없었다면 그 친구는 이곳에 나타났겠지요."

그저 짐작이란 말이었다. 공료가 대답없이 고개를 돌리며 다시금 대화를 원래 주제로 돌리려 한 순간이었다.

"자, 장문인! 장문인!"

다급한 목소리가 귓가에 들려왔다. 선방의 바깥에서 찾는 목소리, 정말 예외적인 경우였다.

아무리 급한 일이라 하더라도 구파일방이 모두 모여 있는 상황에서 자신을 부르지는 않을 터였다. 과거 여러 경우를 비추어 보더라도 이런 일은 거의 없었다.

물론 그런 일이 있기는 있었다. 십여 년 전 육마의 발호 때 한 번 그랬다. 그렇다면 그에 준하는 일이 터졌다는 일이 생겼다고 짐작할 수 있는 상황이었다.

"무슨 일이더냐! 지금 우리가 무엇을 하고 있는지 몰라서 호들갑이냐!"

그리 좋은 기분이 아니기에 공료는 큰 소리를 내었다. 이 정도의 음성이 그에게서 나왔다면 죄송하다는 소리와 함께 인기척이 사라져야 정상이었다.

그런데 그렇지 않았다. 오히려 선방의 문이 열리며 한 사람이 안으로 들어오고 있었다. 그의 사제, 장경각주 공문이었다.

"장경각주께서 무슨 일이신가? 급한 일이라도 있는 거요?"

조금은 불안한 느낌과 함께 공료가 입을 열었다. 그의 눈길은 공문의 손에 든 것에 틀어박혀 움직이지가 않았다.

"장문… 이걸 보셔야겠습… 니다."

어금니를 꽉 깨물며 이야기하는 공문을 보며 공료는 앞으로 나아갔다. 그가 이렇게 말할 정도라면 이건 결코 작은 문제가 아니었다. 공료는 이내 손을 들어 공문의 손에 들린 것을 받아 들어 탁자 위에 올려놓았다.

작은 사각함이었다. 나무로 만들어진 그것은 잘 살펴보니 경내에서 쓰이는 사리함이었다. 아무래도 급하게 집어넣다 보니 이런 곳에 넣은 듯싶었다.

달칵.

아무 생각 없이 공료는 뚜껑을 열었다. 그리고는 이내 두 눈을 부릅뜬 채 그 자리에 석상처럼 굳어졌다.

"……!"

안에 든 것은 정말 의외의 것, 정말 이런 것이 들어 있으리고
는 꿈에도 생각지 못한 것으로, 바로 누군가의 수급이었던 것이
다.

물론 그 수급의 임자 또한 잘 알고 있었다. 그건 소림삼선승
의 한 명인 불양지 계은의 목이었던 것이다.

“사… 사숙님!”

“계은 대사가 아니십니까!”

조금 전까지 침통한 표정이었던 모두가 자리에서 일어나며
놀라움을 표시했다. 계은의 목이 이곳으로 왔다는 것은 여러 가
지를 의미하니 말이다.

각오라는 이름에 가려져 있지만 삼선승의 무공은 이미 인간
의 한계를 뛰어넘은 것으로 알려져 있었다. 일파의 장문 급을
가볍게 넘어섰다는 것이 세인들의 평가, 그런데 그가 죽었다는
것은 그보다 더 강한 자들이 세상에 나타났다는 뜻이었다.

“누… 누가 감히 이런 짓을!”

노한 마음에 창노한 음성이 흘러나왔지만 공료는 알 것 같았
다, 이런 짓을 한 게 누구인지.

삼선승은 육마의 뒤를 쫓고 있었다. 그러니 당연히 육마의 짓
일 것이 분명했다. 달리 생각할 이유가 없었다.

“조금 전 도착한 것입니다. 낙양 쪽에서 온 것으로… 추측됩
니다.”

“낙양… 낙양이라고?”

섬뜩한 느낌에 그는 되물었다. 낙양이라면 그가 소림의 무승
들을 보내놓은 곳이었다. 우연도 이런 우연이 없었다.

평소의 경우라면 오히려 잘되었다고 생각할 일이지만 지금은 달랐다. 삼선승이 당할 정도로 강한 상대라면 무승들 또한 위험하다 볼 수 있었던 것이다.

“깨끗하군요. 육마 중 누구인지 모르지만 대단한 무공입니다.”

차가운 목소리가 사람들의 귓가에 울렸다. 가화준의 목소리. 집어 들어 본 것도 아닌데 그는 정확하게 상자 안을 꿰뚫어 보고 있었다.

놀라운 무공이 아닐 수 없었다. 안력이 보통 이상으로 발달했다는 뜻이며, 대단한 경지를 이루었다는 말과 같았다.

“어떻게… 돌아가셨는지 알 것 같으냐?”

학산 장로의 말에 가화준은 슬쩍 손을 내밀었다. 그러나 뭔가를 만지려는 것은 아니었고 그저 허공을 격하고 손을 벌려 느끼는 듯했다.

손을 들어 내미는 그 모습은 꽤나 진지해 보였다. 일각 정도 그렇게 손을 내밀던 가화준은 다시금 말했다.

“기이한 기운이군요. 검처럼 깊은 것도 아니고 도처럼 강한 것도 아닙니다. 이건 짧으면서도 날카로운 것들이 내뿜는 느낌이군요.”

“…그게 무슨 말이더냐?”

학산 장로는 미간을 찡그리며 말했다. 사체에서 병기의 기운을 찾아내는 것도 놀라운데 정확하게 무엇인지까지 알 수 있다니, 그로서는 황당할 따름이었다.

“단검, 아니, 단검보다는 좀 더 긴 것이군요. 단창 같습니다.”

“단창이라면… 천환마창 마헌!”

상절개 우복의 입에서 다급한 목소리가 흘러나왔다. 천환마차 마헌이 무림에 나왔다면 이건 이야기가 달라도 너무 달랐다.

진짜 육마의 힘이 세상에 나온 것이다. 그중에서도 정말 두려운 상위 세 명 중 한 명이 세상에 나왔다는 것은 십 년 전의 지옥이 재현된다는 뜻이었다.

더욱이 낙양은 개방으로서도 꽤나 큰 분타가 있는 곳, 신경이 쓰일 수밖에 없는 노릇인지라 우복은 당장에라도 움직이려 하고 있었다.

“네, 그가 세상에 나온 것 같군요. 하니 이젠 그들에 대한 대책을 세워야 하지 않겠습니까? 십 년 전의 일에 대한 것이라면 이 일이 끝나고 난 뒤에 해도 늦지 않을 것 같습니다, 대사님.”

지극히 타당한 이야기였다. 공료는 크게 고개를 끄덕이며 마음의 결정을 내렸다. 상황이 이렇게 되고 보니 일단은 육마의 발호에 대한 대처가 우선인 것이다.

“자네의 말을 따르도록 하지. 소림은 별다른 결정을 내릴 것이 없네. 이런 일을 겪고도 그냥 있을 정도로 소림은 관대하지 않아.”

짧지만 확실한 결정이었다. 공료는 계은의 수급을 든 채 신형을 옮겼다. 더 이상 이곳에서 무언가 결정할 일은 없었다. 이들이 따라오든 말든 그가 해야 할 일은 정해져 있었던 것이다.

한자리에 모여 대책을 논의하려던 것이 무색해진 순간이었다. 남아 있는 구파일방의 사람들은 서로를 바라보며 입을 열기 시작했다.

"본 파에서도 힘을 내겠소이다. 장문인께 빨리 알리겠소."

"본산의 제자들이 나와야 할 시기이군요. 하루라도 빨리 아미산에 연통을 넣어야겠습니다."

"저희도……."

숨 가쁘게 말하는 그들을 보며 가화준은 웃었다. 그는 곧 공료가 했던 것처럼 바로 신형을 돌려 밖으로 나가려 했다.

"화준아! 어딜 가는 것이야? 우리도 어서 본산에……."

"그러면 늦습니다, 사숙님. 늦어도 한참 늦지요."

"뭐라?"

그의 대답에 학산 장로는 되물었다. 늦는다는 것이 무슨 뜻인지 몰라 한 말인데 가화준은 고개조차 돌리지 않은 채 다시 말했다.

"이대로 본산에 소식을 전하고 그들을 기다리다가는 소림이 당할 수도 있다는 뜻입니다. 아니, 어쩌면 그 반대가 될 수도 있겠지요."

"……."

학산 장로를 비롯한 사람들의 눈이 다시 가화준을 향해 고정되었다. 그의 말이 의미하는 것은 충분히 생각할 가치가 있는 것이었다.

소림이 당할 수도 있다는 것, 그 말이 이들이 귓가에 메아리치고 있었던 것이다. 소림이 당하게 된다면 이 강호에 거대한 기둥 하나가 쓰러지는 셈이었다.

어쩌면 그 이후 새로운 구파일방의 역사가 쓰여질 수도 있었다. 아니, 그렇게까지는 안 된다 하더라도 이 일로 인해 소림의 힘이 많이 약해지는 것은 필연적일 터였다.

"지금 나와 같이 갈 사람들, 혹시 있소이까?"

가화준은 툭 내뱉듯 입을 열었다. 같이 간다는 것은, 곧 소림을 따라 당장에 육마와 싸우러 간다는 뜻이었다.

역시나 아무런 대답이 없자 가화준은 피식 웃었다. 그는 이들의 생각을 너무도 잘 알고 있었다. 어쩌면 죽을지도 모르는데다 소림의 주도 속에서 그저 따라가는 인상을 줄 수도 있는 것이다.

아마도 이들은 절대 그런 것을 원하지 않을 터였다. 알기 때문에 구태여 물어본 것이기도 하고.

가화준은 다시 움직였다. 더 이상 할 말도, 할 일도 없는 이곳에 있을 필요가 없었다. 그렇게 선방의 문을 열고 나서는 그의 등 뒤로 작은 독백 한 줄이 흘렀다.

"그래서 당신들은 최고가 못 되는 것이오. 영원히……."

더없이 차갑고 신랄한 음성이었다.

*　　　*　　　*

단야를 걱정하는 것은 이상하만이 아니었다. 단야와 함께해 왔던 사람들, 설산의 사람들과 남궁가, 팽가의 사람들 역시 모두 단야를 걱정했다.

다만 소림의 심처에 있는 곳이라 우르르 올라올 수가 없어 표현을 못할 뿐이었다. 그런데 오늘은 이례적으로 그들이 모두 다 올라와 있었다.

"하면 지금 다들 떠나시는 것입니까?"

"그러는 것이 좋을 것 같네. 지금 이 상황에서 대회가 열린들 무슨 소용이 있겠나? 우리도 소림의 공료 대사님과 함께 낙양으로 갈 것이네."

마유조의 목소리에 남궁하는 굳은 얼굴로 입을 열었다. 그 옆에 있는 팽가주 팽형문도 같이 고개를 끄덕이는 것을 보니 두 가문은 함께 떠날 생각인 듯 보였다.

"상황이 이러니 할 수 없지. 어쩌면 이건 정말 큰일인지로 모르는 상황일세. 삼선승의 한 명이 죽어 수급만 돌아왔으니 당연한 노릇이겠지."

팽형문의 말에 마유조는 침중한 얼굴을 만들었다. 이들이 이토록 빠르게 움직이는 것은 바로 그 때문이었다. 방금 전 들려온 청천벽력 같은 소식 말이다.

불양지 계은, 삼선승의 한 명인 그의 수급이 소림으로 돌아왔다. 어떻게 된 일인지 자초지종을 자세히 알 수는 없지만 한 가지는 분명했다.

누군가 소림을 도발했다는 것. 물론 그 도발의 당사자는 아주 잘 알고 있다. 육마의 짓인 것이다.

"하나 낙양이 그들의 본거지라는 확증도 없는데 벌써 움직이는 것은 위험할 수도 있다고 봅니다. 조금은 알아보고 가야 하지 않을까요?"

바로 옆에서 모안이 걱정스런 목소리를 내었다. 사실 가장 마음에 걸리는 것도 그 부분이었다.

오늘 정오에 비보가 들려오자마자 소림은 바쁘게 움직였다.

그나마 남아 있던 경내의 무승들까지 모두 바쁘게 움직이려 하고 있었다.

개최하기로 한 대회가 내일이지만 아무도 그 일엔 신경 쓰지 않았다. 이젠 그것보다 소림의 대응이 더 관심이 갔으니.

"저 역시 그렇게 생각합니다. 여기 공자님의 생각대로 조금이라도 알아보고 간다면……."

"너답지 않구나, 혜미야. 우리가 어째서 움직이는지 잘 알고 있지 않더냐?"

"……."

남궁혜미는 입술을 깨물었다. 그녀의 생각은 온전히 모안과 같았지만 더는 크게 주장할 수가 없었다.

소림에 가까워질 수 있는 기회였다. 하북 땅에서 더욱더 그 이름을 공고히 할 수 있는 기회가 지금 눈앞에 온 셈이었다.

아니, 도박일 수도 있었다. 자칫하면 소림과 함께 위험에 처할 수도 있지만 성공만 한다면 많은 것을 얻을 수 있었다.

"소림을 제외한 구파일방마저도 사태의 추이를 지켜보는 상황입니다. 이런 상황에서 꼭 나서서 움직이셔야 하는 건가요?"

모안은 정말 마음에 내키지 않는 듯 다시금 되물었다. 하나 이미 결정은 내려진 후였다.

남궁하는 웃으며 다시금 입을 열려 했다. 한데 그 대답은 엉뚱한 곳에서 나왔다.

"구파일방 모두가 다 몸을 사리는 것은 아닐세, 친구."

"……."

순간 모안의 눈이 날카로워졌다. 소리는 사람들이 있는 뒤편
에서 흘러나온 것이었다. 더욱이 모안으로선 듣기 싫은 목소리
였다.

"자넨……."

한쪽에 조용히 서 있던 항임이 입을 연 것이다. 설마 이곳에
서 볼 수 있으리라고는 생각지도 못한 사람이었다.

"두 번째로 뵙는군요. 모두들 안녕하십니까?"

그는 바로 무당의 가화준이었다. 그는 사형제와 학산 장로를
데리고 이곳에 온 참인데, 사실 여기 있는 사람들을 만나러 온
것은 아니었다.

"저도 곧 낙양으로 떠나게 될 것입니다. 그전에 친구를 좀 보
고 싶군요."

사실 그는 단야를 만나기 위해 온 것이었다. 단야는 지금 저
위쪽에 있는 모옥에 있었다. 또한 월홍과 이상하, 그리고 양소
은이 그곳에 있었다.

"친구라구요? 참, 그 말 쉽게 하시는군요. 과연 단야도 당신
을 친구라 생각하겠습니까?"

모안의 입에서 가시 돋친 소리가 흘러나왔다. 일순 무당 무인
들의 눈이 날카로워졌지만 그들은 앞으로 나설 수가 없었다.

"모두 여기서 기다리고 있거라, 쓸데없는 경거망동은 하지
말고. 사숙님께서 이 녀석들을 좀 단속해 주십시오."

"…알았다."

학산의 말에 가화준은 씨익 웃으며 앞으로 움직였다. 하나 그
는 곧장 모옥으로 향하지 않고 신형을 움직여 모안 앞에 섰는

데, 모안 또한 지지 않겠다는 듯 신형을 바짝 세우며 두 눈을 부릅떴다.

하나 가화준은 모안에게 해코지를 하기 위해 움직인 것이 아니었다. 그는 씨익 웃으며 모안을 향해 다시 말했다.

"이보게, 친구. 사람 사이의 관계라는 것은 그리 쉽게 생각할 일이 아니지. 그리 생각하지 않나?"

"그런 관계가 어떤 것인지 이 모안은 정말 모르겠군요. 친절한 설명을 좀 부탁드려도 되겠습니까?"

슬쩍 포권을 쥐어 올리며 모안이 입을 열자 뒤쪽에서 작은 술렁임이 시작되었다. 역시나 무당의 무인들이 흥분하기 시작한 것이다.

"하하하, 기분 좋은 친구로군. 정말 기분 좋은 친구야."

환한 웃음을 지으며 가화준은 신형을 돌렸다. 그 웃음만 보자면 절대 나쁜 사람이란 생각은 들지도 않을 정도였다. 대단한 미남에 호쾌한 웃음이었으니 말이다.

그러나 그는 야비한 인간이었다. 죄없는 사람을 인질로 삼았고, 그로 인해 단야가 저 꼴이 되었다. 모안으로서는 전혀 그를 용서할 생각이 없었다.

"함부로 친구라고 부르지 마시길. 적어도 난 친구라면 그가 하기 싫어하는 일은 하지 않을 것이오!"

"……."

단호한 모안의 말에 가화준은 웃기만 할 뿐, 아무런 말이 없었다. 그는 주변을 슬쩍 보며 신형을 돌렸는데, 아무도 그를 막으려는 사람이 없었다.

뭔가 단야에게 해를 입히러 가는 것이라면 몸이 성할 리가 없었다. 지금 이 주변에는 보이지 않지만 현세연의불 각오가 어딘가에 있을 터였다.

행여나 악한 마음을 먹는다면 그가 용서를 하지 않을 것이기에 놔둔 것이었다. 물론 그 외에 또 다른 이유도 있기는 했다.

아무도 그의 상대가 될 수는 없었던 것이다.

"겁먹지 마라. 널 만나러 온 것이 아니니……."

"……."

가화준의 목소리에 월홍은 입을 꽉 깨물었다. 지금 이 순간의 월홍은 평소에 보던 월홍이 아니었다. 양손을 꽉 쥔 채 겁먹은 표정이 역력했던 것이다.

사람의 감정에 무감각해졌던 월홍. 비록 그 감각이 조금씩 돌아오곤 있지만 이 정도의 반응은 놀라운 것이었다. 격렬하다고 할 수 있을 정도로 말이다.

"무슨 짓을! 설마… 이 아이를 죽이러 온 것인가요!"

월홍의 곁에 있던 양소은은 검파에 손을 올리며 소리쳤다. 객잔에서의 일을 생생히 기억하는 그녀로서는 당연한 반응이었다.

솔직히 어떻게 된 일인지 모르지만 분명 월홍은 그날 이 남자가 자신을 죽였다고 했다. 아마도 정신적인 충격으로 그런 말을 한 것인 듯하지만 확실히 월홍은 이 사람을 두려워했다.

적대적인 관계이니 좋게 이야기할 이유가 없던 것이다. 그에 가화준은 빙긋 웃으며 그녀의 말에 답했다.

“대체 날 어떤 놈으로 보는 것인지 모르지만, 그런 일은 없으니 안심하시오. 게다가 이미 한 번 죽은 사람을 또 죽이는 취미는 없으니.”

도무지 활짝 웃으며 할 수 있는 이야기가 아닌데도 그는 참 웃는 낯으로 거리낌없이 말하고 있었다. 가화준은 큰 걸음으로 움직여 단야가 누워 있는 침상으로 가 걸터앉았다.

“흐음, 차도가 없는 겁니까? 오화의 한 명인 그대가 난감해할 정도라면 어쩔 수 없군요.”

비웃음인지 아닌지 모를 소리에 이상하는 고개를 돌렸다. 그녀는 비록 볼 수는 없었지만 충분히 느낄 수 있었다. 자신의 머리 위에 검을 들이댔던 자이니 그 느낌을 잊을 리가 없었다.

“무엇을 할 수 없다는 것이지요?”

그녀의 목소리에 가화준이 고개를 들었다. 이상하는 두 눈을 감은 채 가화준을 향해 고개를 든 상황이었다.

“당연히 치료를 이야기하는 것이지 무엇이겠소? 그대는 의술을 행하는 사람이니.”

솔직히 그냥 인사처럼 한 말이었다. 이유야 어찌 되었든 하마터면 그의 검에 죽을 뻔한 여인. 마음이 좋을 리가 없는 것이다.

그런데 이렇게 나오니 조금 의외였다. 그러나 이어진 그녀의 말은 더욱더 의외였다.

“단 대협을 말하는 것인지, 아니면 그대를 이야기하는 것인지 묻는 것입니다.”

“……!”

이상하의 말에 가화준의 표정이 변했다. 그 표정은 지금까지 짓고 있던, 그 잘생기고 여유로웠던 것이 아니었다. 차갑기 그지없는 표정이었던 것이다.

객잔에서 검을 뽑아 들었을 때의 바로 그 표정이었다. 마치 사람이 완전히 변한 듯 차가운 그 표정을 본 양소은이 앞으로 나서 이상하를 보호하려 할 때였다.

"그 말이 무슨 의미인지 정말 모르겠는걸? 소저, 좀 더 자세하게 말해줄 수 있소이까?"

가화준의 목소리엔 날카로운 가시가 서 있었다. 마치 대답 여하에 따라서 다음 행동을 결정하겠다는 듯이 말이다. 그러자 이상하의 손이 움직였다.

"하면 이곳에 올려주시지요, 그대의 손을."

이상하가 오른 손바닥을 편 채 내밀자 가화준은 흠칫한 얼굴이 되었다. 말 그대로 진맥을 하겠다는 이야기. 그러자 가화준은 잠시 아무런 행동도 하지 않은 채 이상하를 바라보았다.

"크웃, 참 재미있는 소저구려. 하마터면 그 말 그대로 들을 뻔했군. 웃차."

대체 여기 왜 온 것인지 영문을 모르는 가운데 그는 신형을 일으켰다. 잠시 누워 있는 단야를 향해 눈을 던지다 피식 웃으며 신형을 돌렸다.

"혹시라도 깨어나거든 전해주시오, 기다리고 있겠다고."

그뿐이었다. 그의 신형은 빠르게 움직였고 이내 작은 방을 나섰다. 그가 나가고 난 방 안엔 그저 정적만이 감돌았다.

슷.

이상하는 말없이 단야의 손을 들어 올렸다. 그리곤 차분히 다시 진맥을 하기 시작했는데, 양소은은 대체 무슨 영문인지 알 수가 없어 그녀에게 물었다.

"무슨 일이지요, 이게 대체? 그리고 그 말은 무슨 뜻인가요?"

월홍을 안은 채 그녀가 묻자 이상하는 고개를 돌렸다. 꽉 감겨진 두 눈 속으로 무슨 생각을 하는지 전혀 알 수가 없었다.

"그냥… 제 느낌을 말한 것뿐입니다. 단야를 진맥하면서부터 느꼈던 그 느낌, 그게 느껴졌어요."

"예?"

뜻 모를 그녀의 말에 양소은은 두 눈을 껌벅였다. 같은 느낌이라는 것이 무엇을 뜻하는지 그녀로서는 알 도리가 없는 것이다.

"저 사람……."

이상하의 말은 끝나지 않았다. 그녀는 단야의 곁으로 다가가며 말을 이었다.

"이상하게 들리겠지만, 단 대협과 같아요."

"…정말 이상하게 들려요."

그녀의 말에 양소은은 대답했다. 양소은으로서는 당연한 대답.

이상하는 이해한다는 듯 고개를 끄덕였다.

"후… 그럼 전 나가보지요. 수고하세요."

"감사합니다, 같이 있어줘서."

양소은이 나가자 월홍은 쪼르르 달려와 이상하의 옆에 나란히 섰다. 그녀는 단야의 이마에 손을 올리며 조용히 입술을 열었다.

“틀림없어요. 그 사람의 몸 안에도 누군가 있군요. 마치 당신
처럼⋯⋯.”
단야에게만 들릴락 말락 한 독백이었다.

“틀림없어요. 그 사람의 몸 안에도 누군가 있군요. 마치 당신

第二章

하남성, 소림사 소실봉 모옥 1

1

"낙양은 완전히 통제되었습니다. 남은 것은 당문을 비롯한 구파일방의 분타들뿐이지만, 그마저도 두 시진 정도면 해결될 것 같습니다."

"음, 수고했다."

사한의 목소리에 양무회는 고개를 끄덕이며 말했다. 작은 탁자를 앞에 놓고 그는 손가락으로 탁자를 두들기고 있었다.

그들이 있는 이곳은 낙양의 동헌이었다. 한때 중원에서 가장 발전했던 곳답게 그들이 있는 동헌의 크기는 으리으리했다.

하나 그 크기에 비해 인기척은 너무나도 없었다. 사한은 잠시 눈을 돌려 주변을 바라보았다. 역시나 인기척은 어디에도 없었다. 마치 이 큰 동헌이 텅 비어 있는 듯이 말이다.

사한은 눈을 들어 하늘을 바라보았다.

하남성, 소림사 소실봉 모옥 | 45

정오의 태양 아래 푸른 기와가 반짝이고 있었다. 수많은 세월의 흔적을 말하듯 고색이 창연함은 더할 나위도 없었다.

엎어진 기와의 짙은 푸른색은 가슴을 시원하게 만들고 있었으나 다만 그 형상이 아쉬웠다. 반쯤 부서진 채 흉물스런 모습을 보이고 있었던 것이다.

사실 그건 여기 있는 양무회가 한 짓이었다. 정확히는 자신과 양무회가 불양지 계은을 상대하다 그리된 것인데, 그 광경 속에서 양무회가 조용히 있다는 것도 신기한 노릇이었다.

양무회는 이런 난잡함을 참지 못한다. 언제나 정갈해야만 하고 또 그 정갈함 속에서 계획을 세운다. 그렇지 않으면 가까이 하지도 않는 사람이 바로 그였다.

그런데 눈앞에 있는 양무회는 그간 보여주던 것과는 전혀 다른 모습을 하고 있었다. 그동안 보아왔던 양무회의 자세가 아니었다.

한쪽 다리를 슬쩍 틀어 올린 채 머리마저 헝클어뜨리고 있었다. 언제나 책상 위를 정갈히 만들던 손은 불규칙적으로 탁자를 두드리고 있었다. 진정으로 흥미로운 모습이 아닐 수 없다.

"뭐가 그리 기분 좋은 게냐? 이런 내 모습이 너에겐 재미로 다가오나?"

생각을 읽었는지 양무회가 사한에게 물었다. 사한은 굳이 얼굴에 흐르는 웃음을 지우지 않은 채 대답했다.

"기분이 좋은 것이 아니라, 이상해서 그렇습니다. 단 한 번도 오숙의 그런 모습은 본 적이 없어서 말입니다."

자신의 생각을 솔직히 이야기하는 사한을 향해 양무회가 눈길을 던졌다. 비록 모양새는 흐트러져 있을지 몰라도 정신은 여전히 양무회가 맞는 듯했다. 정갈한 두 눈동자가 그것을 반증하고 있었던 것이다.

그 모습에 사한은 살짝 한기를 느끼며 한걸음 물러섰다. 그러자 양무회의 목소리가 들려왔다.

"겁은 많아 가지고… 통제가 잘된다니 다행이다만, 비녀는 어디에 있는 거지? 너도 모르나?"

"…모릅니다."

비녀라는 두 글자에 사한의 눈이 날카롭게 변했다. 마치 조금 전에 겁을 먹고 한걸음 물러섰던 사람은 사라져 버린 듯이 말이다.

"네놈도 참 한결같구만. 쓸데없는 소리는 말고 철저하게 수색이나 시작해. 자인도 계현과 금강수 계양은 그리 만만한 자들이 아니야."

"그래 봤자 두 명입니다. 구파일방의 분타들이 힘을 쓰는 것도 아니고, 이 정도면 안심해도 되지 않겠습니까?"

사한은 너무도 여유로운 표정을 지었다. 양무회는 그 모습에 한마디 하려는 듯 입술을 달싹이다 이내 그만두었다. 대신 그는 품속에서 무언가를 꺼내 사한에게 건넸다.

"안심이라? 그럼 이걸 보고 나서도 그런 이야기를 할 수 있는지 보도록 하지."

"…이게 무엇입니까?"

그건 한 장의 밀지였다. 붉은 종이로 만든 것인데, 종이임에도 불구하고 상당히 딱딱해 잘 상하지 않을 듯 보였다.

그 종이 위엔 빠르게 휘갈긴 듯한 글씨가 쓰여 있었다. 좀 난해하긴 해도 분명 읽을 수 있을 정도였다. 한데 일순 그 글을 읽자마자 그는 얼굴을 굳혔다.

"소림의 무승들이 어떻게 여길! 설마… 우리의 계획이 이미 드러난 것입니까!"

"훗, 계획? 이런 걸 계획이라 부를 수 있나?"

양무회가 비틀린 웃음을 흘리자 그제야 왜 이리 그의 마음이 꼬여 있는지 사한은 알 수 있었다. 지금 이 모든 상황이 다 마음에 들지 않는 것이다.

하긴 양무회라면 이런 계획은 세우지 않을 터였다. 너무도 화려하고 관아마저 개의치 않는 계획, 이런 것은 그의 취향이 아니었다.

더욱이 죽은 불양지 계은의 머리를 잘라 소림에 보내는 것은 정말 마음에 들지 않는 행동이었다. 그의 입장에서 본다면 아주 쓸데없는 짓인 것이다.

"빌어먹을 암굴을 나온 것은 좋은데 여기서 이렇게 죽치고 있어서는 안 될 상황이었다. 우린 빨리 움직여야 했다. 낙양에서 머물러 있어선 안 되는 것이란 말이다!"

콰아아앙!

화가 머리끝까지 치미는 듯 그가 손을 휘젓자 탁자가 반으로 쪼개졌다. 사한은 한 걸음 뒤로 물러서며 그에게 말했다.

"지금이라도 삼사부에게 말하는 것은 어떻습니까? 괜한 고민하지 마시고 그리하는 것이……."

"누구에게 말을 해? 너 정말 날 죽이려 하는 것이냐? 응? 사형들에게 말을 했다간 내가 얼마나 무능한지 이야기하는 것과 뭐가 다른데?"

사람이 화가 나면 정말 조용해진다 했던가? 정말 위험한 순간이었다. 낮게 웅얼거리는 그의 목소리는 정말 화가 났다는 표시와 다를 바가 없었던 것이다.

사실 그 말이 완전히 틀린 것은 아니었다. 왠지 모르게 윗선 세 명과 양무회는 그리 사이가 좋지 못했다. 아니, 어떤 때는 하인이 아닌가 하는 생각이 들 정도였었다.

그러니 쉽게 이야기할 수 없을 터였다. 필요해서 같이 있는 관계라면 그 소용 가치가 사라지면 성립되지 않는다. 당연히 말할 수 없는 것이다.

"네가 요즘 생각이 많기는 한가 보구만. 그럼 그 생각을 좀 편하게⋯⋯."

"그건 내가 할 말이다, 다섯째."

"⋯⋯!"

순간 양무회의 몸이 굳어졌다. 그의 감각에 걸리지도 않은 채 목소리는 바로 뒤에서 들려왔던 것이다. 물론 그게 누구인지도 잘 알고 있었다.

천환마차 마헌, 바로 그였다. 사한은 바로 허리를 숙이며 말했다.

"셋째 사부님을 뵙습니다."

도대체 어디서 나타났는지 모를 정도로 은밀한 그 움직임에 사한과 양무회는 입을 다물 수밖에 없었다.

손에 단창을 든 사내, 단창은 두 자도 안 되는 짧은 길이지만 그 단창이 움직이는 순간 세상은 피로 물들 터였다.

"그래, 오랜만이로구나. 한데 무공은 여전히 그대로라니, 연공을 하지 않는 것이냐?"

"그게… 그게 저……."

마치 고양이 앞의 쥐처럼 사한은 아무런 말을 할 수가 없었다. 아니, 말을 해선 안 되었다. 눈앞의 사내는 변명 같은 것이 통하지 않는 자였다.

"난 대형과는 다르다. 대형은 비녀 때문에 널 예뻐하지만 나에게 있어 넌 그저 제자일 뿐이다, 그것도 마음에 안 드는."

신랄한 목소리였다. 가만히 있어도 땀이 흐르는 것을 느끼며 사한이 입을 다물자 마헌은 다시 말했다.

"물론 마음에 안 들기는 너도 마찬가지다, 양무회. 하기 싫다는 표정이 눈에 아주 선하구나. 그토록 내 말이 싫더냐?"

"무슨 말씀을! 하나… 천재일우의 기회를 놓치게 되는 것 같아 말씀드리는 것입니다. 육마의 이름을 천하에 올려놓는 것, 이 사람이 원하는 것은 오직 그것뿐입니다."

"……."

마헌의 작은 눈이 양무회의 전신을 훑었다. 그저 바라보는 것뿐이지만 양무회는 전신이 바늘로 찔리는 듯한 느낌을 받았다.

"말은 좋구나. 하면 다음은 뭘 어떻게 하는 것이 좋겠느냐? 생각해 둔 것이 있느냐?"

마헌은 마치 그의 생각을 존중한다는 듯 입을 열었지만, 실상 전혀 그렇지 않다는 것을 양무회는 잘 알고 있었다.

그러나 그렇다고 말을 안 할 수는 없었기에 그는 자신의 생각을 피력하기 시작했다.

"상황으로 보아 가장 좋은 것은 지금 당장 소림사로 가는 것입니다. 이곳은 이 녀석에게 맡겨두고 소림으로 가 소림을 발아래 두는 것이 최선입니다."

다른 여러 가지 할 이야기가 산더미 같았지만 그는 입을 다물었다. 가장 중요한 것은 이것이었다. 소림이 무너지면 곧 무림이 무너지는 법이었다.

세상 그 누구도 하지 못했던 일이 바로 이것이었다. 소림의 본산을 치는 것, 그래서 소림을 역사 속에서 지워 버리는 것이다.

기회라면 최적의 기회였다. 소림의 무승 상당수가 이곳으로 오는 길이라 하였다. 그럼 지금 소림은 비어 있는 것이나 다름없었다.

마헌만 가면 그만이었다. 아니, 넉넉하게 세류마미 이림까지 간다면 확실하게 끝낼 수가 있었다.

"결국 그 생각이군. 나와 누님이 간다면 될 거라고 생각하는 거지?"

"……."

순간 양무회의 얼굴이 붉게 물들었다. 한순간에 생각을 들켜버린 것에 가슴이 뜨끔한 것인데, 마헌은 그에게 다시 말했다.

"솔직하게 이야기하자면 소림을 치자는 네 생각은 정말 안일하다 못해 어처구니가 없다. 소림이 그리 만만해 보이더냐?"

마헌이 피식 웃으며 말했으나 양무회는 아무런 말이 없었다. 대꾸해 봤자 아무 소용이 없음을 피부로 느끼고 있어서이다.

"소림의 무승들이 강호에 나왔다 하나 상대는 소림이다. 수 많은 고수들이 숨어 있는 곳이지. 그리고 그곳엔 정말 두려운 사람이 하나 있음을 몰라서 하는 말이더냐."

"…현세연의불 각오를 말씀하시는 것입니까?"

양무회의 말에 마헌이 말없이 신형을 돌렸다. 때론 침묵이 긍정을 말하는 법이었다.

"각오가 대단한 무공을 지녔다고는 하지만 그 역시 사람입니다. 더욱이 단 한 사람, 셋째 형님만 가서도 그자는 충분히……."

"똑똑하다고 들었건만 이제 보니 다 거짓이었구나. 현세연의불 각오가 그리 만만한 사람으로 보이더냐?"

"……."

마헌의 목소리에선 어느새 작은 살기마저 흐르고 있었다. 한마디만 더 하면 그땐 정말 단창이라도 날릴 기세였던 것이다.

"분명히 이야기해 주지. 십 년 전 각오가 우리를 쫓는 사람들 속에 있었다면 우린 오늘 여기 있지 못했을 것이다. 그는 그렇게 만만히 볼 자가 아니야."

단호한 음성에 양무회와 사한은 내심 크게 놀랐다. 그가 이토록 누군가를 두려워하는 것을 처음 보았던 것이다.

"우린 여기서 기다린다. 삼선승 중 두 명도 아직 제대로 종적을 알 수가 없는 상황에서 힘을 분산시킬 수는 없다. 알겠나?"

"…예, 그리하겠습니다."

양무회는 순순히 답했다. 조금 더 고집을 부릴 수도 있지만 그는 그렇게 하지 않았다. 깊숙이 고개를 숙이는 것을 보니 확실히 말을 따를 요량인 듯했다.

"그럼 난 지금부터 나머지 두 중놈을 찾으러 갈 터이니 두 사람은 외곽을 맡아라. 소림에서 기어나온 중놈들이 이 낙양 안으로 들어오는 것을 차단하라는 말이다. 자칫 지금 우리가 쫓는 두 놈과 뭉치기라도 한다면 골치 아플 터이니."

말을 하는 동시에 마헌의 몸은 점점 투명해지고 있었는데, 그건 착각 같은 것이 아니었다. 마헌은 정말로 사라지고 있었던 것이다.

"잊지 마라. 난 두 번 말하는 성격이 아니다."

스스스스.

이윽고 그의 몸은 한줄기 연기가 되어 사라졌다. 그것도 부서진 탁자의 그림자 속으로 허깨비처럼 사라진 것인데, 모르는 사람이 봤다면 귀신이라고 오인할 정도였다.

밀영잠류옥이라는 그의 독특한 무공이 만들어내는 신기(神技)였다. 원래는 이 정도로 고절하진 않았지만 십여 년간의 고련 끝에 이런 방술과도 같은 무공을 개발해 낸 것이었다.

이 은밀한 무공에 불양지 계은이 당했으니 그 효용 가치는 이루 말할 수 없을 정도였다. 사한이 배운 밀영잠류옥도 상당히 은밀한 이동을 자랑하지만 마헌의 것에 비교한다면 거의 수박 겉핥기에 불과했다.

"그래, 그따위로 나온다, 이거지?"

사한은 귀를 의심했다. 지금 들려온 이 소리는 분명 양무회의 목소리였다. 그는 고개를 들어 양무회를 바라보았다.

"……."

양무회의 눈이 새파랗게 빛나고 있었다. 고개를 숙이고 있어서 몰랐던 것인데 마헌이 사라지자 고개를 든 것이다.

"네 수하들이 이곳은 막을 수 있을 거라 본다. 그렇지?"

"무슨 생각을 하시는 겁니까?"

사한은 되물었다. 양무회는 무언가 다른 생각을 하는 것이 분명했는데, 이어서 들린 그의 말은 사한의 등골을 서늘하게 만들고야 말았다.

"너와 나, 소림으로 간다. 여기서 집 지키는 개가 되긴 싫다!"

이렇게 감정적인 양무회의 모습은 처음 보는 것이기에 사한은 정말 진심인지 그의 눈을 바라보았다. 한데 그의 눈엔 장난기라곤 전혀 없었다.

"빌어먹을 각오! 다 죽어가는 늙은이가 뭐가 무섭다고 이 난리야! 정 그렇게 생각한다면 그 생각을 온통 뒤집어주마!"

너무도 크게 흥분하는 그의 모습을 보며 사한은 한 걸음 뒤로 물러났다 그리고는 한순간 변해 버린 그를 보며 무언가 머릿속에 생각이 스쳐 가는 것을 느낄 수 있었다.

사극마 오격의 죽음. 그것은 양무회에게 기회가 아니었다. 오히려 양무회에게 너무나 많은 것을 잃게 만들었다.

서로 사이가 좋지 않았어도 오격은 위의 세 사람으로부터 양무회의 방패 역할을 해주었던 것이다. 그것이 의도했든 의도하지 않았든 간에 말이다.

그 방패가 사라진 지금 양무회는 제대로 된 판단을 내리지 못하고 있었다. 이대로 나가다가는 정말 위험해질 수 있다는 생각이 들 정도로 말이다.

"반 시진 후에 출발한다. 비녀에게 연락을 미리 해놓도록 해
라. 그녀의 힘이 필요할지도 모르는 일이니."

"……"

그는 제 할 말만 한 채 신형을 옮겼고 사한은 그 모습을 그저
물끄러미 바라볼 뿐이었다. 왠지 모를 불안감이 가슴속에 피어
오르는 순간이었다.

＊　　　　＊　　　　＊

흡사 소림사가 텅 빈 것만 같았다. 산새의 울음소리만이 간간
이 들려오는 가운데 이상하는 슬쩍 고개를 들었다.

인기척이 느껴지는 것은 오로지 이 작은 모옥 근처뿐이었다.
안에는 자신과 월홍만이 있었고, 밖엔 설산파의 사람들이 있었
다.

설산파의 사람들도 온전히 있는 것은 아니었고 마유조와 양
소은, 그리고 모안만이 남아 있었다. 반양장로 두 사람은 조금
이라도 힘을 보태준다며 낙양으로 출발한 후였던 것이다.

모든 것이 정지해 버린 듯한 느낌, 그리고 그 속에서 단야마
저도 아무런 움직임이 없었다. 그러다 보니 진짜 적막 속에 잠
긴 듯한 생각이 드는 순간이었다.

"단 아저씨… 안 깨어나는 거야?"

월홍의 목소리가 들려오자 반사적으로 그녀는 소리가 나는
방향으로 손을 뻗었다. 부드러운 머리칼이 만져지자 그녀는 머
리칼만큼이나 부드러운 소리를 내었다.

“아니다, 월홍아. 지금은 잠시 쉬고 계시는 것뿐이란다. 곧 힘을 내어 자리에서 일어날 거야.”

그녀는 최대한 밝은 목소리를 내었다. 월홍이 걱정하는 것을 덜어주기 위함이었지만 결과적으로 전혀 소용없는 일이 돼버렸다.

“언제?”

직접적으로 물어오는 월홍의 말에 대답이 나올 리가 없었다. 살짝 떨리는 입꼬리를 들어 올리며 그녀가 미소를 지으려 할 때였다.

“내일이면 일어날까? 예전에도 그런 것 같았는데…….”

“…뭐라고?”

월홍의 말에 그녀는 놀란 목소리를 내었다. 예전에도 이런 일이 있었다는 것은 들어본 적이 없는 소리였다. 그렇기에 이건 좋은 단서가 될 수도 있었던 것이다.

“예전에 언제 이런 일이 있었니? 혹, 그때를 기억하니, 월홍아?”

마음은 다급하지만 그녀는 최대한 마음을 가라앉히며 물었다. 집중에 또 집중을 하며 월홍의 말을 들으려 한 것이다.

“전에… 객잔에서 무서운 사람 만났을 때, 월홍… 그때 기억났어.”

“……”

무서운 사람이란 것은 아마도 가화준을 이야기하는 것일 터였다. 기억을 잃어버린 월홍이었지만 그때의 일이 작은 원인이 되어 옛 기억을 되살린 것처럼 보였다.

“나… 그때 기억은 안 나는데, 눈을 뜨니 단 아저씨가 있었어. 내가 눈을 뜬 것을 보자 단 아저씨는 눈을 감았었어. 그리고…….”

순간 월홍은 작은 손을 뻗어 단야의 머리에 올려놓았다. 그리고는 무언가 알 수 없는 말을 중얼거리기 시작했는데, 듣기도 힘든 이상한 말이었다.

“무슨 말을 하는 거니, 월홍아?”

마치 주문이라도 거는 듯한 그녀의 모습에 이상하가 물었는데 월홍은 고개를 좌우로 저을 뿐이었다.

“아니, 나도 무슨 말인지는 몰라. 그저 그 사람이 뭐라고 웅얼거린 것만 기억나요. 그러자 단 아저씨가 눈을 감았었어.”

“…….”

기이한 일이었다. 월홍이 무슨 말을 하는지 이해가 되지 않는 가운데 이상하는 한줄기 작은 실마리를 잡을 수가 있었다.

손에 느껴지는 월홍의 움직임을 보건대, 단야의 미간에 손바닥을 대고 있었다. 그녀가 무림인은 아니지만 이건 무림인들이 자주 쓰는 요상법이라는 것을 추측할 수 있었다.

의술이 아니라 무공에 대한 문제일 확률이 높은 것이다. 의술이라면 어찌해 볼 도리가 있겠지만 무공이라면 어쩔 수 없는 노릇이었다.

알면 알수록 점점 더 가슴만 답답해지기에 그녀는 입술을 깨물었다. 의술의 측면에서 봤을 때 이대로 놔두면 놔둘수록 단야에겐 좋은 상황이 아니었다.

어쩌면 영영 깨어나지 못할 수도 있었기에 그녀는 갈등할 수밖에 없었다. 소림의 승려들을 믿고 기다리든지 아니면 스스로 치료를 하든지 말이다.

"후우……."

한참을 생각하던 그녀는 작은 한숨을 내쉬었다. 그리곤 품속에 손을 집어넣어 무언가를 꺼냈다.

그건 작은 침통이었다. 세 치 정도의 길이에 한 치 정도의 두께를 가진 것인데, 그녀는 뚜껑을 열고 침 하나를 꺼냈다.

잘하진 못해도 어느 정도 쓸 줄은 알고 있었다. 그녀는 단약의 제조에 특출한 재능을 가졌지만 그렇다고 해서 침을 못 놓는 것은 아니었다.

이 자리에 손여가 없는 것이 아쉬운 일이지만, 없는 사람을 마냥 기다릴 수만은 없는 일. 그녀는 왼손으로 단야의 얼굴을 더듬으며 오른손을 움직였다.

그저 기혈만을 자극할 뿐이었다. 그래서 단야 스스로 움직일 수 있도록 하는 것, 그것이 그녀의 목표였다. 물론 쉽지 않은 일이다.

무공이 없는 그녀였기에 대신 침을 선택한 것이다. 다행인지 불행인지 모르지만 단야의 체내엔 그녀가 만든 단약 성분이 가득 들어 있었다. 그 기운을 침으로 조종하여 무공으로 치유하는 것과 유사한 일을 하려는 것이다.

"침… 놓는 거야?"

"그래. 아무래도 그래야 될 것 같구나. 잠시 비켜주겠니?"

이상하는 온 정신을 집중했다. 여차하는 순간 단야의 목숨이 위험할 수도 있었기에 조심할 수밖에 없는 것이다.

이상한 노릇이었다. 눈이 안 보이게 되면서부터 그녀의 마음 속에 급한 성정은 사라진 지 오래였다. 보이지 않는 어둠 속에서 끈기있게 시간을 두며 사물을 파악하는 연습을 해왔던 것이다.

조급함이란 것은 그녀에게 해당 사항이 없는 것이었다. 그런데 오늘, 그녀답지 않게 마음이 조급해졌다. 아니, 조급함을 넘어서 다급해지고 있었다.

왜인지는 알 수 없었다. 그저 단야가 빨리 일어나야만 할 것 같은 생각에 손을 쓰게 된 것이다. 본능이 그렇게 만든 것이다.

그래서인지 모르지만 그녀의 손은 가늘게 떨리고 있었다. 이성은 몸에게 멈추라 이야기하고 있었고, 본능은 움직이라 하고 있었다. 일순 정(情), 기(氣), 신(身)이 모두 따로 움직인 것이다.

마른침을 한 번 삼킨 후 그녀는 다시 손을 뻗었다. 그리고는 단야의 미간에 침을 찔러 넣으려 할 때였다.

"나라면 그리하지 않겠구나."

"……!"

벼락이라도 맞은 듯 그녀의 몸이 부르르 떨렸다. 문 쪽에서 들려온 온유한 목소리에 더 이상 그녀의 손은 움직이지 않았다.

아니, 움직일 수가 없었다. 두렵거나 힘들어서 그런 것이 아니라 가슴속 깊이 느껴지는 깊은 안도감 때문이었다.

"사… 사부님!"

그녀는 떨리는 목소리를 냈다. 뭐라고 더 이야기하고 싶었지만 왠지 더 이상 말이 나오질 않았다.

마치 못된 짓을 하던 아이가 부모님에게 들킨 심정이었다. 그러자 그녀에게 사부라 불린 사내의 목소리가 다시 들려왔다.

"침을 든 손이 그리 떨리다니, 그래서 어떻게 치료를 하겠냐? 그만 진정하거라."

"사… 사부… 님… 흑."

왜 그런지 모를 일이었다. 그저 눈에서 눈물이 흘러나오자 그녀는 고개를 떨구었다. 떨리는 그녀의 손을 누군가 살포시 잡는 것이 느껴진다.

"병자를 앞에 놓고 감정이 앞서선 안 된다고 그리 일렀거늘, 마음부터 추스르거라. 헛허허."

"그거야 다 너를 닮아 그런 것이 아니더냐? 측은지심에 제 몸 돌보지 않고 병사를 보는 것이 누구더라?"

그는 혼자가 아니라 각오와 함께였다. 그러자 사내가 입을 열었다.

"제자 한 사람을 위해 명예도 떨쳐 버리고 날 찾은 사람도 있는데 무에 대수겠습니까? 이 도시황, 진심으로 감복했습니다."

사내는 나직한 목소리와 함께 손을 걷어붙이며 단야를 살펴보기 시작했다. 그러자 이상하는 손을 더듬어 월홍의 신형을 안고 뒤로 물러났다.

"이 사람 누구야, 누나? 아는 사람이야?"

귓가에 월홍의 목소리가 들려왔다. 어린 월홍으로서 당연한 반응이기에 그녀는 답했다.

"그럼, 아주 잘 아는 분이란다. 이 누나의 스승님이셔. 또한 연의궁의 주인이시기도 하단다."

"……."

월홍이 연의궁을 알 리가 만무하지만 그녀는 상관없었다. 이건 월홍에게 한 말이 아니라 자기 자신에게 한 말이었으니.

"또한 반드시 단 대협을 낫게 해주실 분이란다. 반드시."

절대적인 믿음에 스스로 최면을 걸 듯 속삭이는 그녀였다.

2

"……."

미간에 잔뜩 힘이 들어간다. 의도적으로 그런 것은 아니고, 눈이 너무나 부셨기 때문이다.

서늘한 바람이 얼굴과 목을 휘감아 지나가고 있었다. 정신이 번쩍 들 정도로 차가운 그 바람에 단야는 고개를 들었다.

눈이 부신 이유는 너무도 간단했다. 사방이 온통 하얀 백설에 덮여 있어 따가운 태양빛이 눈에 반사되었으니 눈이 부신 것은 너무도 당연한 것이었다.

손을 들어 눈을 비비면서 새하얀 세상에 적응하기 시작했다. 조금씩 발아래서부터 확연히 눈에 들어오기 시작하는 바로 그때였다.

얼굴, 얼굴에 올린 손의 감각이 이전과는 조금 달랐다. 너무도 부드러웠던 것이다.

"어차피 실재하지 않은 세상인데 원래 얼굴로 있는 것도 좋지 않겠나?"

"……."

뒤에서 들려온 소리에 단야의 움직임이 멈추었다. 왠지 낯익은 그 소리. 달리 적의가 느껴지는 소리는 아니었다.

천천히 신형을 돌려 목소리의 주인을 확인했다. 육 척이 조금 안 되는 사내는 싱그러운 웃음을 머금고 있었다.

미남이라는 말은 이런 사람을 두고 이야기하는 것일 터였다. 어디 한 군데 흠잡을 데 없이 균형 잡힌 이목구비는 같은 남자라도 호감을 느낄 정도였다.

"훗, 그건 자네도 마찬가지일세. 어디 가서 못났다는 소리는 전혀 듣지 못할 것이야."

마치 마음을 읽기라도 한 듯 그가 말하자 단야는 흠칫했다. 그제야 얼굴에 느껴진 부드러운 감촉이 이해가 갔던 것이다.

원래 그의 얼굴, 단야로서가 아니라 초운의 얼굴이기 때문이었다. 다치기 전의 얼굴인 것이다.

"이곳은 네 의식의 세계. 어차피 실존하는 세계도 아닌데 굳이 흉측한 얼굴로 대면할 필요는 없지 않나?"

"사백숭……."

단야의 입술이 열렸다. 한쪽에 검은 대궁을 들고 있는 사내, 귀문의 수장인 귀궁사 사백숭이 분명했다.

이렇게 온전한 모습을 보게 된 것은 정말 십 년 만의 일이었다. 십 년 전의 그날 그 모습 그대로 지금 눈앞에 나타나 있었던 것이다.

"정말 오랜만이지만 그리 많은 시간은 없으니 본론으로 들어가지. 결정은 내렸나?"

사백숭이 싱긋 웃으며 물었지만 단야는 그저 그를 바라만 볼 뿐이었다. 그러자 사백숭은 고개를 좌우로 흔들며 말했다.

"이것참, 정말 모든 것을 다 잊은 것이냐? 너와 나, 두 사람이 진짜로 한 약속을 완전히 잊은 거야?"

사백승이 계속 이야기를 이어나갔지만 단야는 여전히 그 자리에 우두커니 서 있었다, 정말 아무것도 생각이 나지 않는 듯.

아니, 사실이었다. 단야는 저 사백승이 지금 무슨 이야기를 하는지조차 감을 잡지 못했다. 마치 다른 사람과 이야기를 하는 것 같은 느낌마저 들고 있었다.

저 친숙해 보이는 얼굴부터가 이해가 되질 않는 것이다. 분명 사백승은 자신과 그리 좋은 관계가 아니었으니 말이다.

두 주먹을 꽉 쥔 채 단야는 앞으로 걸어갔다. 둘 사이의 거리가 반 장여까지 좁혀지는 순간, 단야는 오른쪽 어깨를 뒤로 빼내었다.

언제든 공격할 수 있게 자세를 잡으려는 것이다. 그런데 그 순간 왠지 이상한 것이 그의 눈에 보였다.

"…당신……."

사백승의 몸은 일반적인 몸이 아니었다. 어딘가 반쯤 투명한 듯한 그 모습에 단야는 뒤로 반보 물러섰는데, 눈을 좁게 만들며 살펴봐도 역시 마찬가지였다.

"푸핫핫, 내가 뭐라고 생각하는 것인가? 정말 눈앞에 실재하는 사람이라고 생각한 것이냐?"

묘한 말에 단야는 미간을 다시 좁혔다. 이번에는 눈 때문이 아니라 그의 기이한 모습 때문이었다.

"나도 그렇고, 이곳도 실재하는 공간이 아니다, 단야. 이곳은 네 녀석의 머릿속. 너와 나, 둘 다 사념으로 만난 것이다."

“사… 넘?”

머리가 어지러워졌다. 분명 사백승이 이야기하고 있지만 받아들이기가 쉽지 않았던 것이다.

머릿속에서 목소리가 들린 것은 이해할 수 있었다. 그건 다른 사람들이 말하는 빙의 같은 것일 수도 있으니 말이다. 사백승과 자신과 어떤 연결점이 있다면 가능했다.

그런데 이건 아니었다. 꿈이 아니라면 이건 도무지 믿기 힘든 상황이기에 머리를 세차게 흔들 때였다.

“꿈이라고 생각되나? 그렇다면 정말 기억을 잃은 것이로구나. 차분히 이야기해 볼까?”

스슷.

꿈이 확실했다. 단야는 그렇게 생각하며 양손에 힘을 풀었다. 갑자기 눈앞에 작은 다탁이 생겨난 것이다.

사백승은 너무도 편안하게 의자에 앉았고, 이어 손을 올려 단야에게도 자리를 권했다. 단야는 의자에 앉으며 그에게 눈길을 던졌다.

사백승은 탁자 위에 활을 올려놓으며 빙긋 웃었다. 어느새 손에 찻잔까지 들고서 말이다.

“자, 그럼…….”

사백승은 웃었다. 그런 그의 모습은 무공을 하는 사람의 모습이 아니었다. 그저 어디 친한 사람에게 놀러 온 듯한 얼굴이었던 것이다.

“어디서부터 이야기를 해야 할까?”

“…….”

단야가 어떤 반응을 보이든 상관없이 자신이 할 이야기를 시작하는 사백승이었다.

이상하는 표정을 굳혔다. 진맥을 하는 팔을 통해 확연하게 느낌이 오고 있었다. 뭔가 단야의 내부에서 이상 증상이 일어나고 있었던 것이다.

"걱정하지 말거라. 그건 지극히 정상적인 것이다. 차도가 있는 증거이기도 하고……."

"아……."

도시황의 말에 이상하는 안도의 한숨을 내쉬었다. 그녀는 지금 단야의 침상 바로 앞에서 왼손을 잡은 채 진맥을 하고 있었다.

단야의 몸은 그야말로 고슴도치가 따로 없었다. 게다가 도시황이 만든 기이한 고약들이 온몸을 둘러싸고 있었는데, 그것이 뿜어내는 내음이 대단했다.

코를 찌르는 듯한 악취가 흘러나왔지만 그녀는 전혀 개의치 않았다. 하나 보는 사람들은 그리 생각하지 않았다.

"그럼 좀 쉬어도 되겠군요. 이 소저, 그만 좀 나오세요. 그러다 사람 상하겠어요."

"그래요. 저도 그리 생각합니다. 정말 그러시다가 단야가 아니라 오히려 이 소저가 위험할 것 같아요."

모안과 남궁혜미의 목소리가 들려오자 그녀는 고개를 돌렸다. 볼 수 없었지만 감각으로 누가 있는지 정도는 알 수 있었다. 꽤 많은 사람들의 시선이 느껴지고 있었다.

마유조와 양소은, 모안과 남궁혜미와 함께, 각오도 안에 있었다. 그야말로 거의 모든 사람들이 방 안에 모인 것인데 이어 마유조의 목소리가 들려왔다.

"오늘로 삼 일째요, 이 소저. 이렇게 가다간 진짜 큰일이 날 수도 있으니 그만 좀 쉬어요. 연의궁주께서도 오히려 좋은 일이라 하지 않습니까?"

마유조의 목소리엔 안타까움이 진하게 물들어 있었다. 비단 마유조뿐만이 아니라 있는 사람 모두 그리 생각하고 있었다.

연의궁주가 오고 나서 삼 일이 흘렀고, 그동안 그녀는 단야의 곁에서 움직이질 않았다. 먹지도, 자지도 않은 채 삼 일 내내 단야의 곁에서 간호를 해주었던 것이다.

"내 생각에도 그만 쉬는 것이 좋을 것 같구나. 그만 눈 좀 붙이거라."

여태껏 조용히 바라보고만 있던 각오까지 나서며 말했지만 그녀는 고개를 좌우로 저을 뿐이었다. 절대로 단야의 곁을 떠나고 싶지 않았던 것이다.

"혹시라도 모를 상황이 생길 수도 있다고 생각합니다. 그러니 전……."

"내가 있겠다. 그러니 가서 조금이라도 쉬었다 오렴. 월홍도 같이 가도록 하고."

연의궁주의 목소리가 들려오자 그녀는 입을 닫았다. 그의 스승이자 은인이 바로 그였다. 앞을 보지 못하는 그녀에게 살아갈 수 있는 의술을 가르쳐 주었으니.

그런 연의궁주의 말마저도 거절한다면 그건 도리가 아닌 것 같기에 그녀는 조용히 고개를 끄덕였다. 그리고는 자리에서 일어나 바로 옆에 있던 월홍의 어깨에 손을 올렸다.

"알겠습니다, 사부님. 그럼 잠시만 나갔다 오도록 하지요."

담담한 목소리를 내며 그녀는 월홍과 함께 바깥으로 나가기 시작했는데, 바로 그때였다. 각오의 목소리가 작은 방 안을 울렸다.

"자, 나가야 하는 것은 우리도 마찬가지 같구만. 나머지는 저기 있는 저 친구가 알아서 해주겠지. 이 비좁은 방 안에 너무 많이 있는 것 같구나. 헐헐."

이 빠진 소리로 웃으며 각오가 이야기하자 설산의 사람들도 방을 빠져나가기 시작했다. 무언가 조금 아쉬운 듯 고개를 돌려 단야를 바라보기는 했지만, 그것이 전부였다. 이들 중 의술에 대해 아는 사람은 없었던 것이다.

"자, 그럼 나도 잠시 나갔다 오겠네. 반 시진 정도는 아무도 이곳으로 오지 않을 것일세."

슬쩍 천장을 바라보며 각오가 입을 열자 도시황은 일어나 크게 포권을 쥐어 올렸다. 그저 윗사람에게 갖추는 예치고는 상당히 큰 대례였다.

"훗, 역시 재미있는 친구구만. 하면 이따 봄세."

끼이이이.

작은 방문을 열고 나간 각오는 다시 손을 움직여 문을 닫았다. 꽉 닫혀진 문 바깥에선 이제 아무런 인기척도 들려오지 않았다.

그러자 도시황의 허리가 쭉 펴졌다. 그는 왠지 조금은 미안한 얼굴을 한 채 나직한 목소리를 냈다.

"과연 각오 대사로군. 이미 다 알고 계신 듯한데……."

누구에게 말하는 것인지 모르나 꽤나 큰 목소리였다. 혼잣말이라고 하기엔 너무 큰 목소리였는데 갑자기 그 목소리에 화답이 들려왔다.

"각오 대사가 괜히 추앙을 받고 있는 것이 아니지. 무공이 이미 입신의 경지에 가까이 이른 분이시다. 우리들의 기척 또한 당연히 아실 것이야."

어디서 나타났는지 일남일녀가 도시황의 뒤에 서 있었다. 마치 스며들 듯 나타난 두 사람은 묘묘와 향 노야였다.

"하면… 우리가 하려는 일 또한 알고 계시지 않을까요? 틀림없이 그리 생각됩니다만……."

"아니, 그건 아닐 것일세, 도 궁주. 비록 예리한 분이시나 이 문제는 귀문에 관한 것일세. 귀문 자체를 모르시니 우리가 무엇을 할지 어떻게 아시겠는가."

지극히 타당한 이야기였다. 각오는 그저 감이 좋은 것이지 신이 아니었다. 그러니 거기까지 생각하는 것은 좀 지나친 일이었다.

"그것보다는 우리가 무엇을 하는지 관심이나 있으실까요? 이건 우리 문중의 일, 누구도 관여할 수 없습니다."

묘묘의 목소리에 두 사람의 고개가 동시에 끄덕여졌다. 하나 완전히 상관이 없을 수는 없는 노릇이었다.

"만일 우리가 다른 사람을 선택했다면 모르지만 이 친구를 선택한 이상 그렇지도 않지. 그 점 때문에 우리가 더욱더 조심

해야 하는 것도 사실이다."

향 노야의 묵직한 말에 묘묘는 말없이 손을 뻗었다. 그 손은 단야의 이마를 향했고, 이내 손은 약 한 치의 공간을 두고 멈추었다.

"십 년 전에 시작된 일, 이제 와서 멈출 수는 없겠지요. 이제 그만 시작할까요?"

그와 함께 묘묘는 정신을 집중하기 시작했고 더 이상 말은 없었다. 향 노야는 빙긋 웃으며 손을 뻗었다.

"당연히 그래야겠지. 자세한 이야기는 나중에 다시 하도록 하세. 일단은 이 친구의 일부터 신경 쓰겠네."

"……."

담담한 그의 목소리에 도시황은 말없이 한 걸음 뒤로 물러섰다. 향 노야의 손은 단야의 가슴 위에 얹혀 있었는데, 그 손 아래에는 푸른 기운이 맺혀 있었다.

두 사람은 이내 눈을 감은 채 기운을 집중했고, 도시황은 그런 두 사람을 바라보기만 할 뿐이었다. 그렇게 말없이 시간만 흐르는 작은 모옥 안이었다.

"으음……."

마유조의 눈이 날카롭게 빛나기 시작했다. 그가 바라보고 있는 것은 단야가 있는 모옥이었는데, 미간에 주름이 지어질 정도로 노려보고 있었다.

신중한 성격의 그가 이런 행동을 보인다는 것은 보통 일이 아니었다. 모안과 양소은은 그런 마유조를 향해 입을 열었다.

“무슨 일이 있으십니까? 왜 거기는 노려보세요?”

“그래요, 사형. 장난이라면 그만둬요, 전혀 재미없으니.”

두 사람의 목소리에 사람들의 시선이 모두 마유조를 향했다. 마유조는 조금은 겸연쩍은 미소를 지으며 입을 열었다.

“아니, 아무래도 뭔가 조금 이상한 것 같아서 말이야. 아무래도 누군가 있는 것 같은 생각이 들어서…….”

“누군가 다른 사람이 모옥에 있다는 말인가요?”

이상하의 입에서 다급한 음성이 흘러나왔다. 그러자 마유조는 그녀를 향해 눈을 돌렸는데, 그때였다.

“…….”

아차 싶은 순간이었다. 각오의 얼굴에서 살짝 장난스러운 미소가 보였던 것이다.

아무래도 누군가 있는 것이 분명한데 각오는 이미 그 사실을 알고 있는 듯했다. 하긴 천하의 각오, 그의 이목을 속일 수 있는 사람은 거의 없을 터였다.

“아니오. 내가 잠시 헛생각을 했나 보구려. 별일 아니니 그냥 쉬시오, 이 소저.”

황급히 둘러댄 후 마유조는 어색한 미소를 지었다. 물론 그 미소는 그의 사형제들을 비롯한 여러 사람들의 이목을 생각해서였다.

“사형도 싱거워졌네요. 뭡니까, 진짜.”

“설마, 그거 재미있으라고 한 말이라면 절대 그렇지 않아요. 그러니 원래 사형처럼 그냥 인상이라도 써요.”

“지금 나 들으라고 하는 소리 맞냐?”

살짝 살기 띤 마유조의 목소리에 모안과 양소은은 슬쩍 고개를 돌려 딴짓을 시작했다. 그러다 문득 모안의 눈에 남궁혜미의 얼굴이 들어왔다.

"걱정… 되십니까?"

말해놓고 바보 같다는 생각이 들었다. 그거야 너무도 당연한 일. 가문의 사람들이 모두 사지로 나갔으니 그녀로서는 얼굴에 웃음을 머금을 일이 없었다.

"아… 그냥 이 생각 저 생각 하고 있었습니다, 공자."

그녀의 말에 모안은 그저 쓴웃음을 지을 뿐이었다. 사실 작금의 상황은 그의 머리로도 도저히 풀 수가 없었다. 지금 상황이 어찌 돌아갈지 생각할 수도 없었던 것이다.

"생각이라… 그거 해서 뭐 하겠습니까? 어차피 들어주지도 않을 생각, 왠지 조금 서글프군요. 그냥 아무 생각도 하지 않는 것이 나을 듯해요."

남궁혜미는 의외라는 듯 모안을 바라보다 이내 무슨 뜻인지 알겠다는 듯 고개를 끄덕였다. 분명 그녀와 그는 가주들에게 충분히 상황을 설명했었다.

그러나 그 모든 것이 다 받아들여지지 않았다. 그러니 생각을 한들 소용이 없다는 것이 옳은 이야기였다.

"헐헐, 아무 생각도 없는 것이 낫겠다고? 정말 그리 생각하는 게냐?"

모안의 어깨가 찔끔 떨었다. 솔직히 이곳에 와 벌써 여러 날을 있었지만 각오와 이야기해 본 적은 없었다. 그만큼 그는 어려운 사람이었다.

그런데 먼저 말을 걸어주니 그보다 좋은 일은 없을 터였다. 모안은 신형을 빙글 돌리며 입을 열었다.

"마음이 그렇다는 것이지요. 하나 가주들과 소림의 입장은 충분히 이해합니다. 다른 사람의 생각을 들을 여유가 없는 것이지요."

짐짓 어른스러운 목소리로 그는 이야기했지만 각오가 보기엔 그저 어린아이일 뿐이었다. 각오는 잠시 모안과 남궁혜미를 바라보다 다시 말했다.

"너희 두 사람의 생각은 어떻다는 것이냐? 소림이 위험해질 것 같으냐?"

"네?"

조금 앞서 나가는 그의 생각에 모안은 눈을 동그랗게 떴다. 그렇게까지 생각한 적은 없었던 것이다.

"아니, 뭐, 그런 것보단 낙양으로 간다는 것이 좀 위험해 보여서 그렇습니다. 제가 만일 육마 쪽 사람이라면 머리… 를 보낸 순간 이미 함정을 만들었을 것입니다. 누가 오든 당연히 소림에선 반응할 수밖에 없으니까요."

삼선승 중 한 명의 죽음. 그것은 소림이 강호에 나서는 기폭제로 작용하게 될 터였다. 그리고 이를 필두로 하여 정파무림은 하나로 집결하게 될 것이다.

아니, 그렇게 되는 것은 그저 바람일 뿐이었다. 생각해 보니 조금 다르게 전개될 수도 있었다. 구파일방의 나머지 사람들의 행동을 말이다.

이번 일에 그리 적극적이지 않은 사람들. 차라리 어이없게도 맘에 안 드는 무당의 가화준이 나설 만큼 저들의 자세는 너무도 소극적이었다. 그건 그간 구파일방을 봐왔던 모안의 가치관을 많이 바꾸어놓았다.

자신이 먼저 한마디 말을 던졌지만 머릿속에선 이미 빠르게 회전하고 있었다. 모안은 여기까지 생각을 하다 흠칫 두 눈을 살짝 크게 떴다.

"어쩌면… 저들은 소림을 돕지 않을 수도……."

생각만으로도 소름이 돋는 결과가 생각되자 모안은 고개를 좌우로 세차게 흔들었다. 그저 혼자 생각하듯 중얼거린 그였지만 그의 목소리는 모두의 귓가에 천둥처럼 들려왔다.

"그건 비약이 너무 심하구나. 아무리 회의 장소에서 고성이 오갔다고는 하나 구파일방은 전통의 명가이다. 그들이 서로 돕지 않을 리가 없어."

마유조가 단칼에 자르듯 그 말을 부정하자 모안은 크게 고개를 끄덕였다. 솔직히 이러한 예상은 맞지 않는 것이 나았다. 맞는다면 그것이 더 견디기 힘든 상황이니 말이다.

"그래, 나도 그건 사형의 생각과 같아. 생각을 했으면 할 말 안 할 말 좀 가려서 해라. 그 정도는 할 수 있잖아."

양소은은 진심을 담아 말했다. 모안은 똑똑하지만 사람을 대하는 것이 조금 서툴렀다. 머리 좋은 사람들이 흔히 그렇듯 자신의 생각을 그대로 이야기하고 결과를 보는 것이다.

그러나 그건 자칫 위험할 수도 있는 일이었다. 지금처럼 직접적으로 연관이 있는 사람이 눈앞에 있을 경우 그 사람이 화를 낼 수도 있는 것이다.

하나 다행히 눈앞에 있는 사람은 각오. 그의 수양은 너무도 깊으니 화를 내지는 않을 터였다.

"아닐세, 소저. 그리 생각할 수도 있겠지. 하나 난 조금 다른 이야기를 하고 싶네. 자네, 조금 전에 자네가 그들이라면 이라는 이야기를 했었지?"

"그렇습니다, 어르신. 그게 무슨 잘못이라도……."

강호의 큰 어른이니 모안이라도 함부로 할 수가 없었다. 각오는 그 모습에 빙긋 웃으며 다시 말했다.

"잘못은 무슨. 그 입장을 살려 생각을 한번 더 해보라는 것이지. 자네라면 어찌할 텐가? 그저 함정을 파고 기다리만 하는 겐가?"

"……."

무슨 말을 기대하는 것인지 모르지만 모안은 눈을 동그랗게 떴다. 아무래도 다른 생각을 이미 하고 있는 것 같았는데, 그거야 알 수 없는 노릇이었다.

각오라는 사람의 생각을 알 턱이 없는 것이다. 같이 생활해본 사람도 아니고 말 한 번 제대로 섞어본 적이 없었다. 그러니 알 리가 만무했던 것이다.

그의 인생에서 각오는 없던 사람인 것이다. 그런데 바로 그때였다.

"없던… 사람?"

뭔가 가슴속을 찌르르 하게 울리는 것이 느껴지는 순간이었다. 모안은 미간을 찡그리며 그것이 무엇인지 알고자 했다.

각오라는 사람은 없는 것이다. 머릿속에서 생각된 명제는 그

것이었다. 그런데 이게 엉뚱하게 풀려 나간 것이다.

문득 각오가 소림에 없던 사람이라는 생각이 들자 한 가지 결론이 확 떠올랐다. 그야말로 어이없는 생각의 결정판이었다.

"어쩌면… 저라면 소림을 노릴지도 모르겠습니다. 지금 소림은 무방비나 다름없지 않습니까?"

"……!"

남궁혜미의 눈이 커졌다. 그러나 그 눈은 이내 다시 감겨졌다. 이건 극히 희박한 이야기였다.

"소림의 힘은 그리 작은 것이 아닙니다. 더욱이 이곳엔 대사님께서도 계신데 어찌 함부로 그런 생각을 하겠습니까?"

"어… 그저 생각이니까요. 방금 전엔 각오 대사님께서 이곳에 없다는 것을 가정한 것입니다."

그가 빙긋 웃으며 이야기하자 이번엔 각오가 입을 열었다.

"만일 내가 없었다면이라… 그래, 그것이 옳겠구만. 내가 나갔어야 하는 일이었지. 이번 일은 그만큼 화가 나는 일이 아니던가?"

"…에?"

각오의 말에 모안은 다시 멍해졌다. 원래 나갔어야 한다는 그의 말, 충분히 이해가 갔다.

단야만 아니었다면 그는 움직였을 것이었다. 단야가 이곳에 있기에 그가 나가지 않은 것이다.

여기까지 생각하자 모안은 양 주먹을 꽉 쥐었다. 그저 희박한 생각에서 상당히 가능성있는 이론으로 발전한 것이다.

"놈들은 대사께서 그곳으로 오리라 생각할 수도 있군요. 한데 단 대협 때문에 대사는 안 가셨고… 그 사실을 모른다면 저들의 생각 속에선……."

모안은 마른침을 삼켰다. 이제야 뭔가 일이 풀리고 있었다. 그리고 이어 다가올 일을 예상할 수도 있었다.

"대사께서 소림에 안 계신다 생각할 것입니다."

남궁혜미의 목소리에 모두의 안색이 어두워졌다. 진짜 목적은 어쩌면 낙양이 아니라 이곳 소림일 수도 있었던 것이다.

"헐헐, 이 나이가 되니 참 몸이 귀찮게 생각되더군. 자연은 이토록 자유롭게 세상을 알려주는데 몸이 따르질 않아."

우두둑.

각오는 웃으며 허리를 폈다. 원래 작은 키에 허리까지 조금 굽어 있던 그였지만 이 순간만은 아니었다.

각오는 꼿꼿이 몸을 세운 채 산 아래를 바라보고 있었다. 그리곤 나직한 목소리로 입을 열었다.

"아무래도 자네의 생각이 맞는 것 같네. 참 많은 기운들이 느껴지는구만."

"무… 무슨!"

모안은 놀라 소리쳤다. 그가 이렇게 말한다면 결론은 한 가지뿐이었다. 누군가 소림을 향해 다가온다는 말인 것이다.

"잠시나마 자네들의 손을 빌리고 싶네만, 그래도 되겠는가?"

뜻 모를 각오의 말이 들려오자 모안은 멍한 얼굴이 되었다. 하나 대답은 이미 마유조가 하고 있었다.

"이르다 뿐입니까? 반드시 이곳을 지키겠습니다."

"헐헐, 고맙네. 그럼 난 오랜만에 본전으로 가보겠네."

말의 여운이 허공에 휘감아 사라지기도 전에 각오의 모습은 중인들의 시야에서 사라졌다. 바로 옆에 있으면서도 전혀 기척을 느낄 수 없을 만큼 대단한 무위였던 것이다.

"나참, 이놈의 입! 이놈의 입이 원수입니다, 아주!"

찰싹!

자신의 입을 손바닥을 때리며 모안은 입을 열었다. 이 모든 것이 자신의 주책 맞은 입이 저지른 일 같아 괜스레 미안해지는 순간이었다.

"근데……."

모안은 한참 동안 자책을 하다 고개를 들어 주위를 둘러보았다. 사람들은 이번엔 또 무슨 소리인가 싶어 시선을 주었는데 모안은 주변을 바라보며 입을 열었다.

"혹시, 우 형 어디 갔는지 본 사람 있어요?"

"응?"

그 말에 마유조는 미간을 찡그리며 눈을 돌렸다. 그러고 보니 한 사람의 신형이 보이질 않았다.

우언, 그가 사라졌다. 벌써 삼 일 전부터 말이다.

第三章
하남성, 소림사 소실봉 모옥 2

어제까지 적이었던 사람이 하루아침에 친구처럼 군다면 어떻게 될까? 사백승을 보면 확실히 알 수 있었다. 어색해도 이렇게 어색할 수가 없는 것이다.

머릿속에서 각오를 죽이려 했던 그. 그것도 단야 본인의 몸을 사용해서 그리하려 했었다. 그건 죽어도 잊을 수 없는 일인 것이다.

그런데도 이렇게 화려하고 친근한 미소라니. 게다가 더욱 이상한 건 더 이상 단야의 마음에서 악감정이 생기지 않는다는 점이었다.

"기억이 온전하지 못하다면 되살려 주어야겠지. 그럼 이것은 기억하나?"

"……!"

단야의 두 눈이 커졌다. 한순간 사백승의 왼손이 움직이더니 피 한 방울이 허공으로 튕겨 올라온 것이다.

그런데 그 핏방울이 땅에 떨어진 순간, 온 세상은 붉게 변하고 있었다. 단야는 자신도 모르게 자리에서 일어섰다.

"기억할 수밖에 없겠지. 자네와 내가 처음으로 만난 날일세. 요녕성의 흑산, 그날일세."

틀림없었다. 모든 것이 다 붉었던 그날; 기억 모두를 잃어버린 그날이 지금 눈앞에 펼쳐지고 있었던 것이다.

죽은 듯이 누워 있는 월홍과 그 월홍을 안고 있는 사백승. 자신은 일 장여 떨어진 곳에서 그들을 바라보고 있었다.

"……."

언젠가 꾸었던 꿈, 자신의 원정을 월홍에게 주는 그 순간이 지금 다시 벌어지고 있었다. 이어 사백승은 단야의 머리에 손을 대며 기운을 불어넣고 있었다.

그저 잘못된 기억이 아닐까 했었다. 꿈이라는 것은 반드시 현실에 바탕을 두는 것이 아니니 말이다. 그러나 지금 보는 것은 분명 현실이었다.

그날의 일이 확실한 것이다. 단야는 말없이 한쪽에서 움직이는 세 사람을 바라보았다. 여기까지가 그가 꿈이라 생각한 장면인데, 바로 그때였다.

"이걸로 문주가 할 일은 다 하신 것이오?"

뒤쪽에서 들린 늙수그레한 목소리에 단야의 시선이 돌아갔다. 한데 그 인물은 단야도 너무나 잘 아는 인물이었다.

"향 노야……."

온몸에 피 칠을 한 채 다가온 노인은 바로 향금수였던 것이다. 게다가 그 옆엔 묘묘도 있었다.

둘 다 심한 부상을 입었는지 성한 곳이 거의 없었다. 그러자 사백승은 고개를 끄덕이며 말했다.

"그래, 이 친구까지 모두 세 명이지. 나머진 어떻게 될지 그들의 몫이다, 향금수."

담담한 그의 목소리에 향금수는 고개를 끄덕였다. 상황이 이렇다면 받아들여야 했다. 이제 그가 할 수 있는 일은 없는 것이다.

"하면 저와 묘묘는 이제 떠나도록 하지요. 참으로 긴 세월 동안 귀문이란 두 글자를 안고 살았습니다."

"그래요. 귀문은 새롭게 태어나게 되겠지요. 전 그리 알고 있겠습니다."

두 사람은 말과 함께 고개를 돌렸다. 그리곤 어디론가 움직이려 했으나 그리할 수는 없었다.

"아니, 아직 그대들이 할 일은 남아 있네. 다른 두 사람에 비해 이 친구는 조금 걱정이 되는군."

"…문주?"

그의 목소리에 두 사람 모두 의아한 얼굴을 만들었다. 뭐가 걱정이 되는지 이해할 수 없었던 것이다.

"두 사람은 야심이 있다. 그러나 이 친구는 야심 따윈 없어. 따라서 잘못하면 꽃이 피기도 전이 질 수가 있네."

"……."

"이 친구의 앞길에 조금 도움을 주시게나. 일단 자네가 좀 힘을 써야겠군. 모든 조건이 맞추어질 때까지 말이야.”

“하나 문주, 지금까지도 자연의 조화를 충분히 어긋나게 만든 우리입니다. 더 이상은 무리예요.”

묘묘의 목소리였다. 그녀는 한 걸음 앞으로 나서며 월홍과 단야를 번갈아 바라보았다. 두 사람 다 이젠 의식을 잃은 채 쓰러져 있었다.

“귀문을 지키는 가신으로서 우리가 할 일은 이미 넘쳤다고 생각합니다. 이젠 그 집념을 거두어주실 순 없나요?”

그녀는 간절한 염원을 담아 이야기했다. 하나 사백승은 고개를 좌우로 흔들며 답했다.

“그럴 테지. 자네들은 이미 죽은 사람들, 그러나 단 한 번만 더 부탁하네. 십 년이면 충분하네.”

그는 조용히 중얼거리며 눈을 감았다. 그리곤 다시금 나직한 목소리로 말했다.

“나머진 내 아내가 해줄 것이야. 그녀에게 못할 짓이긴 하나, 이것은 어쩔 수 없는 것이지. 귀문을 내 대에서 끝낼 수는 없으니…….”

“문주!”

향금수의 목소리가 커졌다. 그는 앞으로 다가서며 커다랗게 소리쳤다.

“당신이란 사람은 대체 어디까지 이기적으로 행동할 것이오! 당신의 아내와 아이들이 무슨 죄가 있다고 이 피 어린 흉사에 동참시키려 하는 것이오!”

향금수는 이를 악물고 소리쳤다. 문주에게 하는 말치고는 상당히 결례되지만 사백승은 아무런 말도 없이 웃기만 할 뿐이었다.

"그냥 그대로 해주시오. 그것이 나의… 마지막… 소원… 하아……."

"…문주님!"

묘묘가 손을 들었다. 죽어가는 사백승의 혼을 붙잡으려 하는 것이었는데, 그리할 수는 없었다. 향금수가 그녀의 손을 잡은 것이다.

"향 노야! 이러면 그를 보낼 수밖에……."

"죽게 놔두게나. 이 이상 그를 잡는 것은 집착일 뿐이야."

향금수는 단호하게 말했다. 그는 아예 사백승 쪽은 보지도 않은 채 단야와 월홍만 신경 쓰고 있었다. 일순 향금수의 두 손이 붉게 물들기 시작했다.

"정말 원한다면 그리해 주지요, 문주. 그러나 그 결과에 대해선 난 책임질 수 없습니다. 어떤 결과가 오든 말입니다."

향금수의 양손이 월홍과 단야의 머리를 향했고, 이어 그의 두 손에선 붉은 기운이 흘러나오기 시작했다. 흘러나오는 붉은 기운은 모두 단야와 월홍의 머릿속으로 들어가고 있었다.

"잘 봤나?"

단야의 양손이 꽉 쥐어졌다. 마치 꿈을 꾸는 듯한 이 상황에서 그는 뭘 어떻게 해야 할지 감조차 잡지 못하고 있었다.

"이건 꿈이 아니야. 네 의식 속 깊이 잠재워져 있었던 기억을 다시 되돌린 것뿐이지. 물론 그 기억 속에는 나의 기억도 같이 있다.”

사백승의 목소리에 단야는 고개를 돌렸다. 이야기를 하는 내내 그는 아무렇지도 않은 표정을 짓고 있었는데, 단야는 이해할 수가 없었다.

이것이 사실이라면 정말 간교한 인물은 바로 그였다. 십 년의 세월 동안 그의 의지로 인해 단야의 인생이 망가진 것이나 다름없는 것이다.

“그래, 그의 말이 맞다, 단야. 내가 보증하지.”

“…….”

낯익은 목소리에 단야는 고개를 돌렸다. 그곳엔 방금 전과 달리 깨끗한 옷을 입은 묘묘와 향 노야가 서 있었다. 방금 전까지 피로 범벅이 되어 있었던 두 사람의 환영은 이미 사라진 후였다.

이미 그쪽의 환영들은 사라지고 난 후였다. 단야는 다시 고개를 돌리며 입을 열었다.

“당신이 내 기억을 사라지게 한 것인가? 나와 월홍의 기억을?”

단야의 말에 향 노야의 고개가 끄덕여졌다. 사고로 기억을 잃은 것이 아니라 바로 그가 한 짓인 것이다.

자연스럽게 단야의 몸에서 기운이 일어났고, 그는 그 힘을 주먹으로 보냈다. 그리고는 향 노야의 목을 향해 주먹을 뻗었다.

파아아앙!

강렬한 권풍이 허공에 울렸다. 단야의 분노가 그대로 향 노야를 향한 것이었다.

단 한 수에 향 노야의 신형은 허깨비가 되어 허공으로 흐트러졌다. 물론 이것으로 화가 풀릴 리는 없었지만 이 정도라도 하지 않으면 단야는 미칠 것만 같았다.

"이런 것으로 자네의 화가 풀린다면 몇 번이든 죽어주지. 그러니 잠시만 진정해 주겠나?"

형체가 사라졌건만 그의 목소리는 여전히 들려왔다. 그와 함께 마치 반딧불이 다시 모이듯 향 노야의 신형이 환영처럼 나타났다.

그리곤 다시 단야의 앞에 서서 조용히 웃고 있었다. 단야는 어금니를 꽉 깨물며 말했다.

"도대체 당신들이 원하는 것이 뭐지? 아니, 그보다 당신들은 누구야? 귀문이라는 것 빼놓고 내가 아는 것이 하나라도 있는 건가?"

이젠 그도 헷갈리기 시작했다. 근 십 년간을 살갑게 살았다고 생각했던 그였지만 지금 보니 그게 아닌 듯싶은 것이다.

"단야, 우린 당신을 속인 적이 없어요. 적어도 지난 십 년간 진심으로 대했다고 말할 수 있어요. 우리에게 마음이 있다면 말이죠."

묘묘의 목소리, 언제나처럼 나긋한 그녀의 목소리에는 진심이 담겨 있었다. 사람의 마음을 흔들 정도로 말이다.

"우리가 원하는 것이라고 했나? 그건 너무나도 간단하지. 이 세상에서 더 이상 할 수 없는 일을 자네가 해주길 바라는 것이야. 우리가 원하는 것은 그것뿐이지."

단야의 미간이 꿈틀거렸다. 십 년간을 꼭두각시로 만들었다가 이제야 제정신을 돌려놓았다. 그런데 그 이유가 이제 자신들이 할 일을 해주어야 하기 위해서란다.

화가 날 수밖에 없는 일이었다. 그는 어금니를 깨물며 조용히 말했다.

"싫다면?"

간단한 말이지만 그 짧은 것에 담긴 뜻은 상당했다. 단적으로 이들에 대한 단야의 적개심을 여과없이 보여준 것이다.

솔직히 지금 생각으로선 전혀 그들의 사정 따윈 전혀 봐주고 싶은 마음이 없었다. 이건 그냥 일방적인 통보. 왜 자신이 이런 일을 당해야 하는지 이해할 수 없었던 것이다.

마음 같아선 당장에 이들을 때려눕히고 싶을 정도였지만 꾸욱 참고 있는 중이었다. 한때 소림에 몸을 담았던 그였기에 이같은 인내심이 있었던 것이다.

"제일 난감한 대답이긴 하지. 어찌 생각하시오, 문주?"

향 노야는 빙긋 웃으며 입을 열었다. 그러나 그 웃음은 그냥 겸연쩍어 웃는 것이 아니었다. 한쪽 입술이 살짝 비틀려 올라간 비웃음이었다.

그건 단야의 결정을 비웃는 것이 아니었다. 단야를 선택한 문주, 사백승에게 향하는 비웃음이었던 것이다.

"핫핫, 어찌 생각하다니? 당연한 것을 왜 묻는가?"

한데 사백승은 생각외의 반응을 보여주었다. 단야에게 화를 내거나 자책하는 얼굴 따윈 전혀 없었다. 그저 순순히 이 상황을 받아들이고 있었던 것이다.

"비록 이렇게 모습을 보여주고 있지만 이것은 허상. 결국 난

네 머릿속에서 의지만 조금 살아 있는 상황이었다. 그런데 그것도 이젠 다한 듯하구나, 단야."

"……."

"네가 내 의지에 반하여 각오를 죽이지 못할 때부터 이미 정해진 것이었다. 난 더 이상 너와 함께할 수 없다, 단야."

사백승의 말에 단야는 신형을 돌렸다. 마치 이젠 사라질 것 같이 이야기하고 있었으니 관심이 갈 수밖에 없었다.

"의지만 있었다. 한데 그 의지가 이미 주인의 정신에 꺾여 버렸으니 어찌 있을 수 있을까? 그래서 마지막으로 자네와 이야기하고 싶었네. 모든 것을 다 원래대로 돌릴 겸해서 말이야."

단야를 향해 천천히 걸어오며 사백승이 입을 열고 있었다. 한데 그 신형이 조금씩 옅어지고 있었다.

"물론 원래대로 돌린다고 해서 그간 일어났던 일들이 모두 무위로 돌아가진 않는다. 지난 십 년간의 일은 너에게 진심으로 미안하게 생각한다, 단야."

믿어지지 않는 소리를 계속해서 그럴까? 단야의 귓가엔 더 이상 그의 소리가 들리지도 않았다. 그저 흐르는 바람 소리처럼 들릴 뿐이었다.

"네가 어떤 길을 선택하든지 더 이상 관여하지 않겠다. 이렇게 이야기를 해본 것만으로도 난 만족한다. 그러니……."

사백승의 신형은 이제 거의 보이지 않을 지경이 되었다. 점점 앞으로 다가오는 그였지만 굳이 움직여 피하지 않아도 될 정도로 말이다.

"그만 너의 인생을 살아다오, 단야. 그것으로 너와 네 친구가 우리에게 한 일은 잊겠다."

"……!"

단야의 두 눈이 꽉 감겼다. 잊고 있던 이야기였다. 지난 십 년간의 일에 놀라 그간 잊고 있던 것이 이 사실이었다.

그와 가화준은 사백승에게 빚이 있었다. 그 마음의 빚을 이런 식으로 탕감하게 될 줄은 정말 의외였다. 예상외의 상황인 것이다.

어쩌면 무의식 속에서 가장 원하던 순간이 지금인지도 몰랐다. 그런데 그 순간이 막상 다가오자 그는 어찌해야 할지 알 수가 없었다.

"그럼 이번엔 우리들의 차례구만. 이제 자네가 가진 기억의 봉인을 풀겠네. 우리도 사라지기 전에 해야 할 최소한의 일이니……."

스스스스.

향 노야의 목소리에 단야는 고개를 돌렸지만 이미 그와 묘묘의 신형은 어디에도 없었다. 대신 그의 주위를 온통 붉은 기운이 감돌고 있었다.

그리고 그 기운이 휘도는 사이, 강렬한 기운에 머리가 깨지는 듯한 고통이 일자 단야는 머리를 감싸 쥐며 그 자리에 주저앉았다. 그야말로 참기 힘든 대단한 고통이었다.

하나 그는 꾸욱 참으며 그 자리에서 버텼다. 그럴 수밖에 없는 것이, 그저 고통만 수반한 것이 아니었던 것이다.

고통과 함께 서서히 그간 잊혀졌던 기억이 한꺼번에 돌아오고 있었던 것이다.

2

　적막함이란 것이 그리 나쁜 것은 아니었다. 특히나 계현과 계양에게 있어서는 친구나 다름없었다. 산사의 수양이라는 것엔 당연히 적막함이 깃들어 있으니 말이다.

　때론 그 적막함이 고마울 때도 있었다. 언제나 생각을 하고 또 그 생각을 무공으로 현실화할 땐 적막함은 필수였다. 극도의 집중이 가능하니 말이다.

　그런데 지금 느껴지는 이 적막함은 전혀 달갑지 않은 것이었다. 자연 속에서 나타나는 적막함이 아닌 사람이 만들어낸 적막함이었으니…….

　짤그랑.

　계도에 달린 고리가 살짝 울리는 것이 소리의 전부였다. 평소라면 미간을 찌푸리며 싫어했을 소리지만 지금은 그 반대였다.

　자신이 살아 있음을 알려주는 소리가 바로 이것이었다. 자인도 계현은 그렇게 온 정신을 집중해 사방을 바라보기 시작했다.

　쉬이이이이.

　완연한 봄이 되었건만 바람은 을씨년스럽기 그지없었다. 아니, 그보다 그 바람에 실려오는 내음이 더 문제였다.

　너무나도 역한 내음, 구역질이 나게 만들 정도로 강렬한 내음은 틀림없는 피 내음이었다. 이 낙양 안이 지옥으로 변하고 있었던 것이다.

그것이 무엇인지 채 알아차리기도 전에 계현과 계양은 쫓기고 있었다. 그들의 정체가 누구인지 모르지만 꽤나 괜찮은 무위를 가지고 있었다.

아니, 솔직히 아무리 이들이 대단한 무공을 가지고 있다 하더라도 두 사람은 별 어려움 없이 움직일 수 있었다. 한데 문제는 이들이 아니라 이들의 인솔자인 듯한 자에게 있었다.

대단한 무위를 가지고 자신들을 꼼짝 못하게 만드는 그는 틀림없이 육마의 한 명이다 그것도 상당한 지위에 있는 자가 분명했던 것이다.

흡사 살수라도 되는 것처럼 철저하게 몸을 숨긴 채 자신들을 옥죄어오는 자들이지만 그들보다는 그 한 명이 더 위험했다. 계현과 계양은 지금 그자의 신형을 찾는 중이었다.

스스스스스.

귓가에 작은 소리가 들려오자 계현은 손목을 틀어 올렸다. 지금껏 기다린 것은 이 소리를 내는 자를 만나기 위함이었던 만큼 신중에 신중을 기했다.

소리가 들린 후 감각에는 아무런 것도 느껴지지 않았다. 그러나 내력을 끌어올려 그 감각으로 상황을 파악하고자 한다면 이미 늦은 것이었다.

피이이잇.

계현의 계도가 허공을 갈랐다. 그저 눈앞의 빈 공간을 가르는 듯한 동작일 뿐이지만 그 위력은 놀라웠다.

꽈지지지직.

공간이 일그러지고 있었다. 베어낸 것이 아니라 마치 몽둥이로 뭉개 버린 것처럼 보였는데, 진짜 놀라운 것은 그것이 아니었다.

파아아아아.

"피하시게, 계양!"

타탓. 파아아아앙!

두 사람의 신형이 동시에 허공으로 날아올랐다. 그들이 있던 곳엔 그저 옅은 운무가 미끄러져 올 뿐이었다.

그러나 그 운무의 위력은 상상을 초월했다. 계현은 땅에 내려서자마자 자신의 소매에 눈길을 던졌다.

"……."

눈에 잘 보이지도 않을 정도로 작은 구멍들이 수없이 나 있었다. 대체 어떤 무기가 이런 효과를 낼 수 있는지 짐작조차 못하는 가운데 살수들의 공격이 시작되었다.

"갈!"

쩌렁. 피리리링!

계현은 춤을 추었다. 한데 그가 추는 춤은 평소에 보여주던 그런 정갈한 춤이 아니었다. 살기를 담뿍 머금은 패도적인 춤사위였다.

시시시싯!

살을 가르는 소리조차 나지 않을 정도로 정교하고 쾌속한 도법에 흑의인들이 사방에서 허공으로 튀어 오르고 있었다. 물론 그들이 원해서 그런 움직임을 보인 것은 아니었다.

계현이 그리 만든 것이다. 계도가 직접 닿은 것이 아니라 도기가 발출되어 허공을 이격한 셈인데, 원래 그는 계도가 아니라 곤법을 사용하는 사람이었기에 이런 현상이 생기는 것이다.

곤의 효용은 베는 것이 아니라 튕겨 버리는 것인데 계현의 계도 또한 그런 역할을 하고 있었다. 덕분에 막아낸 흑의인들은 약 일 장여를 튕겨 나와 바닥에 널브러졌다.

터텅. 파아아…….

땅에 떨어지고 나서야 피가 쏟아져 나올 만큼 그의 도법은 정교했다. 그러나 그런 만큼 많은 내력을 소비하게 만들었다.

"후우……."

긴 한숨과 함께 일단 상황을 지켜보려 할 때였다. 그의 눈앞에 기이한 현상이 나타났다.

스스스스스.

예의 그 소리가 다시 들려오자 계현은 계도를 들어 올렸다. 그리고는 온 내력을 실어 아래에서 위로 쳐올렸다.

"요망한! 차아앗!"

쩌러러러렁!

강렬한 폭음과 함께 계현은 뒤로 두어 걸음 물러섰다. 뒤쪽에서 계양이 달려나와 부축할 정도로 크게 휘청거렸는데 계현은 오른 손목을 꺾으며 계도를 땅으로 향했다.

콰각.

"사… 사형!"

놀란 계양의 목소리가 들려왔다. 계현이 계도를 지팡이처럼 짚은 채 한쪽 무릎을 꿇었던 것이다. 이 한 번의 겨룸은 진짜 어이없는 결과를 나타내었다.

"놀랍군, 어떻게 이런 무공을 펼칠 수 있지? 이제 보니 우모 침이었나?"

조용한 중얼거림과 함께 계현은 허리를 펴고 일어섰다. 그리고는 눈을 돌려 자신의 왼팔을 바라보았다.

왼팔엔 아주 작은 구멍들이 숭숭 뚫려 있었다. 솔직히 자세히 살펴보지 않는다면 알 수 없을 정도로 작은 구멍. 그러나 그 구멍을 통해 무엇인가 계현의 왼팔을 뚫고 들어왔다.

"우모침이라니요? 대관절 어디서……."

계양의 물음에 계현은 턱을 들어 올려 앞을 가리켰다. 그러나 계양의 눈엔 아무것도 보이지 않았다.

한데 바로 그 순간, 계양은 무언인가를 느끼며 바로 주먹을 내질렀다. 부지불식간에 지른 주먹이지만 그 손에 담긴 힘은 절대 작은 것이 아니었다.

우우웅.

거력이 담긴 손짓에 공기의 파동이 강렬해지는 듯했다. 그러다 갑자기 팽팽한 가죽이 찢어지듯 강한 폭압이 생겨났다.

빠아아앙!

귀청을 찢는 소음과 함께 허공에서 누군가 하늘로 치솟았다. 계양은 순식간에 십여 개의 권을 날렸다.

스파파파팡!

왼손은 가슴에 올린 채 오른손만 빠르게 날린 일격, 움직이는 오른손이 보이지도 않을 정도로 빠른 공격이었다.

하지만 빠르다고 해서 위력이 떨어진다면 오산이었다. 하나

하나가 백 근 거석을 반으로 쪼개 버릴 만한 위력을 담고 있었지만, 오늘만은 달랐다. 그 거대한 위력은 전혀 나타나지 않았다.

십여 개의 권력은 모두 허공으로 흩어져 버린 것이다. 단 하나도 맞추지 못하자 계양의 눈이 매서워졌다.

"아미타불⋯ 보통은 넘는 시주시구려."

웅혼한 내력이 절로 묻어나는 음성이 허공에 울렸다. 그러자 그와는 정반대로 아주 가늘고 부드러운 목소리가 들려왔다.

"오호홋, 당연한 일 아니겠어요? 천하의 삼선승 중 둘을 홀로 상대하는데 이 정도는 해드려야지요."

남자의 목소리가 아니었다. 그 순간 허공에서 천천히 한 여인이 내려오고 있었는데, 호리한 몸매에 작은 키를 가지고 있었다.

예쁘장하게 생긴 얼굴은 나이를 짐작조차 못할 정도였다. 길을 가다 만났다면 조용히 웃음이 떠오를 정도의 아름다운 얼굴. 그러나 계양과 계현의 얼굴은 딱딱하게 굳어졌다.

"과연 뉘신가 했더니 세류마미가 아니신가? 참으로 오랜만에 뵙소이다."

정중한 목소리가 계양의 입에서 흘러나오자 이림은 웃었다. 그 화사한 미소에 뭇 사내라면 단번에 마음이 녹았을 테지만 상대는 계양이었다.

"어머나, 미천한 신녀의 이름을 아직까지 기억해 주신다니 그저 영광일 따름입니다. 어떻게, 신녀의 대접이 소홀함이 없었는지요?”

“분에 넘치는 대접에 황송할 따름이지요. 걱정하지 않으셔도 됩니다. 아미타불…….”

서로가 뼈가 있는 말을 주고받으며 자세를 잡았다. 계현은 오른 어깨를 앞으로 내민 채 계도를 살짝 들어 올렸다.

“그간 보지 않은 사이에 많은 발전이 있었나 보구려. 이젠 이 사람들도 벅찰 정도로 말이외다.”

“오홋, 그럴 리야 있겠습니까? 무공이 높은들 어찌 천하의 삼선승과 비교할 수 있겠습니까? 실은 이 소녀도 지금 벅차서 다른 분을 모셨답니다.”

“……..”

세류마미 이림, 여리디여린 여인처럼 보이지만 그건 정말 오산이었다. 육마의 한 명으로서 충분히 주의해야 할 여인이었던 것이다.

설마 이 여인이 나왔을 줄은 계현도 미처 짐작하지 못했었다. 기껏 오정마군 양무회 정도로 생각하고 있었던 것이다.

한데 서열 두 번째의 이림이라… 어쩌면 이 낙양은 교두보가 아니라 본거지일 수도 있다는 생각이 들기 시작했다.

“오래 기다리게 해서 미안하군.”

그리고 바로 그때 또 한 명의 목소리가 들려오자 두 사람은 긴장하기 시작했다. 계현과 계양, 두 사람의 감각에 아무것도 걸리지 않았던 것이다.

전혀 느껴지지 않는 것은 자신들보다도 고수란 뜻이었다. 그런데 그보다 더 놀랄 일이 눈앞에서 나타났다.

스스스스.

"······!"

두 사람의 눈앞에 한 사내가 나타나고 있었다. 그런데 그냥 나타나는 것이 아니라 연기처럼 나타나고 있었다.

아니, 세류마미 이림의 그림자에서 나타나니 귀신이 곡할 노릇이었다. 그런데 두 사람의 눈에 사내의 양손에 든 것이 바로 띄었다.

단창, 약 두 자도 안 되는 짧은 단창을 본 순간 사내가 누구인지 알 수 있었다. 삼마, 천환마창 마헌이었던 것이다.

"이마와 삼마께서 직접 나섰다니, 오늘 우리 두 사람이 아주 호강을 하는구려."

"크흐홋, 그건 틀린 말이 아니군. 호강은 호강이지."

단창도 단창이지만 그의 몸에 휘감긴 기운도 묘했다. 검은 회오리가 계속 휘감겨 있어 얼굴을 알아보지 못할 정도였다.

"그리고 그런 호강을 두 사람만 경험하게 할 수 없어서 미리 한 사람을 만나고 왔다."

툭.

순간 마헌이 무언가를 집어 던지자 두 사람의 발 앞에 길쭉한 것이 떨어졌다. 한데 그 모양을 본 순간 두 사람의 눈이 변했다.

그건 누군가의 손이었다. 한데 그 손은 자신들과 같은 색깔의 소매를 달고 있었다.

아니, 소매뿐만이 아니었다. 그 손목에 달린 염주는 너무나도 눈에 익은 것, 누구인지 모를 턱이 없었다.

"…삼제!"

계은의 팔이 분명했다. 두 눈을 부릅뜬 채 계양은 피를 토하듯 소리쳤다. 이 팔이 여기 있다면 그 팔의 주인이 어찌 되었을지 너무도 극명한 것이다.

"네놈이 감히! 삼제는 어디에 있느냐!"

더 이상 그의 목소리에 중후함은 깃들어 있지 않았다. 대신 깊은 곳에서 피어오르는 살기만이 충실할 뿐이었다.

"큭, 궁금한가?"

시릉.

단창을 들어 올리며 마헌이 중얼거리듯 말했다. 한데 순간 그의 모습이 시야에서 사라졌다.

그리고 그의 모습이 사라진 순간, 계현의 신형도 같이 사라졌다. 이어 강렬한 파공음이 허공을 울렸다.

쩌어어어엉!

두 사람은 어느새 일 장여 뒤에서 일 합을 나누고 있었다. 계도와 단창이 서로 격하게 떨리는 가운데 마헌의 목소리가 들려왔다.

"지옥에 가서 만나보도록, 먼저 보내놨으니."

계현의 두 눈에서 불길이 일어났다. 그리고 그 불길만큼이나 강한 내력을 키워 올리는 계현이었다.

*　　　*　　　*

"다 끝났습니까?"

도시황의 목소리에 향 노야의 고개가 끄덕였다. 침상에 누워 있는 단야를 사이에 둔 채 묘묘와 향 노야는 침상에 걸터앉아 있었다.

"조금이라도 쉬셔야겠군요. 그럼 원기를 북돋을 수 있도록 침이라도……."

"헛헛, 자네도 참 웃기는 친구로군. 우리가 침을 맞아 무슨 소용이 있겠나? 신력으로 버텨온 것인데."

"노야의 말이 맞습니다. 우린 이제 백약이 무효한 사람들이지요. 아니, 따지고 보면 십 년 전부터인가요?"

향 노야와 묘묘의 이야기를 들으며 도시황은 천천히 고개를 끄덕였다. 그것이 무슨 말인지 그는 잘 알고 있었다.

신귀자와 염혼녀, 당당한 귀문의 일인이자 무의신혼 중 신과 혼을 맡은 두 사람. 그들의 생명 또한 이제 완전히 사그라지고 있었던 것이다.

오랜 세월 동안 함께해 온 두 사람에게 해줄 것이 아무것도 없다는 것이 도시황의 마음을 아프게 하고 있었다. 그런데 그때 신귀자 향금수의 목소리가 들려왔다.

"우리야 이제 할 거 다 한 사람들이네만 자네의 표정이 그리 좋지 않군그래. 아무리 정이 들었다 한들 우리 때문은 아닌 것 같은데?"

뭔가를 느꼈음인가? 향금수의 목소리가 들려오자 도시황은 고개를 들었다. 왠지 뭔가 들킨 것 같은 표정이 그의 얼굴에 떠오르고 있었다.

"어떻게… 되었습니까?"

"무엇을? 아, 이 친구 말인가?"

향금수는 웃었다. 그는 잠시 의미심장한 웃음으로 도시황을 향해 웃더니 다시금 입을 열었다.

"신경 쓸 게 무에 있겠는가? 그가 원하면 되는 것이고 원하지 않으면 그것으로 족한 것이지."

너무도 담담하게 이야기하는 그를 보며 도시황은 입을 꽉 다물었다. 이건 그가 생각하는 대답이 아니었던 것이다.

"단야, 이 친구의 생각이야 알 필요도 없는 것이지. 아니, 그것보다 난 자네의 생각을 듣고 싶네. 어떤가?"

"…무슨 말씀이십니까?"

도시황은 되물었다. 상황을 알려 했더니 되레 질문이 들어왔다. 생각을 듣고 싶다고 하는 말이 무슨 뜻인지 알 수가 없었던 것이다.

"말 그대로 자네의 뜻이지. 그간 우리를 위해 많은 일을 해주었네. 그건 나나 여기 묘묘 모두 인정하는 것일세."

명백한 이별의 느낌. 도시황은 그것을 느낀 듯 고개를 좌우로 저으며 말했다.

"무슨 말씀인지 도무지 알 수가 없군요. 못 들은 것으로……."

"쉽게 말해 우린 죽었지만 자넨 살아 있다는 뜻일세. 그래도 모르겠나?"

"……."

도시황은 아무런 말이 없었다. 어떤 행동도 하지 못한 채 그저 두 사람을 바라만 보고 있을 뿐이었다. 향 노야의 목소리는 계속되었다.

“나 향금수, 귀문의 한 사람으로서 그간 귀의(鬼醫), 자네의 노고에 정말 감사하네. 그러나 이것으로 그만두게나. 자네에게는 연의궁이라는 것이 있지 않나?”

“연의궁은 저만을 위한 것이 아닙니다. 연의궁은 저희 귀문이……”

“헛헛, 역시 자넨 좋은 친구야. 우리 귀문에 자네가 있어 지금까지 오게 된 것이네. 하나 이제 와서 귀문이라는 것에 얽매일 일이 있는가?”

마치 모든 것을 포기하려는 듯한 향금수의 말에 도시황은 이를 악물었다. 이제 천지간에 그 혼자만 남게 되는 것이다.

“하나 연의궁의 창업은 모두 귀문이 이 세상에 나오기 위한 것입니다. 그리고 그건 지금도 유효합니다. 어서 두 분께서도 다시 넋을 받아……”

“우린 시간이 오래 걸리네. 후대를 찾는 것 자체가 힘들지도 모르지.”

향금수의 목소리에 도시황은 아랫입술을 질끈 깨물었다. 뭔가 결정을 쉽게 할 수 없는 듯한 모습이었는데, 그러자 이번엔 묘묘가 입을 열었다.

“이 사람 묘상연(苗相演) 또한 같은 생각입니다. 우리가 천리를 거스르고 아직까지 이 이승에 있는 것은 모두 그대, 귀의의 의술 덕분입니다. 그것 하나만으로도 전 만족합니다.”

그녀의 목소리가 들려오자 도시황은 더더욱 입을 꽉 다물었다. 두 사람이 하려는 말을 그는 얼핏 알 것 같았다.

이 두 사람은 지금 자신과의 관계를 끊으려고 하는 것이다.

아니, 그럼으로 인해 홀로 서기를 종용하고 있는 셈이었다.

귀의, 그는 귀문의 한 명으로서 오래전부터 이 중원에 그 뿌리를 내렸다. 연의궁은 귀문의 노력으로 인해 생겨난 곳이었다.

그곳을 거점으로 이 강호에서 귀문이 바로 설 수 있게 한다는 것이 그의 생각이었다. 그러나 이제 그 일은 사실상 어려워졌다. 제일 중요한 것이 사라져 버린 것이다.

"명심하게, 시황. 우리는 이미 십여 년 전에 죽은 사람들이네. 나와 묘묘, 그리고 귀궁사 사백숭도 말이야. 즉, 귀문은……."

듣기 싫은 소리가 연이어 흘러나오고 있었다. 두 눈을 질끈 감았지만 들려오는 소리는 눈을 감은 것으로 해결할 수 있는 것이 아니었다.

"더 이상 이 세상에 있지 않다고 봐도 되네. 그러니 자네도 우리에게 얽매일 필요는 없지. 이젠 귀의가 아니라 연의궁주로 살아가게나. 웃차."

그는 할 말을 다 했다는 듯 일어섰다. 그리고는 묘묘와 함께 잠시 시선을 교환한 후 신형을 돌렸다. 밖으로 나가려고 하는 것이다.

"어디를 가십니까? 이 친구는 아직 깨어나지 않았습니다."

다급하게 두 사람을 부르며 도시황이 말했지만 묘묘와 향 노야는 멈추지 않았다. 문득 도시황의 바로 앞을 지나며 묘묘가 말했다.

"향 노야께서 말씀하셨듯 이제 남은 모든 것은 이 친구의 선택입니다. 이젠 우리가 할 일은 없지요. 우린 이제 이승에서 해야 할 일이 없습니다.”

“그 무슨! 아직 희망이 있지 않습니까! 염혼녀, 그러니 다시 생각을…….”

도시황의 말은 이어지지 않았다. 염혼녀 묘묘의 손이 그의 입을 살짝 막았기 때문이다.

“더 이상은 집착입니다. 귀의, 그럼…….”

아무런 말을 하지 못한 채 도시황은 입을 닫았고 두 사람은 그의 앞을 스치며 나아갔다. 그리고 들어왔을 때처럼 그렇게 두 사람은 연기처럼 허공으로 사라지고 있었다.

도시황은 그저 그 모습을 멍하니 바라만 볼 뿐이었다. 그는 비칠비칠 뒤로 물러나다 단야가 있는 침상에 털썩 앉으며 속삭였다.

“차라리… 집착이라면 좋겠군요. 이 모든 것이 말입니다. 그저 꿈이라면…….”

머리를 감싸 쥐며 도시황은 중얼거렸다. 물론 도시황은 이런 상황을 항상 염두에 뒀다. 모든 것이 다 사라지는 상황을 말이다.

이 세상에 남은 것은 오직 혼자라는 느낌, 그것뿐이었다. 그런 외로움이라면 지난 십 년간 충분히 겪었던 것이다.

“꿈이라고 하기엔…….”

“……!”

소스라치게 놀라며 도시황은 자리에서 일어섰다. 목소리는 바로 뒤에서 들려왔던 것이다.

“너무 많은 사람들이 사라졌소, 귀의…….”

도시황의 눈이 움직였다. 그가 걸터앉아 있던 침상, 그곳에는 한 사내가 있었다. 온몸에 붙였던 고약은 이미 침상 아래로 떨어진 지 오래였다.

단야, 바로 그였다. 오랫동안 누워 있을 것 같았던 그가 드디어 정신을 차린 것이다.

第四章
하남성, 소림사 산문 1

1

　오정마군 양무회는 두 눈을 번뜩였다. 상황은 그의 생각과 전혀 다름없이 돌아가고 있었다. 오차 따위는 있을 수 없는 일이었다.

　역시나 소림의 경계는 너무도 허술했다. 대부분의 무승들이 낙양으로 가 있었기에 가능한 일. 그렇다고 해서 다른 문파에서 응원을 나온 것도 없었다.

　아니, 천하의 소림에 누가 응원을 오겠는가? 기껏 온다면 속가제자들이나 올 수 있으련만 그들이라면 별문제없었다. 이미 소림의 주변은 두 겹, 세 겹 둘러쳐져 있으니 말이다.

　그것도 제일 좋은 방수들로 말이다. 그는 뒤로 시선을 주며 입을 열었다.

　"역시 내 생각이 맞았어. 이것으로 이제 강호의 판도가 바뀔 것이다."

득의의 웃음을 지은 채 그가 말하자 주위의 사람들은 고개를 살짝 끄덕였다. 그곳에는 사한을 비롯한 새로운 인물들이 있었다.

"뭐, 그거야 좋은 일이긴 한데, 정말 난 궁금합니다. 어째서 이렇게까지 우리를 도와주는지 말입니다. 게다가 육예의 분들이 직접 와주시다니 말이에요."

해실한 웃음을 지으며 그가 말하자 여섯 명의 사내는 알 듯 모를 듯한 미소를 지었다. 물론 그 미소가 진심에서 나오는 것은 아닐 터였다.

"말했다시피 우리가 필요한 것은 귀의서일 뿐이네. 그 외에는 어떠한 것도 신경 쓰고 싶지 않아. 그뿐일세."

평시의 말에 사한은 크게 고개를 끄덕였다. 그건 이미 밝혀진 일이었다. 그러나 그 하나 때문에 이렇게 큰일을 벌인다는 것이 이해가 가질 않았던 것이다.

아무리 생각해도 이건 다른 꿍꿍이가 있는 것이다. 그것이 무엇인지는 모르나 일단은 서로의 이해관계가 맞았다는 것이 중요했다.

"물론 드리지요. 천하의 육예에게 어찌 허언을 펴부을 수 있겠소이까? 이 사람, 반드시 약속을 지키겠소."

양무회는 득의의 웃음을 지으며 앞으로 나섰다. 이제 여기 온 이상 그는 거칠 것이 없었다.

"자, 그럼……."

수하들을 먼저 보낼 것도 없다고 생각한 듯 그는 직접 나섰다. 한데 나서는 것은 그와 사한뿐이었다.

"여섯 분께서는 안 가십니까?"

수상한 그들의 거동에 사한이 입을 열어 물었다. 거대한 산문을 앞에 둔 채 그들은 그저 팔짱만 끼고 있는 것이다.

"우리는 그대들에게 손을 빌려준다고 했을 뿐, 나서서 일해 준다는 말은 한 기억이 없소이다. 이 정도만 해도 충분히 도와드린 것 같소만……."

"호오……."

양무회의 눈이 날카롭게 빛나기 시작했다. 역시나 완전히 믿지 못할 자들이라는 것이 확연하게 밝혀진 순간이었다.

그러나 그건 자신도 마찬가지였다. 차라리 옆에서 신경 쓰이게 하지 않는다면 그게 더 나을 것이라 생각이 들었다.

"알겠소이다. 그럼 천천히 유람하며 오시구려. 이 사람은 당당하게 앞으로 나서겠소이다."

양무회는 발걸음을 옮겨 앞으로 나가 일주문 앞에 섰다. 거대한 일주문 제일 윗편엔 용사비등한 글씨체로 소림사라는 세 글자가 쓰여져 있었다.

"자, 그럼… 왔으니 인사부터 해야지?"

슛.

그가 품속에 쥐고 있던 판관필을 들어 올려 간판부터 때려 부수려 할 때였다. 양무회는 바로 신형을 뒤로 날리며 전방으로 시선을 던졌다.

"누, 누구냐!"

그는 정말 소스라치게 놀랐다. 어찌 보면 꼴사나울 정도로 말이다. 어느새 일주문 앞에 한 사람이 나타나 있었던 것이다.

아니, 그러나 상대는 쪼글쪼글한 노인이었다. 닭 잡을 힘조차 없어 보이는 노인이지만 양무회가 보기엔 그 어떤 자보다도 두렵게 느껴졌다.

"헛헛, 웃기는 놈이구나. 객이 이름을 밝혀야지 어째서 주인이 이름을 밝히누? 여기가 어디인지 모르고 온 것이냐?"

"……."

자신의 실태를 깨달은 양무회는 어금니를 꽉 깨물었다. 물론 말이야 노인의 말이 맞았다. 그러나 그걸 물어본 것이 아니었다.

노인의 정체, 바로 그것이 궁금해졌던 것이다. 양무회는 온 내력을 끌어올려 일단 노인을 향해 보이지 않는 암류(暗流)를 날리며 말했다.

"그리도 조용히 나타나시니 이 사람이 놀라서 그렇지 않습니까? 소인은 양무회라 하는 사람이올시다."

꽤나 대단한 무공을 지닌 듯한 노인이지만 무공이라면 양무회도 그리 만만한 사람은 아니었다. 그는 암류를 통해 끊임없이 상대를 탐색하려 했는데 왠지 점점 이상한 느낌이 들기 시작했다.

마치 저 깊은 웅덩이 속으로 무엇인가 빠뜨리는 듯한 느낌이 들었던 것이다. 전혀 반응이 느껴지지 않는 것이 왠지 불길함마저 드는 순간이었다.

"호오, 네가 오정마군이라 불리는 녀석이구나. 육마의 한 녀석이 어째서 본 사로 왔더냐?"

“…….”

노인이 물었지만 그는 더 이상 대답하지 않았다. 온몸에 느껴지는 감각은 그에게 끊임없이 자리를 피하라고 소리치는 중이었다.

뭔가 알 수 없는 느낌, 그 묘한 느낌을 다시금 확인하려 할 때였다.

“나는 이 소림에서 잠시 기거하는 사람이니라. 대놓고 이야기하긴 좀 그렇지만 각오라는 이름을 가지고 있단다.”

“현세연의불!”

놀란 양무회는 커다란 소리를 질렀다. 설마하니 이 사람을 이곳에서 만날 줄은 꿈에도 몰랐던 것이다.

그것도 소림사의 초입에서 말이다. 처음부터 모든 것이 어그러져 가는 듯한 느낌을 받는 양무회였다.

툭. 투툭.

황색 가사가 붉게 물드는 데 걸리는 시간은 고작 반 시진이면 족했다. 불자의 한 명으로서 공료는 마음 한구석이 찢어질 듯 아파오는 것을 느꼈다.

독경을 하며 목탁을 쳐야 할 손이었다. 그런데 그 손은 지금 누군가의 피로 물들어 있었다. 이름 모를 누군가의 피로 말이다.

물론 자신이 피에 미쳐 이런 결과를 원한 것은 아니었다. 누군가 자신을 향해 칼을 겨누었기에 자신도 그리할 수밖에 없었다.

하나 그렇다고 해서 자신의 행동이 정당화될 수는 없었다. 두 손에 담뿍 피를 묻힌 채 공료는 잠시 상념에 빠져들고 있었다.

"장문인! 좌측이 수상합니다. 어서 명령을!"

"……."

진현검 남궁하의 목소리에 그는 퍼뜩 정신을 차렸다. 그러고 보니 우측에서 검은 인기척이 잔뜩 몰려오고 있었다.

그들이 있는 곳은 낙양의 관도. 낙양에 들어서자마자 퇴로가 차단된 채 바로 공격당하기 시작했다. 그것이 딱 반 시진 전의 일이었던 것이다.

죽을 만큼 힘들게 경공을 달려 하루 반 만에 낙양으로 온 이들이었다. 그만큼 체력은 소진되었는데 마침 그때를 노려 공격해 오니 상당히 힘들 수밖에 없었다.

"원진! 원진을 이루겠소이다. 어서 모이시오!"

내력을 잔뜩 실은 채 공료가 외치자 삽시간에 그를 중심으로 둥근 원진이 만들어졌다. 약 삼십여 명의 소림 무승과 이십여 명의 남궁가, 그리고 팽가의 무인들로 만든 원진은 그 어떤 것보다도 단단할 터였다.

원래대로라면 삼십여 명이 아니라 팔십여 명의 무승이 있어야 했지만 나머지 오십여 명의 행방은 묘연한 상황이었다. 추측컨대, 이미 낙양 안으로 들어선 것으로 판단되었다.

그래서 서둘러 낙양으로 들어선 것인데 들어서자마자 그들을 맞이한 것은 수많은 살수들이었다. 그것도 상당한 실력의 살수들이 그들을 맞이했다.

소림의 무승들도 하나둘씩 쓰러져 어느새 삼십여 명만이 남은 상황이었다. 이들을 살리기 위해서라면 무슨 짓이든 해야 하는 것이다.

"흐읍!"

우측에서 작은 기합 소리가 들리자 공료는 고개를 돌렸다. 흙바닥으로 보였던 곳에서 칼끝이 솟아나 한 무승의 발등을 뚫고 나와 있었다.

"이놈!"

타탓. 파아아앙!

공료의 신형이 바로 사라졌다. 눈 깜박할 사이에 일 장을 이동하여 나타난 그는 바로 손을 뻗었다. 단야의 그것에 비할 바는 아니지만 멋들어진 불영선하보였다.

피에 물든 오른 주먹을 꽉 쥐며 그대로 땅 밑으로 내리꽂았다. 물론 살수가 그 자리에 그대로 있을 것이라고는 생각지 않았다.

아니, 그걸 생각할 필요조차 없었다. 그의 주먹에 담긴 위력은 상상을 초월했던 것이다.

쩌어어엉!

파파파파파.

지진이라도 난 듯 땅이 흔들리자 주변에서 검은 그림자가 허공으로 날아올랐다. 근 오 장여에 걸쳐 숨어 있던 살수들이 압력을 이기지 못하고 뛰어오른 것이었다.

"하압, 반야금강수!"

파라라라라.

공료의 양 소매가 커다랗게 부풀어 올랐다. 십성의 반야심공이 모두 끌어올려져 나온 현상이었는데, 이어 그의 양손이 벼락같이 움직이기 시작했다.

"천면인장(千面印掌)!"

파파파파팡!

쭉 뻗은 양손에서 거대한 힘이 뿜어져 나왔다. 한데 그냥 앞으로 뻗어나간 것이 아니라 갈래갈래 갈라지면서 좌우로 쫙쫙 휘어져 나가고 있었다.

모두 공료의 의지대로 움직이고 있는 것이다. 놀랍도록 정교한 그 장력에 다섯 명의 살수가 허공으로 튀어 올라갔다.

그들이 어떻게 되었는지조차 볼 사이도 없이 공료는 다시 입술을 꽉 다물었다. 어디선가 자신에게 향하는 강렬한 살기를 감지했던 것이다.

그 방향을 가늠하기도 전에 살기는 사라졌지만 이번엔 그 살기를 보낸 당사자가 덤벼들었다. 강렬한 기운의 일격과 함께 말이다.

"장문인을 보호하라!"

"떨어져라, 이놈!"

파파파파팡!

허공에 수많은 장력과 병기들이 퍼부어졌다. 솔직히 공료라도 이런 공격을 막아낸다는 것이 무리라고 생각될 정도로 말이다.

그런데 괴인영은 그런 생각을 무색하게 만들며 달려왔다. 마치 유령이라도 되는 듯 길게 꼬리를 매단 채 빠져나왔던 것이다.

공료는 양손을 들어 올렸다. 이 공격은 도저히 눈으로 볼 수 있는 것이 아니었다. 감도 엄청난 감각이 필요했다.

온몸의 감각을 깨워 올린 채 공료는 양손을 벼락같이 움직였다. 정확히 자신의 목 앞에서 박수를 치듯 양손을 움직인 것이다.

파가가각! 좌아아아앗!

공료의 신형이 뒤로 길게 물려졌다. 근 일 장여 가까이를 밀려나서야 겨우 신형을 멈출 수 있었다. 한데 그 혼자가 아니었다.

그의 앞에 한 사람이 있었다. 새까만 흑의를 입은 채 공료를 향해 박도를 찔러 넣은 그는 복면까지 착용해 보이는 것이라곤 오직 눈뿐이었다.

그의 박도는 공료의 양손에 잡혀 있었다. 합장을 한 양손 사이에 가지런히 박힌 그 박도는 그저 부르르 떨고 있을 뿐이었다.

"과연 소림이군. 이 천벽, 진심으로 감탄했소이다."

"…실시도 천벽? 풍마단주인가?"

천벽의 말에 공료는 놀란 표정을 지으며 말했다. 설마 그 이름이 나오게 될 줄은 전혀 생각지 못했다는 얼굴이었다.

"소림의 방장께서 이 사람의 이름을 기억해 주신다니, 그야말로 영광이 따로 없군요. 이 자리에서 죽는다 해도 여한이 없습니다."

"어째서 죽는다는 말이 그리 쉽게 나오는가? 모두가 살길이 있거늘, 굳이 혈로를 가려 하는가?"

천벽과 공료는 간단하게 말을 주고받았다. 하나 그 말뜻을 볼 때 가장 중요한 것은 다름 아니었다. 더 이상의 피를 흘리지 말자는 뜻인 것이다.

"짐작은 이미 하실 것으로 생각합니다. 풍마단이 그냥 도적 떼가 아님을 말입니다. 어찌하다 보니 육마들과 뜻을 같이하게 되었습니다."

잔잔한 소리를 내며 천벽이 말하자 공료는 미간을 찡그렸다. 사실 지금 상황에서 이렇게 서로 이야기하는 것은 상당한 내력을 소모하는 일이었다.

공료의 내력이야 스스로도 자부심을 가질 정도로 상당했지만 풍마단의 단주 천벽이 이 정도의 내력을 가지고 있다는 것은 정말 의외였다. 그저 중원에서는 일개 도적패로 알고 있었으니.

"하면 그 말은 상황에 따라서 바뀔 수도 있다는 말이 아니신가? 시주께서 도를 거두신다면 이 공료, 지금까지 있던 모든 일을 잊을 것이오."

말의 느낌이라는 것이 있다. 말을 하긴 하되 그 말속에 숨은 뜻이 조금은 보인다는 것인데, 천벽의 말속에서도 그런 것이 있었다.

어쩔 수 없이 육마와 같이 있는 듯한 생각이 든 것이다. 그래서 공료는 이런 이야기를 한 것이었다. 하나 천벽의 입장은 이미 확고했다.

"며칠 전이라면 그리했을 것입니다만, 이젠 너무 먼 길을 와 버렸군요. 이 칼에 묻은 피 중엔 소림 무승들도 있습니다."

“……!”

공료의 눈이 매서워졌다. 그 말이 무얼 뜻하는지 모른다면 그건 바보였다. 이미 이곳에 들어온 소림의 무승이 그의 손에 죽었다는 뜻이니 말이다.

“그러한가…….”

공료의 목소리가 낮게 울리며 허공에 퍼졌다. 아울러 그의 왼 손목이 빙글 돌려졌다.

세로로 세운 오른 손목과는 달리 왼 손목은 가로로 눕힌 것이다. 순간 양손에 힘을 크게 주며 그는 외쳤다.

“하면 그대의 뜻대로 할지어다!”

쩌어어엉!

천벽의 박도가 부러졌다. 공료가 가진 막대한 힘은 상상을 초월하는 것이었는데, 천벽은 신형을 뒤로 크게 날리며 왼손을 쫙 펴 앞으로 밀어내었다.

그 왼손의 앞에 공료의 오른발이 있었다. 순간 공료가 신형을 휘돌리면서 퇴법을 시전한 것이다.

파아아앙! 두둑.

괴이한 소리와 함께 천벽의 신형이 뒤로 튕기듯 날아가자 소림 무승들이 뛰어올랐다. 수장격인 자를 그냥 놓칠 수는 없었던 것이다. 한데…….

피피피핑!

“화살이다! 신형을 낮추어라!”

귓가로 섬뜩한 소리가 들려오며 화살들이 스쳐 지나갔다. 정말 아무런 소리도 없이 날아온 것인데, 그 화살에 소림의 몇몇 무승들이 쓰러졌다.

"당황하지 말고 화살을 보거라! 보고 움직이면……!"

무승들을 독려하던 공료의 두 눈이 커졌다. 그의 상식을 뛰어넘는 일이 일어났던 것이다.

일반적인 화살의 궤적이 아니었다. 유려한 곡선을 그리며 휘어져 들어왔다. 포물선을 그리는 일반적인 곡선이 아니라 좌우로 틀어지며 쏘아져 오고 있었던 것이다.

"그냥 두고 보실 것입니까? 이대로 둔다면 양쪽은 공멸합니다."

청선은 다급한 목소리를 내었다. 그는 지금 소림의 사람들이 있는 곳에서 약 삼십 장 정도 떨어진 어느 고택의 지붕 위에 있었다.

물론 그는 혼자가 아니었다. 옆에 호리한 여인 한 명과 있었다. 그의 주인인 비녀였다.

"그걸 바라고 시작한 일입니다."

청선의 말에 비녀는 간결하게 대답했다. 작고 예쁜 입에서 나오는 소리라고는 상상하기 힘들 정도로 잔인한 이야기였다.

"얼마 전이었다면 그 말을 믿었겠지만 이젠 믿기 힘들군요. 하면 저들은 어찌 말씀하실 것입니까?"

지붕 뒤편의 장원 안쪽을 가리키며 청선이 이야기하자 비녀는 아무런 말을 하지 못했다. 그곳엔 꽤 많은 수의 사람들이 누워 있었다.

소림과 천벽의 수하들이 꽤 많이 보였는데, 모두들 반듯하게 누워 마치 죽은 것처럼 가만히 있었다.

물론 죽은 것은 아니었고 수혈을 짚어 움직이지 못하게 한 것뿐이었다. 적아의 구분도 없이 약 백여 명에 달하는 숫자였다.

"쓸데없는 죽음을 막으시겠다면 지금이라도 내려가지요. 그러니 말씀만 하십시오. 하나 그것이 아니라면 굳이 이곳에 있을 필요가 있겠습니까?"

청선의 말은 지극히 타당한 소리였다. 공멸을 바란다는 비녀의 말은 차가웠지만 행동은 그렇지 못했다. 저 아래 있는 사람들은 상처를 꽤 입긴 했지만 죽은 사람은 단 한 명도 없었기 때문이다.

비녀의 의술이 어느 정도인지 모르지만 꽤 높은 것은 분명했다. 이 많은 사람들을 모두 돌봐놓는 데 채 반 시진도 안 걸렸으니 말이다.

"이도저도 결정하지 못하겠다면 제가 결정하지요. 본인이 보기에 주군께선 이런 일을 벌이실 분이 아닙니다. 벌인다 하더라도 평생을 후회하시겠지요. 전 그걸 막겠습니다."

청선은 말과 함께 신형을 돌렸다. 그리고는 전장으로 몸을 빼려 했는데, 그때였다.

"나를 위한 것이 아닙니다."

"……"

그녀의 목소리에 청선은 고개를 돌렸다. 비녀는 저 하늘 먼 곳 어딘가를 보는 듯 몽롱한 시선을 만들었다.

"내 부군을 위한 일이지요. 너무나도 빼어났기에 모든 이의 시샘을 받아야 했던 사내, 그를 위한 일입니다."

과거에 대한 이야기는 금기였기에 청선은 눈을 반짝였다. 비녀는 살풋한 미소와 함께 말을 이었다.

"날 만나지 않았다면 그는 아직 이 세상에 있을 것입니다. 쓸데없는 가문의 염원이 그에게 전해져 그가 죽었지요. 이 일은 그의 마지막 소원이었습니다. 천하제일의 문파, 소림의 힘을 소진시켜야 한다구요."

"…무엇 때문입니까? 무엇 때문에 소림을… 아니……."

청선은 비녀를 향해 물어보다 고개를 흔들었다. 가장 궁금한 것을 물어보기 위함이었다.

"대체 주군의 부군은 누구십니까?"

그야말로 가장 중요한 질문이었다. 이 질문의 대답 여하에 따라 전혀 다른 이야기가 도출될 수 있기 때문이었다.

비녀는 조용히 웃었다. 누군가를 그리워하는 저 눈빛은 일마와 같이 있을 땐 절대 볼 수 없는 눈빛이었다. 정말로 사랑하는 사람을 생각하는 눈빛인 것이다.

"세상에서 가장 강한 분이셨지요. 또한 가장 아름다운 분이시기도 했답니다."

소녀 같은 그녀의 목소리에 청선은 살짝 미간을 찡그렸다. 이렇게 느긋하게 옛이야기나 하고 있을 시간은 없었던 것이다.

그러나 이어진 그녀의 말에 청선의 미간이 쫙 펴졌다. 눈썹을 위로 치켜올리며 두 눈을 크게 뜨기 위함이었다.

"사백승… 귀문주 귀궁사 사백승 대협이셨지요."

＊　　　　＊　　　　＊

진맥을 하는 도시황의 눈빛은 더없이 진지했다. 그는 단야의 맥문을 붙잡고 꽤나 오랫동안 진맥에 진맥을 거듭하고 있었다.

그 외에도 여기저기 타진을 해보던 도시황의 손길이 이윽고 단야의 몸에서 떨어져 나왔다. 그리곤 조용히 생각에 잠기기 시작했다.

단야가 뭐라 물어보기도 힘들 정도로 도시황은 생각에 생각을 거듭하고 있었던 것인데, 갑자기 머리를 감싸 쥐더니 입을 열었다.

"도무지 이해하기 힘들군. 어째서 자네의 몸은 그대로지? 지금쯤이면 가슴의 상처는 물론이고, 환골탈태(換骨奪胎)와도 같은 현상이 나왔어야 하네."

내가 누구고 넌 누구냐는 이야기조차 없이 바로 말하는 도시황이지만 단야는 그가 누구인지 잘 알고 있었다. 머릿속에서 이미 그의 이름과 과거가 떠오르고 있으니 말이다.

"그렇습니까? 하나 몸은 그렇지 않군요. 전 그대로입니다."

"그러니 이리 이야기를 하는 것 아닌가! 그만큼의 환혼단(還魂團)을 먹었다면 지금쯤 완쾌가 아니라 그 이상이 되어야 하네!"

흥분하며 소리치는 도시황을 보며 단야는 품속에 손을 넣었다. 그리곤 작은 약병을 꺼내 보이며 말했다.

“신명단이 아니라 환혼단이란 것이군. 하면 이 모든 것은 다 당신의 생각인 것이오?”

“…….”

단야의 말에 도시황은 일순 할 말을 잃었다. 단야는 약병을 매만지며 말을 이었다.

“환혼단을 만드는 것도 그렇고, 그걸 나에게 전해주는 것도 그렇고, 그 모든 것이 다 당신의 계산 속에서 나온 것이냐고 묻는 것이오. 그렇소이까?”

단야의 추궁은 계속되었지만 그는 아무런 말을 할 수가 없었다. 하나 단야에게 대답은 이미 필요없었다.

“이 소저도 아는 일이었소? 그래서 지금껏 날 돌봐준 것이오? 내가 죽지 않도록 말이오.”

“아니다! 그건 절대로 아니야!”

도시황은 커다란 소리를 질렀다. 한 가지 일에 정진한 외골수 성격이 나오는 순간이었다.

“나를 도와준 것은 셋째 손여뿐이다. 그 녀석이 이 일의 시작을 맡았지.”

단야는 고개를 끄덕였다. 손여라는 이름이 나오는 순간 그는 알 수 있었다, 일의 순서 자체를 말이다.

“팽가와 언가, 그리고 남궁가의 젊은 고수가 혈기에 벌인 일이 아니었군. 그녀가 시킨 일이었나?”

“…….”

또다시 침묵이 시작되었다. 물론 그것이 긍정을 의미한다는 것은 굳이 묻지 않아도 알 수 있었다. 단야는 고개를 끄덕이며 입을 열었다.

"그리곤 육마와 연관된 일이 일어났으니 당신은 육마와도 연이 닿고 있겠군. 맞나?"

"부정하진… 않겠다."

애매한 말에 단야는 슬쩍 고개를 돌렸다. 그의 눈에 창문 밖의 풍광이 들어오고 있었다. 붉은 노을이 푸른 하늘을 밀어내고 있었다.

"내 머릿속엔 지금 여러 가지 생각이 복잡하게 얽혀 있소. 돌아온 나의 기억도 있고, 또 사백승이 남겨놓은 그의 기억들도 있소."

"…문주의 기억이 있다고? 그걸 알 수 있단 말인가!"

단야의 목소리에 도시황은 흥분했다. 왜인지는 모르지만 말이다.

"그것이 중요한가? 사백승의 기억이 남아 있다는 것이?"

혼자 중얼거리듯 읊조리는 단야에 비해 도시황의 목소리는 점점 더 커져 갔다. 그는 크게 고개를 끄덕이며 말했다.

"중요하지! 아주 중요해! 그렇다면 아직까지 너와 문주는 승부를 내지 않았다는 뜻이다. 하면 그의 의식을 다시 빼낸다면 그를 이 세상에……."

"그는 죽었소, 도시황."

"……."

단야의 말에 도시황은 얼어붙어 버린 듯 아무런 말이 없었다. 끝내 가진 작은 희망이 완전히 부서진 듯한 얼굴을 한 채…….

"내 안에 있는 사백승의 기억은 그야말로 단편적인 것, 내가 귀문에 대해 알아야 할 것만 남겨두었소. 그뿐이오. 이 세상 어디에도 사백승은 없소"

도시황의 주먹이 꽉 쥐어졌다. 그는 자리에서 일어나며 단야를 향해 다시 소리쳤다.

"그럴 수는 없다! 문주님이 있어야 귀문이 있는 것이다! 그렇지 않고서는 이 귀문의 피 어린 한을 어찌 푼단 말이냐!"

새파란 살기를 내뿜으며 그가 소리쳤다. 단야는 조용히 고개를 들어 그를 바라보았다. 그리곤 그를 향해 다시 말했다.

"죽은 자의 한 때문에 얼마나 많은 산 사람이 죽어야 하지? 그것이 옳은 일이라 생각하나, 귀의?"

"무슨 말……!"

단야의 말에 도시황은 반박하려다 입을 다물었다. 단야의 어투가 뒤로 갈수록 이상해졌던 것이다.

그건 단야가 아니었다. 언제나 입꼬리를 살짝 말아 올리며 말하던 사내, 사백승의 말투였던 것이다.

"너… 대체 지금 어떻게……."

"보이는 그대로다, 귀의. 기억만 남겨두었을 뿐, 그는 죽었다. 아직도 믿지 못하나?"

말투는 분명히 사백승이지만 확실히 사람은 단야였다. 느낌 자체가 완전히 다른 가운데 단야는 신형을 일으켰다.

침상 위에서 내려와 선 것이다. 그리곤 양손을 슬쩍 들어 올리며 말했다.

"어째서 내 상세가 그대로인지 궁금하다고 했나?"

단야의 말에 도시황은 눈을 가늘게 떴다. 뭔가를 하려는 듯한

데 그게 무엇인지는 알 수가 없었다.

사실 그의 짐작대로라면 지금쯤 귀문의 무공에 의해 단야의 몸은 바뀌어야 했다. 단야가 먹었던 그 수많은 환혼단은 바로 그것을 위한 것이다.

잠력을 격발시켜 사백승이 남긴 무공을 키워 올리는 것이었다. 바로 그것 때문에 단야의 내력과의 충돌로 인해 가슴에 통증이 생겼던 것이었다.

무엇보다도 그가 놀란 것이 바로 이 점이었다. 그 많은 환혼단을 먹고서도 단야의 몸은 이전과 다른 것이 별로 없었다. 소용없다는 말이 나올 정도로 말이다.

"그대로 놔두어도 상관없으니… 놔둔 것뿐이오."

스스슷.

"……!"

도시황의 두 눈이 부릅떠졌다. 한순간 단야의 몸에서 강렬한 기운이 쏟아져 나왔다. 어떻게 설명해야 할지 모를 정도로 신묘한 기운이었다.

그저 정광이 가득 담긴 기운이라는 말은 겉치레에 불과했다. 바로 앞에 서 있는 도시황에겐 참 많은 것을 느끼게 하는 기운이었다.

따뜻함? 아니, 그것보다 더 큰 무언가였다. 흡사 어머니의 그것처럼 모든 것을 포용하는 것이 있었다. 그 어떤 기운도 단야의 앞에 선다면 다 묻혀 버릴 것만 같은 기운인 것이다.

도시황은 무공에 관해 모른다. 그가 아는 것은 오직 인체에 대한 것뿐. 하나 그런 도시황에게도 지금 단야의 몸에 일어나는 것이 무엇인지는 짐작할 수 있었다.

"이것이… 역근경인가……."

중얼거리듯 말하는 그의 목소리에 단야는 묵묵히 고개를 끄덕였다. 기억이 완전하게 돌아온 지금, 역근경의 구결은 너무도 또렷하게 머릿속에서 올라오고 있었다.

고오오오.

시간이 가면 갈수록 단야의 몸에서 일어나는 힘은 점점 커졌고, 도시황은 연신 뒤로 물러날 뿐이었다. 그러던 어느 한순간, 단야의 몸에서 기이한 소리가 흘러나왔다.

두두둑, 두둑.

뭔가 꺾이는 소리, 흡사 관절이라도 비틀리는 그런 소리가 들려오자 도시황은 다시 앞으로 움직였다. 그 모습을 확연하게 지켜보기 위해서였다.

확연하게 변한 것은 없었다. 언제나처럼 보이던 단야의 모습. 그런데 아주 작은 것들이 변해 있었다. 왠지 모를 묘한 느낌이 들고 있었던 것이다.

손발이 조금 더 늘어난 것같이 느껴지기도 했고 탄탄한 몸이 약간 둥그스름하게 변한 것 같은 생각도 들었다. 눈으로 보면서도 믿을 수 없는 참으로 기이한 느낌이었다.

한 가지 확언할 수 있는 것은 부드러워졌다는 것 정도? 하나 더 살펴보기도 전에 단야는 움직이고 있었다.

크릭.

한쪽에 놓인 옷을 입고 이어 대궁까지 든 채 밖으로 나가려 하자 도시황은 황급히 그를 향해 말했다.

"어딜 나가려 하는 겐가! 아직 자네는 완전한 몸이 아닐 터인데……."

더 말하려다 그는 입을 닫았다. 의술에 관해 정통한 그였지만 단야의 몸은 알 수가 없었다. 눈으로 보면서도 믿을 수가 없으니 말이다.

"일단은……."

단야는 움직이다 말고 차분히 입을 열었다. 너무도 조용한 그의 목소리는 흡사 바로 옆에서 속삭이는 듯 똑똑하게 들려왔다.

"손님 대접부터 해야겠소."

어딘가를 향해 고개를 돌린 채 그는 말하고 있었다. 도시황은 뜻 모를 이야기만 하는 단야를 그저 바라볼 뿐이었다.

2

"천하의 각오 대사께서 하신 말씀이오. 확실한 것입니까?"

오정마군 양무회는 득의의 웃음을 날렸다. 좋아도 이렇게 좋을 수는 없는 상황. 하늘이 그를 돕고 있는 것이 분명했다.

"한 입으로 두말을 하진 않는다. 넌 지금 내 뒤로 나아가 소림으로 올라가도 좋다. 난 너를 막지 않을 것이다. 헛헛."

너털웃음을 지으며가 각오가 이야기하자 양무회는 한쪽 입술을 말아 올렸다. 그가 생각해도 웃기는 일이 지금 일어났다.

현재 강호의 최고수라 할 수 있는 사람, 그가 지금 손을 쓰지 않겠다고 하는 아주 재미있는 상황이었다. 그로선 도저히 이해가 가질 않았지만 말이다.

만일 각오가 양무회 자신을 막기로 작정했다면 오늘의 일은 완전한 실패였다. 조롱 섞인 눈길로 바라보던 삼마 천환마창 마헌의 생각대로 될 뻔한 것이다.

그러나 현 상황을 비추어본다면 이건 완벽한 성공이었다. 제아무리 소림에 많은 고수가 남아 있다고는 하나 그와 사한을 이길 수 있는 사람은 거의 없다고 보는 것이 옳았던 것이다.

"과연 대단한 수양을 가지신 분이라는 생각이 절로 드는군요. 하나 전 믿지 못하겠습니다. 자신의 모든 것을 부수어놓는다 하는데 그걸 보고 그냥 가다니오?"

휘휭.

수중에 든 판관필을 휘돌리며 그는 웃었다. 물론 그 얼굴에 떠오른 것은 명백한 비웃음이었다.

애당초 그는 각오를 믿지 못한 것이다. 이래놓고 뒤통수를 친다면 그것이야말로 참으로 피곤한 상황이 될 터였다.

그러니 정면 돌파가 최고였다. 그렇게 양무회가 내력을 끌어모을 때였다.

"헛헛, 역시 넌 사람을 믿지 못하는 게로구나. 이것참, 어찌해야 할꼬?"

각오는 너털웃음을 지었다. 그와 양무회와의 사이는 약 오 장여, 사실 그리 가까운 거리가 아니었다.

양무회는 조심스러운 사람이었다. 십여 장 안으로 들어선다면 언제든지 암습을 받을 수 있다는 생각에 일부러 이렇게 멀리

서 있는 중이었다.

"말을 듣지 않겠다면 할 수 없지. 그럼 직접 보여주어야 믿는 게로구나."

슷.

각오의 오른발이 허공으로 들렸다. 그저 지면에서 약 일 척 정도 떨어져 올라갔을 뿐이다.

그런데 그 작은 움직임에 기이한 파동이 울리고 있었다. 발을 드는 순간, 세상 모두가 들린 듯한 기분이 든 것이다.

왜인지는 도무지 알 턱이 없었다. 그냥 턱을 주억거리며 절로 고개가 뒤로 젖혀졌다.

그리곤 각오가 다시 발을 내리자 그의 고개도 아래로 향했다. 마치 최면에라도 걸린 듯 고개를 까닥이고 있었던 것이다.

쿠우우우웅.

"……!"

각오의 발이 대지를 구른 순간이었다. 귓가에 거대한 소리가 천둥치듯 느껴지자 그는 인상을 구겼다. 이명음(耳鳴音)이 조금 이상하지만 왜 그런지 잘 알기에 내력을 더욱더 끌어올리기 시작했다.

보통 소리라는 것은 두 물체가 서로 부딪쳐 나오는 것이다. 징이나 꽹과리같이 뭔가 물리적으로 부딪쳤을 때 소리가 발생한다.

그러나 이건 보통의 소리가 아니었다. 발아래 강한 내력의 덩어리를 만든 채 그냥 밟아버린 것이다. 내력의 울림이 파장이 되어 사방으로 흩어진 것이다.

당연히 귀를 막는다고 들리지 않는 것이 아니었다. 최대한의 내력을 끌어올린 채 그 내력으로 싸워야 했다. 방법은 오로지 그것뿐이었다.

그리고 그제야 삼마가 왜 그렇게 각오를 두려워했는지 알 수 있을 것 같았다. 이 정도의 내력은 사람, 그것도 일개 개인이 가지고 있을 내력이 아니었다.

하지만 내력이라면 그 역시 뒤지지 않는다고 생각했다. 그러니 똑같이 내력을 키워 올려 대항한다면 문제는 간단했다. 한데…….

"이… 무슨!"

내력이 모이질 않았다. 아니, 내력이 모이고 안 모이고가 문제가 아니라 몸 안의 무엇인가가 고장 난 듯한 느낌이 들었던 것이다.

손가락 하나 까딱할 수 없었다. 움직이는 것은 오직 눈동자뿐이었다.

쿠우우웅.

그리고 그때 또 한 번의 발 구름이 들려오자 양무회는 정신이 아득해졌다. 눈이 흔들리더니 이내 아무것도 보이질 않았던 것이다.

"크윽……."

아랫입술을 피가 나오도록 깨문 후에 겨우 정신을 차린 양무회는 두 눈을 부릅떴다. 그의 눈앞에 어느새 각오가 서 있었던 것이다.

게다가 그의 오른발은 또다시 허공으로 올라가 있었다. 그 모습에 양무회는 어금니를 꽉 깨물었다. 이젠 각오가 두려워지기 시작했던 것이다.

쿠우우우웅!

"커억!"

절로 비명이 흘러나왔다. 속이 완전히 뒤집혀지는 느낌에 피라도 토할 것만 같은 순간이었다.

마치 몸이 공중에 떠 있는 듯한 생각이 드는 가운데 양무회는 다시금 정신을 차리려 애썼다. 그런데 정신을 차린 순간 또다시 그는 절망했다.

"……."

손가락, 각오의 손가락이 자신의 이마에 살짝 닿아 있었다. 자신은 한쪽 무릎을 꿇은 채 앉아 있고 말이다.

"솔직히 이야기할까, 아이야?"

각오의 목소리가 들려왔다. 그는 빙글빙글 웃으며 양무회를 바라보았는데 양무회에겐 그 웃음이 지옥의 그것과 다름없이 느껴지는 순간이었다.

"사실 난 너를 막으려 했었다. 이 산문까지 나오면서 그리 다짐했었다. 이 세상 그 누구도 이 산문을 넘어서게 하지 않겠다고 말이야."

각오의 입에서 말이 흘러나왔지만 그는 그 어떤 것도 귀에 들어오질 않았다. 그의 신경은 오로지 각오의 손가락에만 집중되어 있었다.

그저 내력을 발출하기만 해도 끝이었다. 자신은 그것으로 뇌가 박살나게 될 터였다. 각오란 사람이 가진 내력의 힘을 생각해 볼 때 말이다.

"자랑 같아 말하기 뭐하지만, 내가 가진 무공을 생각해 볼 때 아무리 길게 잡아도 일각이다. 일각의 시간이면 난 널 이 세상에서 지울 수 있을 것이다."

"……."

섬뜩한 각오의 말이지만 그는 아무런 말을 할 수가 없었다. 양무회가 생각하기에도 이는 절대적으로 옳은 소리였다.

"그러나 그렇게 하지 않기로 했다. 내가 있어야 할 곳은 이곳이 아니라는 생각에서이니라. 이제 이해가 되었느냐?"

될 리가 없었다. 제아무리 똑똑한 양무회라 하더라도 이런 상황에선 아무것도 생각할 수 없었다. 이마에 칼을 반쯤 꽂은 것이나 다름없는 상황에선 말이다.

"그러니 아이야, 네게 마지막 기회를 주마."

스웃.

각오의 손이 움직였다. 쪼글쪼글한 피부의 작은 손이지만 오늘만큼 두렵게 보인 적은 없었다.

봄이 왔다고는 하지만 아직은 추운 날씨다. 그러나 양무회의 등에선 식은땀이 흐르고 있었다. 완전히 목숨을 남에게 준 것이나 다름없으니 말이다.

"그만 떠나거라. 이곳은 네가 있을 곳이 아니다."

이마에 댔던 손가락은 사라지고 대신 머리에 손이 올려졌다. 마치 할아버지가 손자를 쓰다듬 듯이 말이다.

살기는 없었다. 그리고 어느 한순간, 그 손길마저도 사라졌다. 순간 양무회는 눈을 들었다.

“부탁한다… 그럼…….”

“…….”

기이한 내용의 대화와 함께 각오의 신형이 사라지자 양무회는 오른손을 들어 올렸다. 그리고는 온 힘을 다해 내력을 쏟아내며 허리를 틀었다.

“빌어먹을!”

콰아아아아.

뒤에 있을지도 모른다는 생각에 온 힘을 다해 단창을 휘두른 것이었다. 그러나 각오의 신형은 그의 주변에 있지 않았다.

“부탁해? 뭘 부탁해! 소림의 주춧돌 하나하나 모두 박살나는 꼴을 보여달라는 것이더냐! 크아아아아!”

양무회는 완전히 이성을 잃었다. 머릿속에서 방금 전의 상황이 떠나질 않았던 것이다.

십 년 전 전 무림에 쫓겼을 때도 이런 경험은 없었다. 이제껏 이처럼 완벽한 힘에 의해 눌려본 적은 한 번도 없었던 것이다.

현세연의불 각오, 그 이름의 무게가 어느 정도인지 절로 실감되는 순간이었다. 정말로 싸우려 했다면 그의 필패였다.

그 점이 싫은 것이다. 단 한순간이라도 그가 철저하게 지배당했다는 생각. 그의 머리 위에 있는 사람은 오직 삼마 외엔 없어야 했던 것이다.

“그 소원… 들어주마. 모두 다 죽여주마. 이 빌어먹을 땡중들!”

핏발 선 눈을 돌리며 양무회가 외쳤다. 어느새 산문엔 수많은 소림의 무승들이 나와 있었다. 모두 다 상당한 무공을 지닌 자들이지만 단 한 명도 그보다 뛰어난 고수는 없었다.

"누구부터 죽을 터이냐? 나서라! 내가 한 명 한 명씩 부처의 곁으로 보내주마! 으아아아아!"

파아아앙!

사한이 말릴 사이도 없었다. 흥분한 양무회는 허공으로 몸을 뽑아 올려 소림 무승들이 있는 곳을 향해 날아가고 있었다.

물론 소림의 사람들이 그냥 있을 리가 만무했다. 병기를 든 채 양무회를 가운데 두고 빠르게 원진을 형성했다. 하지만 상대는 육마의 일 인이었다.

"어리석은! 하압!"

츠츠츠츠.

양무회의 신형이 갈라졌다. 순식간에 십여 개의 환영으로 분리되자 소림 승려들은 혼란에 빠졌다. 그중 어떤 것이 진짜인지 알 도리가 없었던 것이다.

공중에서 양무회의 판관필이 춤을 추기 시작했다. 한데 멋들어진 글씨를 새겨내며 휘돌리는 순간, 강렬한 기운이 그 필체를 멈추게 만들었다.

쩌어어엉! 가가각.

십여 개의 환영 중 정확하게 실체를 잡아내 검을 날린 것이다. 양무회는 멈춰진 판관필에 눈길을 던졌다.

한 자루의 검이 판관필을 멈추게 했다. 소림에서는 좀처럼 보기 힘든 검. 물론 그검을 지닌 자도 소림의 사람은 아니었다.

"속가제자 나부랭이가 나온 것이냐? 큭, 용기는 가상하구
나."

실체를 구분한 것으로 보아 상당한 실력이긴 하지만 그것이
전부였다. 판관필에 느껴지는 내력의 힘은 그리 강한 자가 아니
라고 이야기하는 듯했다.

"설산의… 마유조라 한다."

"응?"

전혀 뜻밖의 이름에 양무회는 미간을 찡그렸다. 설산파의 마
유조가 이곳에 와 있을 줄은 몰랐던 것이다.

"변방의 궁상맞은 검사가 이곳에 와서 날 상대한다라… 이름
이라도 날리고 싶다는 것이냐?"

카칵. 지익.

양무회가 판관필을 앞으로 밀어내자 마유조의 신형이 딱
그만큼 밀려났다. 내력에선 전혀 상대가 될 수 없었던 것이
다.

그러나 마유조는 물러서지 않았다. 오히려 더 큰 내력을 끌어
올리며 검을 밀어내었다.

"차앗!"

고오오오… 카카칵!

십이성의 열양진공이 드러나는 순간이었다. 마유조의 몸은
붉은빛이 눈에 띌 정도로 강하게 휘감겨 있었고, 그건 양무회도
놀랄 정도로 강한 힘이었다.

"호오, 이놈 보게?"

양무회는 솔직하게 말했다. 그러나 그것이 지금껏 당한 그의

분노를 가라앉게 할 수는 없었다.

“내 손으로 죽일 만한 가치는 있는 놈이로구나.”

우우웅.

양무회의 왼손에서 기이한 기운이 일어났다. 시커먼 검은 기운이 구름처럼 일어나 맺힌 것이다.

그 왼손이 바로 움직였다. 목표는 자신의 판관필. 초식이 아니라 내력으로 마유조를 죽이려 하는 것이다.

“가랏!”

쩌어어어엉!

또 한 번 금속의 울림이 허공을 울렸다. 내력과 내력의 울림인데도 금속성의 소리가 울리자 양무회는 눈을 빛냈다. 이건 마유조가 견뎌냈다는 소리인 것이다.

“무슨…….”

도무지 믿을 수 없는 현실에 고개를 슬쩍 옆으로 돌릴 때였다. 양무회의 눈에 한 사람의 모습이 들어왔다. 여섯 개의 계인을 머리에 찍은 승려였다.

그가 마유조의 뒤에서 손을 뻗고 있었다. 손은 마유조의 오른 어깨에 닿아 있었고, 그 손에선 작은 아지랑이가 끊임없이 피어오르고 있었다.

그제야 그는 알 것 같았다, 이 소림 승려가 내력으로 마유조를 살린 것을. 양무회는 비릿한 웃음을 지으며 다시 말했다.

“재미있네, 이거. 넌 또 뭐 하는 놈이더냐?”

여섯 개의 계인이라면 낮은 위치에 있는 사람이 아니었다. 틀림없이 소림에서도 영도자 급의 위치에 있는 사람일 터, 들려온 승인의 목소리는 양무회의 생각이 맞다는 것을 증명했다.

"아미타불… 소승은 공문이라 하외다."

"불산수 공문. 장경각주셨구만."

고개를 끄덕이며 양무회는 입을 열었다. 그렇다면 지금의 상황이 이해가 되었다. 공문이라면 소림 장문 일선가 공료와 비등한 무공을 지닌 사람이었으니 말이다.

그러나 그것이 그의 앞길을 막을 수는 없었다. 비릿한 웃음을 입에 달며 양무회는 다시 말했다.

"그 무공이 쓸 만은 하다만 불자가 사람 생각은 안 하나? 이대로라면 이 친구는 죽고 말 텐데?"

공문의 얼굴이 굳어졌다. 부정하고 싶어도 그건 사실이었다. 사람을 내력의 통로로 쓰는 것이니 온전할 리가 없었던 것이다.

마유조가 생각보다 심후한 무공을 지녔기에 그나마 지금 이런 방법이 가능한 것이었다. 그렇지 않았다면 단 한순간도 버틸 수 없었을 터였다. 양무회의 내력도 무섭지만 공문의 내력도 상당했던 것이다.

몸 안에 남의 내력이 흐르는데 좋을 이유가 없었다. 한순간 공문이 마유조의 어깨에 올린 손을 떼려 생각할 때였다.

"차라리 죽는 게 낫겠지."

마유조의 목소리가 들려오자 양무회의 눈이 움직였다. 어느새 마유조는 입가에 가느다란 실핏줄을 흘리기 시작하고 있었다.

"살아서 내가 아는 사람들이 죽는 걸 봐야 한다면……."

“……”

양무회의 이마에 다시 핏대가 세워졌다. 목숨 앞에서 초연할 사람은 아무도 없었다. 아무리 천하의 성인군자라 하더라도 말이다.

아니, 그것보다 방금 전까지 고양이 앞의 쥐 꼴이었던 자신의 모습이 확 머릿속에 떠오르고 있었다. 그것이 지금 그의 관자놀이에 핏줄이 불거지게 된 이유인 것이다.

“오냐, 그럼 그렇게 해드려야지. 사한!”

커다란 소리를 지르며 그가 말하자 뒤쪽에 서 있던 사한이 고개를 들었다. 양무회는 비릿한 웃음과 함께 소리쳤다.

“죽여라! 내 앞에 있는 이놈들을 빼고 다 죽여! 보기 싫다고 하니 그리해 드려야지. 크흐훗.”

“…이 미친놈!”

마유조는 이를 갈며 소리쳤다. 그리곤 젖 먹던 힘까지 모두 사용하며 양무회의 신형을 날려 버리려 했다. 사한을 저지하려 했던 것이다.

그러나 그건 그의 생각일 뿐이었다. 마유조의 검은 마치 양무회의 판관필이 자석이라도 된 듯 일촌도 떨어지지 않았던 것이다.

“가끔 어르신을 보면서 느끼는 것이지만……”

사한이 앞으로 나섰다. 어느새 그의 손엔 작은 활이 하나 들려 있었는데, 그건 그의 독문 병기인 탄궁이었다.

“참 얄미울 정도로 사람을 피곤하게 만드십니다.”

탄궁의 시위를 당기며 사한이 입을 열자 양무회는 웃었다. 그

리고는 두 눈은 바로 앞에 있는 마유조를 향한 채 차분히 입을
열었다.
　"칭찬으로 받아들이지. 크흐훗."
　양무회의 괴소가 허공에 울렸다.

第五章

하남성, 소림사 산문 2

1

"평악, 네 얼굴이 보기 좋지 않구나. 마음에 걸리는 것이라도 있더냐?"

"……"

평시의 목소리가 들려오지만 이름을 불린 평악은 아무런 말도 없었다. 그저 입을 꽉 다문 채 앞만 바라보고 있을 뿐이었다.

하나 그가 왜 그런 반응을 보이는지 평시는 알고 있었다. 무림에 대한 동경이 여섯 명 중 가장 큰 사람이 바로 평악이었다.

"이 방법이 그리 마음에 들지 않는가 보구나. 그렇지?"

"당연한 일 아닙니까? 저 아이들을 키우기 위해 셋째와 넷째 형님이 그 고생을 하셨습니다. 자칫하면 그 아이들을 다 잃을 수도 있습니다."

평악은 퉁명스러운 목소리를 내었다. 항명이 될 수도 있는 상황이지만 평시는 빙긋 웃었다. 사실 그는 그런 것과는 거리가 먼 친구였다.

“아니, 그보다 다른 이야기를 좀 더 하고 싶습니다. 아무리 우리가 저들에게 원하는 것이 있더라도 낙양을 그렇게 놔둘 수는 없습니다. 이래서야……."

“그만하거라! 대형이 몰라서 지금 이런 것 같으냐?"

평악의 말소리가 조금 커지자 평서가 그를 제지했다. 사실 그 부분에 있어서는 그도 마음에 들지 않았다. 그러나 대형은 이미 그들에게 설명을 했다.

지금 현재 그들이 얻을 수 있는 것을 가진 사람들은 바로 저 육마였다. 그들이 아니라면 쉽지 않은 상황이니 어쩔수 없는 것이다.

“그러니 잘 따라… 무슨 일이냐!"

평서의 목소리가 날카로워졌다. 그의 눈은 평악이 아니라 뒤편을 향하고 있었다. 그곳에는 그의 수하들이 술렁이고 있었다.

한창 산문 부근에서 양무회가 하는 요량을 바라보던 그들이었다. 수하들은 지금 혹시 올라올지 모르는 소림의 속가제자들을 막고 있었다. 한데 그들이 술렁인다면 그건 한 가지 경우를 의미했다.

누군가 올라온다는 것이다. 그리고 그의 생각대로 산 아래서 두 사람이 올라오는 것이 보였다.

“그 누구도 올라올 수 없다고 이야기하였거늘, 어찌하여… 대인?"

평서는 눈을 동그랗게 뜨며 말했다. 수하들의 저지를 양손으로 털어내며 오는 사람은 다름 아닌 전 승상, 이호 대인이었던 것이다.

헐렁한 한쪽 팔을 휘날리는 모양을 보니 틀림없었다. 더욱이 바로 옆에 요즘 같이 다니는 혁리와 함께였으니 의심의 여지가 없었다.

"관의 힘이 이렇게까지 미치게 되다니… 이게 무슨 뜻인지 물어도 되겠나?"

이호의 입에서 나온 것은 서슬 푸른 질타가 아닌 왠지 모를 안타까움이었다. 평시는 잠시 그의 눈을 바라보았다.

그러고 보니 세월의 흔적이 묻어나고 있었다. 관직에 있었을 땐 그리 무서운 사람이었지만 지금은 그저 길가에 마주치는 노인이나 다름없었다.

"정말 오랜만에 뵙는군요. 그간 강녕하셨습니까?"

여섯 명의 대표로 대형인 평시가 입을 열자 이호는 평시를 향해 조용히 웃었다. 하나 사실 그는 웃고 싶은 생각은 전혀 없었다.

아니, 오히려 너무 화가 나서 이성을 잃을 것만 같았다. 하나 이들에게 화를 내는 것은 상황을 어렵게 만드는 것과 진배없었다.

그렇기에 최대한 참으며 말을 했던 것이다. 이호는 평시를 향해 말했다.

"강녕이라… 이런 꼴로 그런 말을 들으니 조금 이상하네만, 하나 목숨이 붙어 있으니 강녕하다 할 수 있겠지. 그런데 자네들은 별로 좋지 않은 것 같으이."

"……무슨 말씀이신지요?"

왠지 뼈가 있는 그의 말에 평시는 되물었다. 이호는 시선을 그의 뒤로 돌리며 입을 열었다.

"어째서 자네들이 저 친구를 돕는가 하는 말일세. 그는 육마라 불리는 사람들 중 하나가 아닌가?"

"정확히는 오정마군이라는 사람이지요. 그리고 그 옆에 있는 자는 사한이라는 인물 같습니다."

손에 용모파기가 든 종이를 바라보며 혁리가 이야기하자 평시는 고개를 끄덕였다. 괜히 부정할 필요는 없는 것이다.

"그렇습니다. 저들은 육마의 사람들이지요. 손이 필요하다기에 그리했습니다."

너무도 순순히 시인하는 그를 보며 이호는 오히려 고개를 갸웃거렸다. 그리곤 잠시 입을 다물고 평시를 바라보며 생각에 잠겼다.

무슨 생각을 하는지 모르지만 꽤나 오랜 시간이 흐른 상황이었다. 그러다 문득 이호의 목소리가 허공에 울렸다.

"솔직히 말하지. 난 자네를 어느 정도는 알고 있다고 생각했었네. 그리고 그건 십 년간 보지 못했던 지금도 마찬가지지."

"부정하진 않겠습니다. 이 세상에서 여기 다섯 형제를 빼고 날 잘 아는 사람은 오직 대인뿐이시지요. 이 사람이 처음 관에 들어왔을 때부터 봐주신 분이니……."

혁리는 모르지만 평시와 이호의 관계는 상당히 깊었다. 아니, 실은 육예의 탄생에 가장 크게 입김이 서린 사람이 바로 그였으니.

　지금의 황제에게 좀 더 많은 힘을 실어주기 위해 시작한 것이 육예였다. 그리고 그 수장으로 선택한 사람이 바로 지금의 평시였던 것이다.

　"내가 아는 자네라면 저들을 그냥 도와주지는 않을 것일세. 분명 무언가 얻고자 하는 것이 있을 테지. 그리고 그 얻는 것은 스스로의 영달을 위함이 아니라는 것쯤은 이미 짐작하고 있네."

　"……."

　"아마도 황제를 위한 것이겠지. 그래서 자네에게 묻는 것일세. 대체 황제는 무슨 생각을 하고 계신 것인가?"

　"말씀이 지나치십니다, 대인! 대인과의 인연으로 여기까지 오실 수 있는 것일 뿐, 더 이상의 대화는 결례처럼 느껴지는군요."

　더는 참지 못하겠다는 듯 평서가 소리치며 앞으로 나섰다. 한술 더 떠 그는 손을 들어 뒤쪽에 있는 병사들까지 부르고 있었다. 여차하면 두 사람을 쫓아내겠다는 분위기였다.

　그러나 그의 행동은 더 이상 이어지지 못했다. 제일 큰형인 평시가 손을 들어 제지했던 것이다.

　"짐작하신 대로입니다. 우리는 저들을 도와줌으로 인해 얻는 것이 있지요. 그뿐입니다."

　담담한 평시의 말을 들으며 이호는 그 말에 한 걸음 더 앞으로 나아갔다. 평시와의 거리는 약 반 장여, 그의 눈을 보며 이호는 다시 말했다.

　"얻는 것이라… 그 얻는 것이 무엇인가? 그걸 알면 자네를 이해할 수 있을 것 같네만."

평시와 이호의 눈이 서로 얽혔다. 한 사람은 현 관부의 실세였고, 또 한 사람은 지나간 세월의 실세였다. 두 사람의 현기 어린 눈길이 허공에서 얽혔다.

"굳이 아서야겠다면 알려 드리죠. 귀문에 관한 모든 것을 다 얻고자 합니다. 귀문의 무공과 의술, 그리고 신산술은 일개 개인이 가져야 할 것이 아닙니다."

"……."

이호의 고개가 끄덕여졌다. 이제야 속 시원하게 그의 생각이 나오는 셈이었다. 진정으로 그가 원하는 것이 이것이었다.

귀문의 힘, 그것을 무림이 아니라 관에 두려 하는 것이 그의 생각이었던 것이다. 아니, 솔직히 이건 그 역시 마찬가지의 생각이었다.

그리 생각하던 때가 있었다고 하는 것이 옳은 표현이기는 했다. 그가 권력의 중심에 있었을 때 그리 생각했다. 무림이라는 곳이 가진 힘에 대해 생각을 했던 기억이 난 것이다.

그리고 그때, 요녕성 흑산에 대한 소식을 접했고, 그것이 지금 관에서 이렇듯 개입하게 된 단초가 되었다. 물론 그 일 자체가 틀렸다고 생각하진 않았다.

"옳은 생각일세. 과연 그렇게 볼 수도 있지. 비단 귀문이 아니라 무림에 관해 나 역시도 그리 생각을 했었네."

"대인?"

혁리는 두 눈을 동그랗게 뜬 채 물었다. 이건 전혀 예상하지 못했던 반응이다. 그가 육예를 두둔하다니 말이다.

"한데 저들을 이렇게 돕는 이유가 비단 그것뿐이라면 난 믿지 못하겠네. 무고한 자들의 피가 사방으로 뿌려지는 것이 자네의 뜻이라는 것을 어찌 믿겠는가?"

이호의 눈이 현기로 가득 빛나기 시작했다. 사람을 꿰뚫어 보는 그의 혜안이 다시금 나타난 것이다.

"생각해 보건대, 자네는 새로운 질서를 원하고 있는것 같군. 그 시초가 이것인가? 소림의 붕괴?"

"…무슨 말씀이십니까, 대인?"

옆에 있던 혁리는 미간을 꿈틀거리며 물었다. 이건 전혀 생각지 못했던 이야기였다. 그저 귀문에 대한 것만을 생각했던 그였다.

한데 새로운 질서라는 것은 어디서 튀어나온 이야기인지조차 모를 일이었다. 이호는 평시의 어깨에 손을 올리며 차분히 말했다.

"화가 났었네. 여기까지 오면서 이런 단초를 만든 나한테 화가 났고 그 힘을 오용하는 자네에게 화가 났었네. 솔직히 이곳에서 자네를 만날 줄은 전혀 짐작도 못했었지."

이호의 진심이 나오는 순간이었다. 그는 살풋한 미소를 담은 채 말을 이었다.

"하나 이곳에서 자네의 얼굴을 보니 알 것 같네. 자네… 귀문을 마음에 둔 것이 아니야. 자네가 마음에 둔 것은 이 강호 자체이지. 아니던가?"

평시는 고개를 숙였다. 그건 본능적인 움직임이었고 마음을 들켰다는 뜻이었다. 왠지 그는 이호의 앞에선 한없이 작아지고 있었던 것이다.

"말도 안 됩니다! 형님께서 그런 생각을 하셨다면 우리가 알았을 것입니다. 어찌 그런……"

"진정해라, 넷째야. 확실한 것은 대형이 이야기할 것이다."

평악의 악다구니에 평예는 부드러운 목소리를 내었다. 역시나 가장 나이가 많아서인지 생각 또한 많은 자가 평예였다.

"솔직히 나 역시 어느 정도 느낌은 가지고 있었소, 대형. 말해 주시오. 이 대인의 말씀이 맞습니까?"

"…훗."

평시가 웃었다. 너무나도 건조한 그 웃음에 보는 형제들의 가슴은 철렁 내려앉았다. 그건 틀림없는 긍정의 의미였으니 말이다.

"귀문은 그 존재를 이미 십 년 전에 증명했습니다. 그들의 힘이 어느 정도인지 말이죠. 전 무림에서 가장 큰 힘인 구파일방과 육마를 상대로 한꺼번에 싸워 승리를 쟁취한 사람들입니다."

평시의 속에 있는 말이 나오기 시작했다. 슬쩍 이호의 손길에서 어깨를 빼면서 그는 말을 이었다.

"그들의 힘이라면 이 강호를 다스릴 수도 있다고 느꼈습니다. 당연히 그 힘이 필요했지요. 그러나 그 힘은 찾기도 전에 소멸되어 버렸습니다."

십 년 전 사라진 그들. 그러나 평시는 그 종적을 알고 있는 듯했다. 이때를 위해 그토록 힘을 키웠으니 말이다.

"십 년을 기다렸습니다. 철저히 조사하고 또 조사하여 연관

인물들을 찾아내고 드디어 그 결실을 보게 되었습니다. 그런데 그 결실 속에 생각지도 못한 변수가 있더군요."

그의 시선이 움직였다. 그가 보는 곳은 산문 안, 꽤 멀리 떨어진 곳이지만 그의 무공은 아무런 불편 없이 볼 수 있게 해주었다.

"귀문이 부활하고 그 중추에 서는 가장 핵심적인 인물이 소림의 사람이라고 말입니다. 그건 정말 의외의 결과였습니다."

단야에 대한 이야기였다. 이미 한 번 그를 만나보았기에 평시는 단야가 어떤 사람인지 잘 알고 있었다. 무서우면서도 감탄스러운 자였다.

"이대로는 우리가 힘을 가진다 해도 바뀌는 것은 전혀 없을 것입니다. 그래서 전 결심한 것입니다. 사람을 바꿀 수 없다면 시대를 바꾸기로 말입니다."

"그래서 소림을 둘러싼 것인가? 저들이 원하는 대로 낙양까지 내어준 채 말인가?"

은은한 노기가 이호의 목소리에서 흘러나왔다. 낙양이라는 말이 나오자 평시는 입을 꽉 다물었다.

그거야말로 자신이 한 결정 중 가장 힘들고 후회스러운 것이었다. 육마의 손에 낙양을 통째로 넘겨준 것. 그 안에서 육마가 무슨 짓을 할지는 아무도 몰랐다.

그러나 그자들이 남을 돕기 위해 관을 치워달라고 하지는 않을 터였다. 아마도 많은 사람들의 피가 흐를 것이 분명했다.

"그 점에 관해선 할 말이 없습니다. 오로지 제가 책임……."

"몹쓸 사람이었구만! 무슨 책임을 어떻게 진단 말인가! 자신이 원하는 세상을 위해서라면 그 세상 속에 살 사람들이 어찌 되든 상관없다는 것인가!"

결국 이호의 입에서 고성이 흘러나왔다. 무공도 없는 자의 외침이지만 한 자, 한 자가 가슴을 후벼 파고 있었다.

"그런 세상을 만들고 세상에 가져다 놓으면 자네가 생각한 세상이 될 줄 알았나? 힘이라는 것이 그렇게 크고 작고의 문제로 해결될까?"

그는 원론적인 이야기를 했다. 어쩌면 알아듣기조차 힘든 이야기지만 평시는 알고 있었다. 그것이 무슨 이야기인지 말이다.

"관이 힘을 가진다면 그에 반하는 힘이 생길 것이다. 아니, 그 이상의 것을 바라는 힘이 생길 수도 있지. 예측이라는 것이 무색할 정도로 혼돈이 생기게 되지. 이건 고래로 충분히 증명이 된 이야기네."

이호는 다시 차분한 목소리로 돌아왔고 평시는 고개를 돌렸다. 그는 뭔가 이상한 것은 느꼈는지 이호를 향해 말했다.

"대인께선 무슨 생각이 있으신 것 같군요. 혹, 이 사람에게 하실 말이라도 있으십니까?"

틀림없었다. 이호는 무슨 생각을 가지고 있었다. 그리고 그 생각을 증명이라도 하듯 이호의 이야기가 시작되었다.

"이 팔이 잘려 나갈 때 난 생각을 했네. 이 나라가 좀 더 힘이 있다면 어떨까? 이런 놈들이 활개 치는 그런 세상이 과연 올까 하는 생각을 말일세."

"……"

"내가 관직에 있을 때 그렇게 하지 못한 것을 후회하기도 했었네. 그런데 어느 한순간 이런 생각이 들더군."

이호는 걸음을 옮겼다. 이번엔 평시보다 앞으로 가 산문 쪽을 바라보았다. 그의 눈에 오정마군 양무회가 누군가와 검을 섞는 것이 보였다.

"관조차도 하나의 무림 세력과 다를 것이 없다고 말일세. 귀문의 힘이 그곳으로 간다면 그건 무림 세력의 힘 하나가 더 커지는 것일 뿐, 아무런 의미도 없네."

"무슨 말씀을 그리하십니까? 아무런 의미가 없다니요? 우린 관원입니다. 황상의 힘으로 세상을 다스리는 사람들이지요. 힘이 있다면 그 힘으로 평화롭게 만들 것입니다!"

평서의 외침이 들려왔다. 요설과도 같은 소리를 더는 못 들어주겠다는 듯이 말이다. 그러나 이호는 침착했다.

"세상을 평화롭게 만든다고? 그래서 지금 이렇게 한 것인가? 이렇게 평화롭게 된 세상은 다 같이 죽어 시신이 되는 것과 무에 달라!"

"……!"

이호의 일갈에 평서는 흠칫하며 뒤로 한 걸음 물러섰다. 이호가 철혈의 승상이었던 그때로 돌아간 듯한 착각이 들었던 것이다.

"관도 무림도, 하나의 힘이라면 귀문도 하나의 힘이다. 힘 하나에 힘 하나를 더 하는 꼴밖에는 되지 않네! 더욱이 그 힘은 우리들이 손을 대야 할 것이 아닐세!"

"단야… 그 친구를 말하는 겁니까, 대인?"

어느 정도 감이 잡혔는지 평시가 되물어오자 이호는 신형을 돌렸다. 그리고는 평시를 향해 다시 말했다.

"아직도 내 눈을 믿는가? 이 늙은 노안이 사람을 잘 보고 있음을 말이네."

평시는 아무런 말을 할 수 없었다. 너무도 정곡을 찔린 것인데, 실은 그 역시도 같은 생각을 하고 있었다.

누군가 이것을 지적해 줄 사람을 찾고 있었던 것이다. 그리고 그 사람은 바로 이호였다.

잠시 그를 바라보던 평시는 이윽고 고개를 끄덕였다. 그러자 이호는 웃으며 말했다.

"하면 날 믿어보시게. 이 사람의 눈은 지금 말하고 있네. 저 친구라면 할 수 있다고 말이야. 저 친구가 떳떳하게 가슴을 펴고 다닐 수 있는 세상이라면……."

잠시 말을 끊은 이호는 고개를 돌려 산문 쪽을 바라보았다. 그는 눈으로 무언가의 종적을 쫓는 듯하더니 말을 이었다.

"그 세상이야말로 평화로운 세상이 될 것이네."

확신에 찬 이호의 음성이었다.

"너… 지금 장난하냐! 똑바로 하지 못해!"

삼십여 명이 넘는 승인들이 쓰러져 피를 흘리는데도 양무회는 만족하지 못한 듯 커다란 소리를 질렀다.

"누가 살려놓으라 했나? 난 분명히 죽이라고 했다!"

바로 앞에 붉게 상기된 눈을 가진 마유조를 두고서도 그는 전혀 신경 쓰지 않는 것처럼 보였다. 그만큼 무공의 차이가 현격하다는 증거였다.

"난 분명 이놈에게 말했다, 사람들이 죽는 것부터 보여주겠다고. 부상으로 뒹구는 모습이 아니란 말이다!"

뭔가 마음대로 되지 않으면 화부터 내는 양무회, 그의 좋지 않은 성격이 지금 튀어나오고 있었다.

양무회의 말에 사한은 탄궁으로 사람들을 쐈다. 마치 단야의 것과 비등한 그 궤적의 탄궁을 막을 수 있는 사람은 이곳에 없었다. 그냥 당할 수밖에 없었다.

그런데 사한은 그들을 죽이지 않고 부상만 입히고 있었다. 물론 부상도 상당히 큰 부상이기에 사한도 할 말은 있었지만 상대는 양무회였다.

그의 의중대로 흘러가지 않는 것 자체가 마음에 들지 않으니 이렇게 소리를 질러대는 것이다. 양무회는 고개를 들어 어딘가를 보며 다시 소리쳤다.

"저 앞에 눈먼 계집과 꼬마가 보이지? 둘 중 하나를 골라 머리를 날려 버려! 이번에도 쓸데없는 짓을 하면 너부터 죽이겠다, 사한!"

"훗, 알겠습니다. 하면 그리하지요."

양무회의 목소리에 사한은 피식 웃으며 답했다. 그리고는 탄궁에 시위를 먹이며 조준을 시작했다.

"이 빌어먹을 놈! 상대는 나다. 나부터 죽이고 나서 시작하거라! 크아아아아!"

쩌렁!

마유조는 온 힘을 다해 검을 휘둘렀고, 기어이 검과 판관필은 떨어졌다. 십이성의 모든 내력을 다 끌어올려 무리한 결과였다.

"쿨럭! 컥!"

붉은 피가 입에서 쏟아져 그의 앞섶을 적셨지만 마유조는 그걸 신경 쓸 때가 아니었다. 그는 바로 무릎을 튕기며 허공으로 솟아올랐다.

"마 시주! 위험하오이다. 나한진은 무얼 하느냐! 당장 아이와 여시주를 보호하라!"

마유조의 등에 계속 내력을 불어넣던 공문은 이 틈을 타 커다랗게 외쳤다. 그러자 소림의 무승들이 모두 중앙으로 모이기 시작했다.

아이와 여인, 그건 월홍과 이상하를 이야기하는 것이었다. 마유조는 그것을 알고는 무리를 해 내력 대결을 멈추고 허공으로 몸을 뽑아 올린 것이다.

"큭, 그놈 참 재미있구만. 오냐, 막을 수 있다면 한번 막아보거라. 그게 그리 쉽지는 않을 테니."

바로 마유조를 덮치려던 양무회는 크게 뒤로 빠져나왔다. 그리고는 팔짱을 낀 채 마유조가 하는 꼴을 지켜보기 시작했다.

아마도 날아가는 탄궁을 막으려 하는 것 같은데, 그것이 얼마나 힘든 일인지 막아보지 않고서는 알 수 없었다. 아니, 사실 불가능했다.

탄궁에 실린 힘은 자신들이 가르친 것이지만 그 궤적은 귀문의 것이었다. 자신조차 알 수 없는 궤적을 저들이 알 리가 없었던 것이다.

파아아앙!

뒤쪽에서 시원한 소리가 들려오자 양무회는 얼굴에 떠오른

웃음을 더욱더 짙게 만들었다. 탄궁이 허공에 발사되는 소리이니 말이다.

"누굴 조준한 것이냐? 계집, 아니면 아이?"

슬쩍 고개를 돌리며 양무회가 물었다. 바로 뒤에 있는 사한을 향해서였다.

그러자 사한의 대답이 들려왔다. 이유는 알 수 없지만 왠지 잔뜩 비틀어진 목소리였다.

"아이… 저 요물이 목표이지요."

섬뜩하리 만큼 살기가 깃든 음성이었다.

피이이잇!

보이지도 않았다. 그러나 느낌은 분명히 알 수 있었다. 반드시 이곳을 지나쳐 간다고 말이다.

탄궁의 탄환이 그리는 궤적에 정확히 그는 올라섰다. 이상화와 월홍은 조금 위쪽에 있으니 막으려면 허공으로 꽤 높이 뛰어올라야 했던 것이다.

온 힘을 다해 뛰어올랐기에 상당한 높이기에 어지러움이 덮쳐 왔다. 아니, 사실 높아서라기보단 내상 때문이라는 말이 정답이었다.

내상으로 인해 기력 또한 이어지지가 않았다. 기회는 단 한 번, 이 한 번의 승부에 모든 것을 다 걸었다 해도 과언이 아니었다.

단 한 번의 힘만 몸에 남아 있다면 그것으로 족했다. 그는 남아 있는 모든 힘을 다 끌어올렸다.

"차아압!"

고오오오오.

대단한 내력이었다. 밑에서 지켜보는 승인들이 감탄할 정도로 마유조의 무공은 예상을 뛰어넘은 깊이였다.

마치 하늘에 또 하나의 붉은 해가 솟아 있는 것 같은 착각이 들 정도였던 것이다. 열양진공을 극성으로 끌어올린 증거였다.

"수화(守花)… 해설(解雪)!"

쫘아아아앗!

하늘에 붉은 비단이 펼쳐졌다. 봄에 피운 꽃을 내리는 눈으로부터 지킨다는 절초가 지금 펼쳐진 것이다.

극양의 양강력이 만들어내는 거대한 검막이었다. 물경 일 장여에 달하는 크기인지라 내력의 소모는 정말 극심했다.

콰가가가각!

"…거기더냐!"

순간 오른쪽 상단의 붉은 비단이 찢겨져 나가자 마유조는 오른손을 뻗었다. 탄환은 강렬한 회전력이 더해져 하나의 회오리가 되는 중이었다.

"사라져라!"

파아아앗!

한순간 펼쳐 놓은 비단이 모두 그의 검에 휘말리더니 탄환을 향해 폭사되었다. 놀라운 그 광경에 모두가 입을 딱 벌리고 있을 때였다.

쉬이이잇!

"……!"

마유조는 두 눈을 의심했다. 그의 공격이 너무나도 허무하게 빗나가 버린 것이었다. 탄궁에서 쏘아진 탄환은 물수제비를 치듯 튕겨 올라간 것이다.

찌어어엉!

애꿎은 허공에 내력을 폭발시키며 마유조는 신형을 뒤로 젖혔다. 탄환의 궤적을 눈으로 보기 위함이었다.

"사… 사형!"

"마 사형!"

귓가에 양소은과 모안의 목소리가 들려왔지만 그의 두 눈은 탄환의 궤적을 쫓았다. 그리고 그 궤적을 확인한 순간 온몸의 피가 거꾸로 서는 것을 느꼈다.

화살은 여전히 월홍을 노리고 있었다. 도무지 어찌할 수 없었기에 그는 커다란 소리를 질렀다.

"피해라, 월홍! 어서 피해!"

퍼어어억…….

거끄로 떨어진 마유조는 땅에 처박혔다. 더 이상 끌어올릴 힘조차 없었기에 그는 일어설 수도 없었다. 그냥 쓰러져 있을 뿐이었다.

그러나 그의 눈은 끊임없이 탄환의 궤적을 쫓았다. 마치 누군가의 마지막을 두 눈 가득 담아야 하겠다는 듯이 말이다.

그렇게 한껏 치켜뜬 그의 두 눈에선 땀인지 눈물인지 모를 무엇인가가 떨어져 내리고 있었다.

시간이 없었다. 공문은 양손을 들어 올리며 심호흡을 크게 했다.

“후우우우······.”

펄럭, 파라라락!

엄청난 기운에 가사와 승복이 모두 풍선처럼 부풀어 오르고 있었다. 지금 이 상황에서 마유조의 안간힘을 본 순간 그 역시 그냥 있을 수는 없었던 것이다.

정말 몸 안에 있는 모든 내력을 긁어서 끌어올린 듯한 느낌이었다. 마유조에게 워낙 많은 내력을 보냈기에 그런 것인데, 하나 그렇다고 모자란 것은 아니었다.

탄환 하나 정도 막는 것은 그리 큰일이 아니었던 것이다. 궤적이 조금 걸리긴 했지만 그건 큰 문제가 아니었다.

그 궤적 자체를 지워 버리면 그만이었다. 오랜만에 그의 성명절기인 불산수가 허공에서 폭발했다.

“차압!”

빠바바바바방!

귀청을 찢을 듯한 굉음이 허공 가득 울렸다. 그중 하나를 막는 걸 목표로 하는 듯 보였지만 실은 다른 이유가 있었다.

암기든 뭐든 공기를 가르며 날아온다. 지금 그 공기의 배열을 완전히 뒤튼 것인데, 이렇게 하면 제 방향으로 갈 턱이 없었다.

또한 어딘가 들어오는 느낌이 든다면 그리로 장력을 몰면 그만이니 힘들 것은 없었다. 한데······.

쉬이이잇!

“무슨!”

도무지 이해할 수 없는 궤적을 그리며 탄환이 날아오자 공문은 뒤로 신형을 날랐다. 그리고는 양손을 번개처럼 휘두르기 시작했다.

빠방. 바바바바방!

도대체 몇 개의 장력을 쳐냈는지도 모를 만큼 퍼부어냈고 그 중엔 필시 탄환을 쳐낸 게 있을 것이라 확신했다. 그런데 그건 너무 이른 생각이었다.

콰칵. 파아아앙!

탄환이 오히려 더욱더 빨라져서 월홍에게 향하자 공문이 손을 뻗었다. 이건 궤적 자체를 판단조차 할 수 없는 공격인 것이다.

이젠 손으로 막을 수밖에 없는 것이다. 그러나 야속하게도 탄환은 유려한 곡선을 그리며 그의 손을 빠져나갔다.

"아, 아이야, 위험!"

그와 월홍과의 거리는 약 일 장, 이제 남은 것은 월홍의 머리에서 피가 흘러나오는 것뿐이었다.

최악 중에서도 최악의 결과. 공문은 그저 손을 뻗을 수밖에 없었다. 물론 그 손은 절대 닿지 못하겠지만 말이다.

아마도 여기서 저 아이가 무사하길 바란다면 그건 기적이나 가능할 터였다. 한데… 그 기적이 지금 일어나고 있었다.

콰악!

"……!"

허공에서 무언가 뚝 떨어지더니 바닥에 박혔다. 시커먼 색깔의 그것은 거대한 화살이었다.

그 화살이 땅에 박힌 곳, 그곳엔 둥근 작은 철구(鐵球) 하나가 놓여 있었다. 그런데 하나가 아니었다.

완전히 반으로 잘려졌던 것이다. 즉, 말하자면 허공에서 화살이 내려와 철구를 반으로 자른 것이다.

도무지 말도 안 되는 이 상황에 공문은 눈만 깜박였다. 그러자 그의 눈에 곧 한 사람의 모습이 들어왔다.

거대한 대궁을 쥔 사내, 심하게 상처가 난 얼굴에 큰 키를 가지고 있는 사내였다. 물론 그가 누구인지는 아주 잘 알고 있었다.

"단 시주!"

단야였다. 어느새 월홍의 곁에 나타나 머리를 쓰다듬고 있었던 것이다.

2

"단 아저씨!"

월홍의 뾰족한 목소리에 사람들의 시선이 모두 그쪽으로 향했다. 월홍은 단야의 허벅지를 꽉 끌어안고서 활짝 웃고 있었다.

"단… 대협……."

떨리는 이상하의 목소리에 단야의 손이 움직였다. 월홍의 머리를 쓰다듬고 있던 손이 그대로 올라가 이상하의 어깨 위에 얹혀졌다.

"고맙소. 내가 누워 있을 때… 옆을 지켜줘서."

나직한 목소리에 이상하의 고개가 떨구어졌다. 그저 어깨만 살짝 떠는 그녀를 보며 도시황이 입을 열었다.

"그냥 지켜준 것이 아니라 혼신이 힘을 다해 도왔다. 최소한 감사라도 하는 것이 어떤가?"

"사부님도 무슨 말씀을. 의원이 환자를 보는 것은 너무나도 당연한 일입니다. 그보다 몸은 괜찮으신지요?"

자연스럽게 단야의 손목으로 손을 올리며 그녀가 말하자 단야는 오른손을 뻗었다. 그녀의 목을 휘감아 천천히 당기며 그는 입을 열었다.

"내 걱정은 마시오. 괜찮으니까."

"아……."

작은 감탄사가 그녀의 입에서 흘러나왔다. 커다란 단야의 몸 안에 그녀와 월홍이 동시에 안겼던 것이다.

기이한 느낌이었다. 단야는 왠지 따뜻해지는 가슴을 느낄 수 있었는데 왠지 오래전에도 이와 같은 것을 느꼈던 듯한 기분이 들었다.

언제인지는 모른다. 그저 이렇게 있는 것만으로도 세상을 다 얻는 듯한 기분이 크게 들었던 것인데 그는 조용히 고개를 들어 올렸다.

조금 더 이 느낌을 음미하고 싶었지만 상황이 이를 용납하지 않았다. 단야는 두 사람을 향해 조용히 중얼거리며 신형을 움직였다.

"이야기는 조금 후에 다시 하기로 하지. 잠시 다녀오겠소."

"어디 가, 단 아저씨?"

걱정스런 월홍의 모습에 단야는 고개를 내렸다. 초롱초롱한 눈빛으로 자신을 바라보는 월홍은 이제 완연한 보통 아이였다.

더 이상 요물스러운 아이가 아니었다. 이 강호에 나와 경험을 쌓으면서 월홍은 일반적인 아이들처럼 변해갔던 것이다. 비록 모습은 그대로이지만.

"잠시… 저자들과 이야기 좀 해야겠구나. 월홍, 이 소저와 함께 여기 있거라."

크릭.

왼손에 들린 대궁을 한 번 꽉 쥐곤 단야는 앞으로 나갔다. 양무회와 사한은 저 멀리서 흥미로운 눈으로 바라보고 있었는데, 단야의 눈길은 그들에게서 바로 옆의 인물에게로 바뀌었다.

불산수 공문, 바로 그였다. 아직도 쓰러져 있는 그의 손목을 잡아 끌어 올리며 단야의 입술이 열렸다.

"일어나시죠, 사숙님. 할 일이 많습니다."

"……!"

단야의 목소리에 공문의 눈빛이 떨렸다. 사숙이라는 두 글자가 가슴속 깊이 박혀들었던 것이다.

"단… 아니, 운아야, 이제 완전한 기억이 돌아온 것이더냐? 진정 그런 것이야?"

단야는 웃으며 고개를 끄덕이고자 했다. 그러나 이미 단단하게 굳어버린 그의 얼굴에서 더 이상 웃음은 떠오르지 않았다.

하나 고갯짓만으로도 공문은 감격스러웠다. 그는 자신의 상처는 신경 쓰지도 않은 채 단야의 어깨를 잡았다.

"이 녀석아! 대체 어디서 무슨 일을… 무슨 일이 있었던 것이냐!"

주름진 노안에 작은 반짝임이 보였다. 묻고 싶은 것도 많고

하고 싶은 이야기도 많은 그런 표정을 지으며 말이다.

십 년, 그 십 년의 세월 동안 정말 많은 것이 변했다. 그가 살아온 십 년은 변한 게 없어 보였지만 그를 기억하는 사람들에겐 많은 변화가 있었다.

가장 두렵고 무서운 사람이었다. 장경각주이기 전에 계율원주였기에 더욱더 그랬다. 어릴 때부터 그의 품행을 지적하는 것은 오로지 공문뿐이었다.

그런 공문이 눈물을 보이고 있었다. 자신에게 쏟아낸 수많은 정들이 떠오른 것인지 모르지만 단야에게는 정말 낯선 풍경이었다.

"이야기를 나누고 싶긴 하지만……."

부우우우우!

"……!"

공문의 두 눈이 커졌다. 일순 단야의 몸에서 엄청난 진력이 공문의 몸 안으로 들어왔던 것이다.

온몸의 가사가 찢어질 듯 펄럭이는 것만 봐도 알 수 있을 만큼 막대한 진력. 그런데 그 진력이 온전히 자신의 몸 안에 휘돌고 있었다.

이런 현상이 일어나는 것은 단 하나, 자신의 내력보다 단야의 내력이 동류이면서도 훨씬 상위 개념인 무공이란 뜻이었다. 즉, 소림사의 무공 중 가장 기본이 되는 무공이란 것이다.

역근경, 그 거대한 힘이 공문의 온몸을 휘돌았다. 상처가 치유되는 것은 아니지만 단숨에 온몸에 기력이 충만해졌다.

"일단 손님부터 신경 쓰고 나서 하겠습니다."

천천히 앞으로 나서며 단야는 눈길을 고정했다. 마유조는 양소은과 모안, 그리고 남궁혜미의 부축을 받으며 서 있었다.

마유조의 앞에서 단야가 멈추었다. 입가에 피를 흘린 채 그는 가쁜 숨을 몰아쉬고 있었는데, 그러면서도 무언가를 이야기 하려는지 입을 오물거렸다.

"자네… 그럼 이제 소림… 초… 운……."

"사형, 말씀은 나중에 하시는 것이 좋겠습니다. 일단 상처 치료부터……."

모안이 걱정스러운 얼굴로 입을 열었지만 마유조는 고개를 좌우로 흔들 뿐이었다. 꼭 말을 하겠다는 표현이었는데, 단야는 왠지 그 말이 무엇인지 알 것 같았다.

앞으로 단야로 있을 것인지 아니면 초운으로 있을 것인지를 물어보는 것이다. 물론 지금 당장은 그런 이야기를 하긴 힘들었다.

"그 애의 말이 맞네. 이러다 기맥이 막히게 되면 앞으로 무공은 펼칠 생각을 하지 않는 게 좋아. 그러니 일단 진정부터 하시게나."

언제 왔는지 도시황이 옆에 서 있었다. 그는 마유조의 몸을 슬쩍 바라보면서 단야에게 말했다.

"언제까지 그렇게 사람들하고 눈이나 맞추고 있을 텐가? 손님 대접이 이렇게 소홀해서 어디 되겠나?"

"……."

도시황의 목소리에 단야는 신형을 돌렸다. 문득 그의 오른손이 허리 뒤춤으로 움직이고 있었다.

그 손이 다시 나타났을 때 손에 들린 것은 한 움큼의 화살이었다. 그리고 그 화살들은 단야의 손동작에 따라 땅에 내리꽂혔다.

투투툭.

"미안하군……."

단야의 입술이 열렸다. 한데 이번에 나온 목소리는 이전에 나왔던 것들과는 전혀 다른 느낌을 지니고 있었다.

한없이 차가운 그 소리엔 일말의 감정도 들어 있지 않았다. 마치 무슨 동물에게 이야기를 하듯 말이다.

"손님 대접이 조금 늦었어……."

끼이이이이.

왼손에 든 대궁의 시위가 당겨지고 있었다.

육반마 오천악, 그리고 사극마 오격을 죽인 사람. 그것이 세간에 알려진 단야의 모습이었다.

반쯤은 허명이라 생각했었다. 세상은 그에게 혈살마궁이라는 얼토당토않은 별호를 선물했지만 별호라는 것이 얼마나 어이없게 지어지는지 잘 알고 있었다.

걸음마를 걸을 때부터 세상을 배워온 자신이었다. 오정마군 양무회라는 이름은 그렇게 만들어졌다.

누군가는 높게 평가하지도, 그렇다고 낮게 평가하지도 않는다. 온전히 자신이 가지고 있는 두 눈과 정보를 가지고 판단할 뿐이었다.

그 판단 속에서 단야란 인물은 그저 운이 좋은 놈일 뿐이었다. 육반마 오천악이나 사극마 오격, 모두 다른 사람의 도움으로 겨우 이길 수 있었던 것이다.

그런데 그 생각이 지금 바뀌고 있었다. 너무나도 당황스러운 일에 그는 몸이 얼어붙었다. 도무지 움직일 수가 없었다.

단야의 화살. 한 발, 한 발 날아오는 그 화살을 피하는 것만에도 온 힘을 소진하는 중이었다. 공세로 돌아설 수가 없는 것이다.

막아내는 것은 맨 처음에 한 번 해봤다가 바로 생각을 접을 수밖에 없었다. 단야의 화살에 담긴 힘에 판관필이 휘어진 꼴을 보자마자 말이다.

"사한! 저놈에게 탄궁을 날려! 어서!"

뒤쪽에 있는 사한에게 고래고래 소리를 질렀지만 사한의 사정도 그리 좋지 않았다. 단야가 노리는 것은 그 혼자만이 아니었으니 말이다.

"놀고 있는 줄 아십니까! 나도 할 만큼 하고 있습니다!"

파아아앙!

한 발의 철구를 허공에 날리며 사한은 커다랗게 소리쳤다. 솔직히 당황하기는 그가 훨씬 더했다.

다른 사람은 몰라도 사한은 단야의 무공을 안다. 어느 정도의 수준이고, 또 어느만큼의 힘을 가지고 있는지 말이다.

자신이 그토록 죽이고자 했던 사람이기에 더욱더 잘 알 수밖에 없었다. 그러나 그 정보는 지금 전혀 소용이 없었다.

카아앙!

화살이 정확히 자신의 철구를 반으로 쪼개며 날아오고 있었다. 자신의 철구와 단야의 화살, 둘 다 검은 날개를 붙이며 날아왔지만 그 움직임은 천지 차이였다.

단야가 쏜 화살의 움직임에 비한다면 흡사 어른과 아이의 싸움이었다. 이 정도로 강할 줄은 생각도 못했던 것이다.

"이건 말도 안 돼! 대체 뭐가 어떻게 된 거냐, 단야!"

두 눈에 핏발을 세우며 그가 앞으로 튀어나왔다. 사한은 손에 든 탄궁을 땅바닥에 내던져 버리며 커다란 소리를 질렀다.

"난 널 안다. 넌 이 정도의 무공은 없었다! 당신… 당신 대체 누구야!"

고래고래 소리를 지르며 미친 듯이 씩씩거렸지만 단야는 전혀 반응이 없었다. 그는 어느새 바닥에 놓인 마지막 화살을 뽑아 시위에 걸고 있었다.

"내가 누구냐는 질문에 어찌 대답을 해야 할지 모르겠군. 무슨 말을 원하는 거냐?"

끼이이이이.

가지고 있는 철시로서 마지막 화살이었다. 단야는 이미 이십여 발의 화살을 날려 두 사람의 행동을 제어하고 있었던 것이다.

"넌 단야가 아니다! 단야가 이렇게 강할 리가 없다! 그놈은 그저 내 아버지의 편린일 뿐이야!"

"……."

단야의 눈썹이 꿈틀거렸다. 아울러 그의 손에 들린 대궁의 활시위가 다시 원래대로 돌아가고 있었다.

"너… 알고 있었나?"

이를 악물며 씩씩거리는 그를 보며 단야는 물었다. 그러자 사한은 비릿한 미소를 지으며 말했다.

"뭐? 내 아버지가 여기저기 기억의 편린을 심어놓은 것? 그래서 진정한 귀문주를 다시 탄생시키려 하는 거? 그거라면 알고 있지. 어찌 모를 리가 있겠어?"

"…사한 이놈! 너 지금 무슨 소리를 하는 거냐!"

사한의 말에 양무회는 두 눈을 동그랗게 떴다. 이건 그도 모르는 일이었다.

"너 말고 다른 사람도 후보라는 것도 잘 알고 있다. 그리고 가장 유력한 후보가 누구인지도 말이다. 이 정도면 충분한 설명이 되나? 큭큭."

기이한 미소를 머금으며 사한이 입을 열자 단야는 입술을 꽉 다물었다. 어느 정도 알고 있을 줄은 알았지만 이 정도까지는 아니었던 것이다.

"이봐, 사한! 날 보고 대답해! 그게 무슨 말이냐!"

거칠게 사한의 어깨를 잡아채며 양무회가 소리쳤다. 그제야 사한은 양무회를 향해 눈길을 던졌다.

"당신, 정말 똑똑한 척하더니 바보였구만. 지금 이 일이 왜 일어나고 있는지 전혀 눈치 못 챈 거였나?"

"…이 빌어먹을 놈이 무슨 소리를 하는 게야!"

콰아악!

멱살을 움켜쥔 채 소리치자 사한의 고개가 하늘로 들렸다. 어쩌면 죽을 수도 있는 순간이지만 그 냉소적인 미소는 여전히 감돌고 있었다.

“정말 어이없군요. 지금 무슨 일이 일어나는지 모르고 하는 말씀이십니다. 저놈은 우리가 아는 단야가 아닙니다.”

“너… 내가 모르는 것을 알고 있는 것이냐?”

이젠 단야가 문제가 아니었다. 그의 주변에 일어나는 일이지만 정작 자신은 모르는 이 일을 밝혀야만 했다.

이전부터 느끼는 것이었다. 이 사한과 그의 어미, 그리고 삼마는 자신과 따로 움직인다는 느낌을 받았기 때문이다.

이제 그 껄끄러웠던 것이 설명되고 있었다. 자신은 모르고 이들이 아는 것이 그 핵심이었다.

“빌어먹을 귀문의 전승은 무공서 따위로 이루어지는 것이 아니니까요. 그건 의식의 연결로써 이루어진 것입니다.”

“뭐라? 의식의 연결?”

양무회는 머리가 어지러웠다. 뜬금없이 귀문의 이야기가 왜 나오는지 알 수가 없었다. 이 상황에서 할 이야기가 아닌 것이다.

“사대귀경만 익히면 귀문이 될 수 있을 것 같습니까? 아닙니다. 우리가 익힌 귀무록(鬼武錄)은 그저 껍데기일 뿐이지요. 진짜는 심언(心言)으로 전해지는 것입니다. 일반적인 문파와는 전혀 다른 것입니다.”

“……”

“나의 탄궁이 어디가 모자랍니까? 그 움직임인가요, 아니면 위력? 아닙니다. 모두가 다 같지만 절대 저기 있는 단야를 이길 수가 없습니다. 그 이유는… 저 단야는 심언을 받았기 때문이지요. 십 년 전에 말입니다.”

사한의 말에 양무회는 입을 벌렸다. 심언이라는 것도 생각하기 힘든데 십 년 전에 받았다는 것 또한 믿기 어려웠다.

언제 그가 심언을 받을 수 있었겠는가? 아마도 흑산의 정상일 터였다. 그날 이후 귀궁사 사백승은 죽었으니 말이다.

한데 그날 어떻게 그런 일이 일어났는지 알 수가 없었다. 자신도 그곳에 있었고, 또 무슨 일이 일어났는지 아주 잘 알고 있었던 것이다.

그저 나중에 잠시 뭔가 정신이 살짝 어지러운 것을 느꼈을 뿐, 별다른 일은 없었다. 사백승과 저 단야가 만나 어쩌고 할 상황이 아니었던 것이다.

"말도 안 되는 이야기를 하는구나! 십 년 전이라면 흑산의 정상에서 있었던 일, 그곳엔 나도 있었다. 그리고 대형을 비롯한 형님들도 계셨지. 심언이 전해졌다면 어째서 그들……!"

사한의 말에 반박을 하던 양무회의 눈이 파랗게 빛나기 시작했다. 갑자기 무언가 생각이 났던 것이다.

그러고 보니 같은 무공을 익히면서도 천차만별로 차이가 나는 것이 이 귀무록이었다. 그리고 그 설명을 친절하게도 일마에게 들었던 것이다.

"이제 아시겠습니까? 일마님도 심언을 받으신 겁니다. 저 단야와 같이 말이죠."

확실히 설명이 되었다. 너무 설명이 잘되어서 할 말이 없을 정도였다. 일마를 제외하고 모두 빈껍데기를 수련하고 있는 것이나 다름없었던 것이다.

"수련하면 할수록 머릿속에 심어진 심언이 제 효력을 발휘하게 됩니다. 그것이 천 년 동안 이어져 내려온 귀문의 힘이지요."

상세한 사한의 설명에 양무회는 그저 어금니만 질끈 깨물 뿐이었다. 그제야 지금 자신의 눈앞에 있는 상대가 누구인지를 깨닫게 되었던 것이다.

"게다가 심언은 또 하나의 기능을 가지고 있다고 합니다. 그 사람의 인격까지 바꿀 수 있지요. 아니, 원래 심언을 새겨 넣은 사람으로 바뀐다고 할까요?"

흡사 머릿속에 기생한다고 해도 과언이 아니었다. 그 표현대로라고 하면 단야의 정체는 밝혀진다. 너무도 확실하게 말이다.

"…그럼 지금 저놈은… 단야가 아니라 사백승인 것이냐?"

양무회의 목소리에 사한은 크게 고개를 끄덕였다. 그것 외에는 설명할 길은 없었다. 갑자기 늘어난 무공이나 조금 변한 체형 같은 것은 말이다.

"인정하기 싫지만, 그럴 것입니다. 내 아버지란 작자가 바로……."

"틀렸다."

사한의 눈이 움직였다. 소리가 난 곳은 단야가 있는 곳이었다.

그는 그저 궁을 든 채 서 있을 뿐이었다. 석상처럼 서 있는 그를 보며 사한은 묘한 기분이 들기 시작했다. 어쩐지 그 모습이 너무도 크게 느껴지기 시작한 것이다.

"틀려? 그럴 리가 없다. 세상에 사백승의 심언을 이길 수 있는 사람은 없다. 아니, 그렇지 않고서야 네 무공은 설명할 수 없단 말이다!"

사한은 확신하고 있었다. 눈앞에 있는 사람은 사백승이라고 말이다. 껍질은 단야이지만 말이다.

"무공 때문에 그런 추측을 했다면 분명히 말해주마."

쿡.

단야의 손에 들린 대궁에 땅바닥에 살짝 박혔다. 단야 스스로 그리한 것인데 사한과 양무회는 조금 놀랐다.

병기를 내려놓는다는 것은 싸우지 않겠다는 것과 다름없었기 때문이다. 그러나 그건 섣부른 판단이었다.

"무공이 늘어난 것이 아니다, 사한."

고오오오오.

단야의 몸에서 거대한 기운이 일어나고 있었다. 한데 그 기운은 이제껏 일어났던 기운이 아니었다. 굉장히 낯익은 온유한 기운이었다.

강하면서도 부드러운 그 기운, 잊으려 해도 잊을 수가 없는 기운이었다. 그건 바로 조금 전에 여길 떠난 각오의 기운과 같았던 것이다.

그리고 그때, 두 사람의 눈에 너무나 놀라운 광경이 보여다. 단야의 오른발이 허공에 살짝 들렸던 것이다.

마치 각오가 하듯 말이다. 물론 그렇다고 해서 무서울 것은 없었다. 천하의 각오 정도나 가능한 일을 그가 할 수는 없으니 말이다.

꾸우우우우웅!

"……!"

양무회의 두 눈이 부릅떠졌다. 단야의 발이 내려지는 순간 각오의 힘과 같은 느낌을 온몸에 받았던 것이다.

내력을 쓸 수 없게 만드는 이 기이한 울림. 단야는 발을 구른 탄력으로 허공을 날아오고 있었다.

꾸우우우우웅!

두 번째 울림이 귓가에 들려왔다. 아마 허공을 건너오다 다음 발이 땅에 닿은 모양이었는데, 이번에도 그는 눈앞이 아득해지는 것을 느꼈다.

절로 다리에 힘이 풀렸다. 양손으로 땅을 짚어 겨우 쓰러지지 않을 수 있었는데, 양무회는 고개를 좌우로 세차게 흔들었다.

흔들리는 시야를 바로 잡기 위해서였다. 잠깐의 떨림 후 눈의 초점은 바로 맞추어졌는데, 그때였다.

눈앞에 무언가 있었다. 이마 바로 위에 뭔가 와 있었기에 미간을 찡그렸다. 너무 가까워서 그것이 무엇인지 파악이 되지 않았다.

뭉툭한 무엇, 그런데 작은 온기가 느껴지는 그것의 정체는 이내 알 수 있었다. 그건 누군가의 손가락이었던 것이다.

"……."

양무회는 입을 벌렸다. 마치 장면이 되풀이되는 듯한 이 말도 안 되는 상황에 할 말을 잃었다. 손가락은 단야의 것이었다.

마치 각오가 했던 것처럼 단야도 똑같이 행했다. 이른바 가지고 있는 본신의 무공이 얼마나 대단한지 보여주는 순간이었던 것이다.

아니, 어쩌면 그보다 더할 수도 있었다. 바로 옆에 있는 사한의 이마에도 손가락이 올라와 있었으니 말이다.

“잃었던 무공을 되찾은 것뿐이다. 사한, 이제 이해되나?”

“…….”

묵직한 단야의 음성에 두 사람은 할 말을 잃었다. 뭐가 어찌
되었든 이건 완벽한 패배였다.

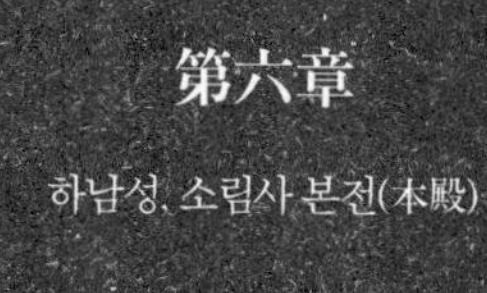

第六章

하남성, 소림사 본전(本殿)

우드득.

파아아앙!

한 살수의 가슴에 장력을 날리며 공료는 뒤로 크게 물러났다. 몇 명의 사람을 죽였는지 셀 수도 없었다. 살계도 이런 살계가 없었던 것이다.

불자인 것이 무색해지는 순간이었다. 물론 강호에 몸을 담은 이상 어쩔 수 없는 일이라 하더라도 이건 옳지 않았다. 너무도 허탈한 죽음이었던 것이다.

슬쩍 주변을 돌아보니 이미 상당한 사람들이 죽거나 다쳐 거동하기에 힘들어 보였다. 정말 이대로 가다간 공멸이라는 말이 딱 들어맞을 듯했다.

그는 양손을 들어 올렸다. 그리고는 양손 가득 내력을 모아

손뼉을 쳤다.

"아미타불! 계속할 텐가, 천 시주!"

쩌어어엉!

허공 가득 불심 가득한 항마후가 터져 나가자 여기저기서 사람들이 비틀거렸다. 공료는 확 치밀어 오르는 기의 역류를 꾹 눌러 참았다.

아무리 그라도 장시간 싸운 후에 항마후의 기운을 담아 외치는 것은 쉽지 않았던 것이다. 솔직히 조금만 더 힘을 쓰게 되면 그조차도 당할 것 같은 느낌이 들 정도였다.

다행히 그의 노력은 결실을 맺었다. 양측은 일순간 뒤로 물러나 대치하고 있었는데, 모두들 그제야 서로를 돌아보았다.

소림과 팽가, 남궁가의 사람들, 그리고 설산의 반양장로. 다 합쳐 봐야 살아남은 사람들은 삼십여 명이 조금 안 되었다. 막대한 피해를 입은 것이다.

물론 그건 실시도 천벽 역시 마찬가지였다. 이제 그의 수하들도 거의 없어 온전히 움직이는 것은 스무 명에 불과했다. 화살을 쏘는 자들이 없었다면 진즉 전멸했을 터였다.

"이미 한 이야기를 다시 하자는 것입니까? 이 천벽, 할 수 없다 하였습니다."

피가 흠뻑 먹은 박도를 꺼내 들며 천벽은 말했다. 그는 정말 죽을 각오를 한 사람처럼 보였다.

"답답한 친구로군. 비단 우리를 위해서 이런 이야기를 한다고 생각하나? 자네를 위해 대사께서 하는 말이 아닌가!"

"아무리 수장이라 하더라도 어찌 그런 말을 함부로 하누! 같

이 살 권리는 있어도 다 같이 죽을 의무 따윈 없는 것이 아닌
가!"

항임과 우오상도 거친 소리를 내었다. 그들의 철검은 이미 상
당한 피를 먹은 후였다. 그들도 내심 답답하긴 마찬가지였다.

"그저 편하게 생각하십시오. 우린 명령을 받았습니다. 이 낙
양으로 사람들을 들이지 말라고 말입니다. 그 명령을 수행할 뿐
이지요."

천벽은 천천히 자신의 생각을 밝혔다. 정말 어지간히 고지식
한 사람이었다. 명령에 따라 죽겠다는 의사를 밝힌 것이다.

이대로 간다면 또 한 번의 싸움은 필수였다. 한데 그때였다.

"당신의 생각을 존중해 주지. 하나 그전에 한 가지 묻고 싶
군."

"…무당? 학산 장로!"

뒤쪽에서 들려온 소리에 공료는 고개를 돌렸다. 그곳엔 미검
자 학산을 위시로 한 일단의 사람들이 나타나 있었다.

이번 대회에 참가하기로 한 무당의 사람들 모두가 와 있는 것
이었다. 그중 말한 사람은 잘생긴 얼굴의 사내였다.

가화준, 바로 그였다. 그는 천천히 앞으로 나와 공료에게 수
인사를 건네었다.

"아미타불… 시주께선 어인 일로……."

솔직히 조금은 놀란 공료였다. 이 가화준이란 자, 그리 좋은
인상이 아니니 말이다.

그저 자신들이 죽을 때까지 관망만 하고 있을 줄 알았다.
같이 온다는 말을 듣기는 했지만 진짜 그리할 줄은 몰랐던 것

이다.

“온다 했으니 당연히 와야지요. 오히려 조금 늦어 죄송합니다, 장문인.”

너무도 깍듯한 그의 행태에 공료는 어찌해야 할지 일순 머리가 어지러웠다. 그러자 가화준은 한 번 빙긋 웃더니 고개를 돌려 다시 말했다.

“네 주인들은 어디에 있나? 넌 알고 있겠지?”

마치 이곳의 상황은 전혀 신경도 쓰이지 않는다는 듯 그가 입을 열자 천벽은 그제야 눈길을 던졌다. 그는 가화준을 한참을 바라보다 입을 열었다.

“그렇군. 그대 역시 또 한 명의 주군이었던가…….”

뜻 모를 이야기를 중얼거리며 천벽은 손을 들었다. 엄지손가락을 펼쳐 등 뒤를 가리키며 그가 말했다.

“여길 지나치면 동헌이오. 이마와 삼마는 그곳에 있소이다.”

“일마는?”

천벽의 이야기를 들었음에도 불구하고 가화준은 다시 물었다. 집요하리 만치 일마의 위치를 알고 싶어한 것인데, 천벽은 좌우로 고개를 흔들며 말했다.

“내가 알 리가 없지 않소? 나는 일개 말단 무사일 뿐이오.”

천벽의 말에 가화준은 고개를 끄덕였다. 하긴 일마의 신형을 그가 알 턱이 없었다. 이마와 삼마의 위치를 아는 것만으로도 성과가 있었던 것이다.

그러나 그가 알고 싶은 것은 그 외에도 더 있었다, 가장 중요한 것이.

"하면 하나 더 묻지. 그녀는 어디에 있나?"

"……."

천벽의 눈이 빛나기 시작했다. 그는 이제껏 보여주었던 것과는 완전히 다른 눈빛으로 가화준을 바라보았다.

"자네의 진짜 주인을 말하는 것일세. 세인들이 말하는 비녀. 이렇게 이야기해도 모르겠나?"

"그분을 만나 무얼 하려는 것인가?"

천벽의 목소리에 가화준은 웃었다. 그런데 그 웃음은 참으로 기이했다. 기쁘거나 즐거워서 웃는 웃음이 아니었던 것이다.

건조한 웃음, 감정이라고는 전혀 담겨 있지 않은 그 웃음을 보며 천벽은 등허리에 땀이 흐르는 것을 느꼈다. 상대는 자신에게 호의를 가진 것이 아니었다.

"그건 자네가 알 필요가 없겠지. 그저 가르쳐 주기만 하면 된다네."

가화준은 다시금 입을 열었다. 건조한 웃음과도 같은 목소리. 하나 천벽은 더 이상 말이 없었다.

대신 그는 박도를 들어 앞으로 내보였다. 그러자 살아남은 살수들이 모두 가화준을 향해 병기를 겨누었다. 조금 멀리 있던 궁수들 역시 가화준을 향해 시위를 겨누었는데, 그것으로 그의 대답은 된 셈이었다.

"알겠네. 성실한 자네의 답변에 이 가화준, 그만한 대우를 해 주겠네."

낮은 목소리와 함께 가화준은 앞으로 움직였다. 오른손을 슬쩍 허공으로 들어 올리며 손가락을 쫙 폈다.

스르르릉.

그의 손가락의 움직임에 따라 가화준의 고검이 뽑혀 올라왔다. 손을 대는 것이 아니라 순전히 내력으로 뽑아 올린 것이다.

검은 점점 허공으로 올라가 지면에서 약 이 장여 높이까지 떠올랐다. 그리곤 작은 울림과 함께 잔 떨림을 시작하고 있었다.

위이이이잉.

그 검의 잔 떨림을 보며 사람들은 자신도 모르게 뒤로 물러섰다. 검에 실린 힘이 점점 커져서 이젠 가까이 있는 사람들의 피부가 따끔거릴 정도였다.

숫.

그 검날의 아래에서 가화준은 손목을 꺾었다. 그러자 그의 검역시 마치 살아 있는 듯 검끝이 전방을 향했다.

"자, 그럼 답례로……."

문득 중인들의 귓가에 가화준의 목소리가 들려왔다. 가화준은 눈을 들어 천벽을 바라보며 말했다.

"멋진 춤을 추어드리지."

스스스스… 피이이잉!

가화준의 몸이 움직이기 시작했다. 한데 그의 움직임은 도저히 무공이라 말할 수 없었다.

오죽했으면 같이 온 무당의 사람들까지 고개를 갸웃거릴 정도였다. 정말 주루에서나 볼 수 있는 그런 춤사위였다.

그러나 그 위력은 보이는 것과 전혀 달랐다. 허공에 뜬 그의 검이 움직이기 시작했던 것이다.

파파파파파!

보이는 것이라곤 수많은 검의 잔영이었다. 저물어가는 붉은 저녁노을 아래 수십여 개의 검날이 보였다. 그 검날은 작은 동심원을 형성하더니 점점 그 반경이 커지고 있었다.

일 장, 삼 장, 오 장, 그리고 십여 장까지… 너무나 커진 검의 궤적에 모두가 그저 입만 벌리고 있었는데, 일순 허공에 검 한 자루가 튕기듯 올라왔다.

피리리링… 탓!

유려한 곡선을 그리며 떨어진 검은 정확히 가화준의 오른손에 떨어졌다. 가화준의 춤도 그걸로 끝이었다.

스릉. 키릭.

검집에 검을 돌려 넣으며 가화준은 작은 숨을 들이쉬었다. 한 호흡에 시전한 검술은 그것으로 끝인 것이다.

정말 너무나 짧은 순간이었다. 마치 환상을 보았다고 생각될 정도로 짧은 시간, 그러나 그 짧은 시간 속에 진실은 존재했다.

파아아앗!

하늘과 같은 붉은색이 땅에서도 피어오르기 시작했다. 붉은 색 운무는 어느 한 군데에서 시작된 것이 아니었다.

보이는 모든 곳에서 피어오르고 있었던 것이다. 그와 함께 사방에서 사람들이 쓰러지기 시작했다.

털썩, 털썩.

방금 전까지 서 있었던 천벽의 수하들이 땅에 쓰러지고 있었던 것이다. 살수들뿐만이 아니라 궁사들까지 모조리 말이다.

눈으로 보면서도 믿을 수 없을 만큼 대단한 무위였다, 소림의 공료까지도 두 눈을 동그랗게 뜰 정도로.

츠츠츠츠츠.

"이게… 당신의 무공인가?"

천벽의 목소리가 허공에 울렸다. 천벽의 말투에선 더 이상 적의가 느껴지지 않았고, 대신 진한 회한이 묻어 있었다.

가화준의 고개가 살짝 끄덕여지자 천벽은 피식 웃으며 고개를 돌렸다. 그곳엔 그의 의제, 서이구가 있었다.

서이구는 고개를 숙인 채 두 손을 추욱 내리고 있었다. 그의 가슴엔 커다란 상처가 있었고, 그 상처에선 붉은 피가 끊임없이 흘러나오는 중이었다.

검으로 입은 물리적인 상처가 아니었다. 검에서 발출된 검기에 의해 입은 상처. 이건 피할 수 있는 공격이 아니었다.

검기를 연성하지 않았다면 도저히 막을 수 없는 공격이었다. 당연하게도 그를 제외하고 아무도 살아남은 사람이 없었던 것이다.

"아미타불! 가 시주는 이게 무슨 짓인가! 어째서 이들의 목숨을 이리도 쉽게 취하는가!"

공료의 입에서 노호성이 나왔다. 솔직히 이들을 모두 죽일 수 없어서 여태껏 힘들게 싸운 것이 아니었다.

아무리 소림의 큰스승을 죽인 자들이라도 쓸데없는 피를 흘리는 것은 자중하고 싶었던 것이다. 그런데 갑작스레 나타난 가화준은 그런 공료의 바람을 모두 무산시켜 버린 셈이었다.

"훗, 그럼 계속 여기 있을 것입니까? 이렇게 시간만 가다간 삼선승의 두 분께선 정말 돌아가실지도 모릅니다."

“…그게 무슨 말인가!”

삼선승이란 말에 다급해진 공료는 다시 커다란 소리를 질렀다. 계현과 계양의 이야기가 나온다면 이건 다른 문제였다.

아니, 솔직히 지금 이곳에 소림의 제자들이 모두 그 두 사람 때문에 온 것이나 다름없었다. 그 와중에 이렇게 싸움을 하고 있으니 말이다.

“아까 못 들으셨습니까? 이마와 삼마가 저쪽에 있다고 말입니다. 설마 그들이 이곳에 없는 것이 그저 우리가 나타나기를 기다리고 있기 때문이라고 생각하십니까?”

“……”

공료의 눈이 부릅떠졌다. 그의 눈길은 가화준에게서 이번엔 천벽에게 향했다. 이 말의 진위를 알고자 하는 것이었다.

천벽은 아무런 말이 없었다. 그저 두 눈을 질끈 감은 채 서이구의 신형만 바라보고 있을 뿐, 마치 이젠 더 이상 아무런 것에도 관심이 없다는 듯이 말이다.

“소림의 제자들은 나를 따르라! 동헌으로 간다!”

“아미타불……”

살아남은 사람들과 함께 공료는 달리기 시작했다. 더 이상 그들을 막는 사람이 없는 가운데 소림과 세가의 사람들은 피가 깔린 관도를 달리기 시작했다. 남아 있는 사람들이라고는 설산의 반양장로 두 사람과 가화준, 그리고 무당의 사람들뿐이었다.

“더 할 말이라도 있으십니까?”

가화준은 빙긋 웃으며 입을 열었다. 다른 사람들이 보았다면 매력적인 웃음일지 모르나 적어도 이 두 사람에게는 너무도 가식적인 웃음으로 보였다.

"할 말이라… 하고 싶은 말이야 너무도 많지만 일단 입을 다 물겠네."

우오상은 그를 향해 말하고는 신형을 돌렸다, 마치 더는 그에게 볼일이 없다는 듯이.

"모든 것이 다 끝나고 다시 이야기함세."

묘한 여운이 남는 항임의 말이 허공에 떠도는 순간 그들은 사라졌다. 저 멀리 커다란 전각을 향해 어느새 바람이 되어 달리는 중이었다.

가화준은 그들의 모습을 슬쩍 바라보며 움직이기 시작했다. 그도 더 이상 이곳에 있을 이유가 없었던 것이다.

한데 조용히 서 있는 천벽의 앞에서 그가 멈추었다. 잠시 어깨를 나란히 한 채 서로 정반대 방향을 보며 그가 입을 열었다.

"수고했다, 지난 십 년 동안."

"……."

천벽의 몸이 격하게 떨렸다. 그 말이 무엇을 의미하는지 그는 잘 알고 있었다. 그토록 기다려 왔던 사람이 나타났다는 뜻이다.

"새로운 세상은 새로운 사람들이 만들게 될 것이다. 너의 노고는 여기까지다, 천벽. 그간 신귀자와 염혼녀를 잘 돌봐주었다."

"주, 주군!"

천벽의 입에서 신음성이 흘러나왔다. 그는 도저히 믿을 수 없다는 듯한 표정을 지었고, 그것이 그의 마지막이 되었다.

파파파팟

천벽의 몸에서 피 화살이 뿜어져 나왔다. 도기로써 막아내었지만 완벽하게 막은 것이 아니었다. 이미 돌이킬 수 없는 상처를 입고 있었던 것이다.

그런 천벽을 두고 가화준은 움직였다. 쓰러지는 천벽의 입에서 흐르는 작은 소리까지 뒤로한 채 말이다.

"어째서… 두 명의 주군이……"

그것이 천벽이 세상에 남긴 마지막 말이었다.

*   *   *

"장로님, 우리도 움직여야 할 것 같습니다. 어서 사형을 뒤쫓아야……"

"누가 사형이더냐?"

"예?"

동화의 목소리에 미검자 학산이 대답했다. 동화는 두 눈을 동그랗게 뜬 채 무슨 말인지 이해를 못한다는 표정을 짓고 있었다. 당연히 동화는 가화준을 말하는 것이었으니.

"무슨 말씀이십니까? 당연히 가 사형을 말하는 것이지요. 이 엄청난 무공은 우리 무당의 힘이 될 것입니다. 그런데 어찌……"

"틀렸다, 동화야."

학산의 목소리는 너무나도 낮았다. 마치 가화준의 그것처럼 감정이라고는 전혀 들어가 있지 않은 말이었다.

"저 사람은… 우리가 아는 가화준이 아니구나. 너의 사형이
자 나의 사질이었던 가화준의 모습은 절대 저렇지 않았다."

"……."

동화는 입만 뻐끔거렸다. 무슨 말을 해야 좋을지 전혀 감이
잡히지 않는 가운데 그의 목소리가 이어졌다.

"이건 본문의 무공이 아니다. 절대로……."

관도에 뿌려진 피를 바라보는 그의 눈이 착잡하게 가라앉았
다. 살짝 떨리는 그의 손은 장검의 손잡이를 꽉 잡고 있을 뿐이
었다.

＊　　　　＊　　　　＊

다닥, 닥.

병기에서 나오는 소리가 아니었다. 이건 입에서 나오는 소리,
정확하게 말하면 오정마군 양무회의 입에서 나오는 소리였다.

그도 모르게 턱이 떨리고 있었다. 단야의 무공에 제대로 겁을
집어먹은 것이다.

천하의 육마, 그중 한 사람이 보여주는 행동이라고는 믿기지
않을 만큼 추했다. 이 정도 되는 사람이라면 목숨 정도는 초개
같이 버릴 줄 알았었다.

"두려운가?"

단야도 조금 의외였던지 그에게 물었다. 양무회는 그제야 입
을 꽉 다물며 눈을 떠 단야에게 향했다.

"이게… 네 진짜 실력이냐?"

겨우 마음을 다잡은 후 그가 내뱉은 말이었다. 단야는 묵묵히 고개를 좌우로 흔들며 말했다.

"모른다."

사실이었다. 이건 아까 산 위에 있을 때 느낀 울림을 똑같이 따라 한 것일 뿐이었다. 그의 스승인 현세연의불 각오의 흉내를 낸 것일 뿐이다.

어떻게 그것이 가능한지는 모른다. 그저 이렇게 하면 되지 않을까 하는 생각에서 따라 한 것일 뿐, 사실 역근경을 기반으로 펼치는 무공은 지금 이 순간이 처음이었다.

"날 놀리는 거냐?"

양무회의 눈이 매서워졌다. 사정을 모르는 그로선 충분히 그렇게 느낄 수 있었다. 단야의 입이 웃고 있었다면 완전히 놀리는 것이나 다름없었다.

그러나 단야는 진지했다. 그랬기에 양무회도 표정을 바꾸었다. 진짜 단야는 자신의 무공이 무언지 모르는 듯한 분위기였던 것이다.

"당신은 그럴 수 있을지 몰라도 난 사람을 놀린 적이 없다. 지난 세월도 그래 왔고, 앞으로도 그럴 것이다."

묵직한 목소리와 함께 단야는 손을 내렸다. 그리고는 뒤로 두어 걸음 물러나자 양무회는 미간을 찡그렸다.

"무슨 뜻이냐?"

단야의 행동에 양무회는 어금니를 꽉 깨물며 말했다. 아무리 그가 목숨을 소중히 한다지만 모욕을 참을 사람은 아니었다.

단야의 행동은 마치 너 따위는 언제든 죽일 수 있다는 것처럼 보였던 것이다. 그리고 그 행동에 자극을 받은 것은 양무회뿐만 이 아니었다.

"너… 이 자식, 진짜 사람을 가지고 놀아도 분수가 있지!"

새파란 살기를 뿜어내며 사한이 소리쳤다. 어느새 그의 양손 엔 검은 기운이 뭉클 쏟아지고 있었는데, 그 모습을 보며 단야 가 말했다.

"분수가 있다는 것은 알기는 하나? 네가 가지고 논 사람들은 그럼 어떻게 되는 거냐?"

"빌어먹을 놈! 그 주둥아리를 부수어주마!"

파아앙!

사한이 더 참지 못하고 주먹을 뻗었다. 그건 육마가 전수해 준 암흑의 내력, 거기에 귀문의 무공이 합쳐진 것이었다.

두 개의 검은 내력이 단야를 향해 폭주하고 있었다. 양손을 크게 놀리며 단야의 가슴과 머리를 향해 날아왔는데, 그냥 빠르 게만 날아온 것이 아니었다.

쉬이이잇!

화살을 휘게 만들었듯 장력까지 휘게 만들며 날아오고 있었 다. 그런데 정말 두려운 것은 그 이후였다.

싯.

"……."

사라졌다. 단 한순간 그가 날린 장력이 단야의 주변에서 사라 진 것인데, 일순 단야의 머릿속에서 한 가지 장면이 생각났다.

보이지 않는 장력, 다름 아닌 사극마 오격의 마형은살장이었 던 것이다. 그 장력에 귀문의 힘을 실어 보낸 것이다.

쩌어어엉! 쩌정!

허공에 강렬한 두 개의 울림이 울리자 사한은 득의의 미소를 머금었다. 두 개의 장력은 정확히 단야의 몸을 가격했다. 그래서 지금 단야가 쓰러지고 있었다.

아니, 쓰러지는 것이 아니라 아예 부서지고 있었다. 마치 사기그릇이 박살나는 것과 똑같은 것인데, 눈으로 보면서도 사한은 믿을 수가 없었다.

마치 귀신에게라도 홀린 듯한 생각에 그가 두 손을 든 채 멍하니 서 있을 때였다. 그의 등 뒤로 판관필 하나가 빠르게 움직였다.

"바로 거기다! 놓칠 것 같으냐!"

쐐애액!

섬전 같은 공격이었다. 필생의 내력을 모두 담아 찌른 한 번의 일격. 정말 그는 이 순간만을 손꼽아 기다리고 있었다.

단야가 사한의 일격을 피할 것을 그는 이미 알고 있었다. 사한의 무공은 정작 그 자신은 모르지만 그를 제외한 다른 사람은 다 알고 있었다. 그리 큰 깊이가 없었던 것이다.

사한은 좋은 사부들을 가지고 있었다. 육마의 여섯 명이 모두 그의 사부였다. 그러나 진짜 자신의 무공을 가르쳐 준 사람은 아무도 없었다.

모두가 겉핥기로 가르쳤고, 그래서 어느 정도 수준 이상의 고수가 본다면 확실하게 파악할 수 있었다. 물론 그 어느 정도 수준이라는 것이 그리 낮지 않지만 말이다.

그러나 분명히 사한의 공격은 위력이 있었다. 그렇기에 피할 것이라고 봤고, 그 예측은 맞아떨어졌다. 기로 만들어진 환영의 위치로 봤을 때 사한의 바로 앞, 약간 좌측이 최적의 장소였다.

그리고 그 생각은 아주 잘 맞아떨어져 양무회의 눈에 어릿한 그림자가 보였다. 두말할 것도 없이 단야가 나올 곳이었다.

탓.

"……."

하나 기세 좋게 날린 양무회의 일격은 너무나도 허탈하게 빗나가 버렸다. 단야가 그곳에 있는 것은 틀림없는 사실이었다.

단지 왼손을 들어 그의 판관필을 슬쩍 밀어낸 것이다. 도대체 어떤 수련을 쌓았는지 모르지만 반응속도가 너무나도 빨랐다.

"이것도 받아보아라!"

피리리리링!

양무회는 모든 내력을 끌어올리며 판관필을 휘둘렀다. 판관필은 허공에서 멋들어진 초서체를 만들어냈다. 역동적인 그의 춤사위와 더불어 정말 장관이 따로 없었다.

하나 그 장관은 단야의 손끝에 너무나도 쉽게 사라져 갔다. 역동적으로 움직이는 그와는 달리 단야는 오로지 왼손 하나만을 툭툭 움직일 뿐이었다.

스스스스… 콰아아악!

어느새 그의 판관필은 단야의 손길을 따라 땅에 처박히게 되었다. 화점 하나를 끝내기도 전에 이미 초식이 끝나 버린 셈이었다.

내력에서도, 초식에서도 단야를 이길 수 없다는 생각이 들자 양무회는 두 눈을 부릅떴다. 그리고는 오른발로 땅을 차며 왼손을 움직였다.

파아앙!

"큭! 뭐 하는 겁니까!"

앞에 있던 사한의 등짝을 밀어버리며 양무회가 움직였다. 양무회는 신형을 움직여 사한의 등에 바짝 몸을 움직였다.

온몸의 감각을 활짝 열어놓은 상황에서 그는 오른손을 섬전같이 움직였다. 뾰족한 판관필은 그대로 앞으로 찔러 나갔다.

콰가각!

"커억!"

비명 소리가 허공을 울렸다. 한데 그건 단야의 비명이 아니라 사한의 비명 소리였다.

단야와 사한, 그리고 양무회는 마치 한 몸이라 된 듯 서로 몸을 밀착시킨 상황이었다. 양무회는 제일 뒤에서 득의의 웃음을 지었다. 그의 판관필은 정확히 사한의 오른쪽 견갑골 아래를 꿰뚫은 상황이었다.

그리고 그 앞에 있는 단야의 왼 어깨까지 한꺼번에 말이다. 문득 사한의 목소리가 허공에 들려왔다.

"어… 어째서 날……."

고통 속에서 그가 뱉어낸 말은 오직 그것뿐이었다. 양무회는 그의 뒤에서 조용히 입을 열었다.

"날 원망하지 마라, 사한. 어차피 네놈은 이렇게밖에 사용할 수 없는 놈이니 말이다. 아니, 이렇게나마 사용된 것을 다행으로 여겨야 하나?"

"컥, 쿨럭……."

사한의 입에서 피 화살이 뿜어져 나왔다. 단야의 앞섶을 피로 적시며 그는 눈을 들었다. 그리곤 단야와 눈을 마주쳤다.

"아까 우리를 죽이지 않은 그때 생각이 났단다, 사한. 십여 년 전 이 친구가 누구였는지 말이야. 죄없는 사람을 죽였다고 넋이 나간 표정을 짓던 멍청한 놈이었어."

초운, 그때의 이름이었다. 양무회는 오른손에 힘을 주며 말을 이었다.

"그래서 이런 방법을 생각했다. 너부터 상처를 입히면 어떨까? 그때처럼 사람이 죽는 것을 보지 못하는 물러 터진 성격이라면 승산이 있다고 말이야."

사악한 미소를 지으며 그가 눈을 들었다, 완전히 나오진 못하고 몸을 웅크린 채 사한의 뒤에서.

그러나 단야의 눈은 그를 보고 있지 않았다. 그는 그저 사한만을 바라보고 있었다.

"그리고 내 생각은 멋들어지게 들어맞았지. 자, 이제부터 새로운 시작이 될 것이야. 단야, 네놈만 죽게 된다면 말이다. 그러니… 죽어랏!"

콰각!

"컥! 그륵……."

온 힘을 다해 양무회는 몸을 밀었다. 당연히 그의 손에 들린 판관필은 더욱더 깊숙이 박혔다.

아니 박힌 것처럼 보였지만 실상은 아니었다. 양무회의 손이 미끌어져 나간 것이다.

"무슨……."

손바닥에서 피가 나올 정도로 힘을 주었다. 그런데 마치 무슨 철판에 대고 힘껏 밀어버린 듯한 느낌에 그가 잠시 당황할 때였다.

"너란 놈은……."

고오오오오오.

단야의 등 뒤에서 거대한 날개가 피어올랐다. 그 날개는 모두 왼 어깨로 한꺼번에 이동하고 있었는데 이윽고 날개는 하나로 모여 뒤로 당겨졌다.

"정말 용서가 안 되는구나!"

쩌어어엉!

당겨진 어깨를 앞으로 툭, 치며 공격을 날리는 순간 검은 날개는 사라졌다. 모조리 움직이며 가슴을 찌른 판관필에 폭사되었던 것이다.

콰아아아아악!

"크윽!"

기이한 소리와 함께 피가 낭자한 어깨를 부여잡은 채 사한은 땅에 쓰러졌다. 단야의 고격은 판관필을 튕겨내어 사한의 등 뒤로 다시 밀어버린 것이다.

"이… 괴물 같은 놈!"

얼마나 강한 힘이었는지 판관필을 잡고 있던 양무회까지 힘없이 뒤로 비칠비칠 물러날 정도였다. 그러나 그는 곧 신형을 다잡으며 튕겨진 오른손을 끌어올렸다.

"……."

그런데 뭔가 감각이 이상했다. 왠지 좀 허전한 듯한 생각에 고개를 뒤로 돌릴 때였다. 그의 눈에 어이없는 광경이 들어왔다.

피에 붉게 물든 그의 판관필, 그것이 땅에 박혀 있었다. 분명 그건 오른손에 들려 있어야 했다. 그런데 저 땅에 있다는 것은…….

“크아아아아아!”

오른 손목을 부여잡은 채 양무회는 비명을 질렀다. 오른손 다섯 손가락이 모두 사라져 버린 후였다. 단야의 무서운 힘에 의해 판관필이 튕겨 나가면서 베어져 버린 것이다.

“으아아아, 이 빌어먹을 놈! 크아아!”

온몸을 떨며 그는 단야를 향해 욕을 퍼부었다. 단야는 조용히 손을 들어 쓰러진 사한을 들어 가슴에 안았다.

그리고는 오른손을 들었다. 다섯 손가락을 쭉 편 채 양무회의 오른 가슴을 향하고는 입을 열었다.

“십 년 전의 나… 네 말이 맞는지 모르겠군. 멍청할 수도 있었겠어.”

파라라락!

단야의 옷이 부풀어 오르기 시작했다. 은은한 금황색의 기운이 온몸을 감싸고 있었는데, 그건 단야가 역근경의 힘을 일으키고 있다는 뜻이었다.

“그래서 두 번은…….”

서서히 그의 손가락이 굽혀지며 주먹이 쥐어지고 있었다. 손가락이 굽혀질 때마다 강렬한 내력이 그의 주변을 휘감고 있었다.

"실수하지 않는다."

꽈아악.

단야의 오른 주먹이 꽉 쥐어졌다. 마치 누군가를 위협이라도 하듯 말이다. 그런데 그것은 그냥 위협만이 아니었다.

우드득!

"허억……."

단야와 양무회 사이는 약 삼 장여. 그런데 그 삼 장여를 격하고 양무회의 가슴에 강렬한 일격이 터졌다.

마치 거대한 망치에 맞은 듯 그의 가슴은 완전히 움푹 들어가 있었다. 한 자 정도의 둥근 자국이 꼭 파인 것처럼 말이다.

"커어어억!"

투투투툭.

양무회의 입에서 새빨간 선혈이 쏟아졌다. 단 한 번에 심장이 부서져 버린 것이었다.

"이… 이건……."

털썩.

양무회의 양 무릎이 땅에 꿇려졌다. 숨조차 쉴 수 없는 듯 입만 뻐끔거리더니, 겨우 목소리를 내었다.

"배… 백보… 신… 권……."

꿈의 권법이라 불리는 백보신권. 그것이 아니면 설명될 수 없었다. 허공을 격하고 이렇게 날아오는 것은 말이다.

"말… 도 안… 돼. 하아아아……."

퍼어어억.

양무회는 땅에 신형을 뉘였다. 부릅뜬 두 눈에서는 생기가 급

속도로 빠져나가고 있었다.

2

키리링. 쩡, 쩌저저정!

계도와 단창이 불꽃을 만들어냈다. 자인도 계현과 천환마창 지마헌은 정말 백중세의 싸움을 하고 있었던 것이다.

물론 백중세는 그곳에만 있지 않았다. 세류마미 이림과 금강수 계양 역시 백중세였다. 그러나 그쪽의 상황은 보이는 것과는 달랐다.

세류마미 이림의 무공은 천물세마공(天物細魔功)이란 것으로, 상당히 독특했다. 이른바 당문처럼 암기를 사용했던 것이다.

그러나 그 암기라는 것이 특별히 형태가 정해진 것이 없었다. 동전, 바늘, 심지어는 머리카락까지도 암기로 사용할 수 있었는데, 진짜 무서운 것은 그녀의 암기가 아니라 그녀의 신법이었다.

공기 속에 몸을 보이지 않게 숨는 그녀의 신법은 그야말로 강호의 일절이었다. 계양은 지금 이것 때문에 죽을 뻔한 적이 한두 번이 아니었다.

그나마 심후한 내력에 의지해 겨우 버티는 수준이었다. 계현은 잠시 시간을 가늠해 보고는 결정을 내렸다.

이젠 버티는 것도 한계였다. 승부를 내야 될 상황이었기에 그는 계도를 더욱더 빠르게 휘둘렀다.

쉬쉬쉬쉿!

손목의 움직임을 이용해 빠른 원호를 그리며 돌리는 계양의 도법은 한번 수세로 몰리면 위험한 도법이었다. 소림의 것이긴 했지만 전혀 불자답지 않은 패도적인 도법인 것이다.

마헌 역시 그 점을 알고 최선을 다해 피하고 있었다. 그러던 어느 한순간 마헌의 신형이 사라졌다.

"……."

계현은 바로 이 순간을 노렸다. 밀영잠류옥이라는 마헌의 무공은 사람의 눈이 닿지 않는 어두운 곳으로 신형을 숨기는 독특한 창법이었다.

온몸의 내력을 크게 끌어올린 채 그는 오감을 다 동원했다. 어딘가에서 그가 나타날 것을 믿어 의심치 않으면서인데, 결국 그의 생각은 통했다.

파아아앗! 짤그랑.

발 어림에 섬뜩한 기운이 느껴지자 계현은 계도를 크게 휘둘렀다. 한데 그 방향은 발이 있는 곳이 아니었다.

그림자를 향해 휘둘렀던 것이다. 계현이 노리는 승부수는 바로 이것이었다. 살을 주고 뼈를 취한 것이다.

섬뜩한 두 개의 눈동자가 보였다. 아주 짧은 순간이었지만 어둠 속에서 번쩍이는 그 눈동자엔 작은 당황이 서려 있었다. 그 정도의 감정이 실리는 것만 봐도 이미 그는 성공한 셈이었다.

쫘아아앗! 피이잇.

길게 찢기는 두 개의 소리가 들리는 가운데 계현은 이를 악물었다. 오른발에 불로 지진 듯한 고통이 확 느껴지지만 그는 참

아야 했다.

여기서 끝낸다면 오히려 손해, 살을 주었으니 이젠 뼈를 취할 차례였다. 계현은 숨을 꽉 참은 채 허리를 힘껏 틀었다.

위이이이잉!

거대한 칼날의 회오리가 그림자를 향했다. 육체의 힘, 내력의 힘, 거기에 원심력까지 더해져 그야말로 강렬한 기운이 폭사되는 순간이었다.

까가가가각… 콰가각!

양손에 들린 계도를 통해 파육감이 전해지는 순간, 계현은 왼손을 내려놓고 오른손을 쭉 내밀었다. 회오리처럼 휘도는 세 번의 공격을 통해 상대의 위치를 가늠할 수 있었던 것이다.

필생의 내력을 담아 내지른 계도에선 서슬 푸른 기운이 무려 반 장 넘게 흘러나오고 있었다. 도강이라 해도 믿을 정도로 강렬한 기운에 검은 그림자 하나가 허공으로 치떠 올랐다.

소리도 없었지만 이미 감으로 느끼고 있었던 계현은 왼발을 땅에 내려놓으며 오른손을 다시 들어 올렸다. 왼손까지도 도파에 올린 채 그는 호흡을 꾹 참았다.

그리고는 온 힘을 다해 내려쳤다. 오른발의 상태가 성치 않게 느껴졌기에 제대로 신형을 세울 틈도 없었다. 쓰러지듯 전방을 향해 도기를 뿜어낸 것이다.

쩡!

꽝꽝 얼어붙은 호수가 반으로 갈라지듯 영롱한 소리가 허공에 울린 순간이었다. 차가운 관도 바닥에 두 사람이 동시에 쓰러지고 있었다.

퍽, 퍼퍽!

"큭……."

"빌어먹을!"

각기 작은 비명을 지른 채 쓰러진 두 사람은 마헌과 계현이었다. 계현의 오른발은 이미 붉은 피로 홍건하게 젖어 있었다.

"사형!"

싸우다가 놀란 계은이 달려올 정도로 상처가 심상치 않아 보였다. 오른 다리 장딴지 부근이 완전히 갈라져 뼈가 보일 정도였다.

이대로는 움직이는 것조차 위험한 상황이었다. 그런데 부상은 그 혼자만 입은 것은 아니었다.

"흐음… 삼제, 실망인데? 저 땡중에게 이렇게 당할 줄이야……."

"개 같은 땡중 놈! 이따위로 나올 줄은 몰랐소, 누님!"

마치 맹수가 가슴을 할퀸 듯 그의 가슴에는 뚜렷한 도흔이 새겨져 있었다. 그것도 한두 뼘이 아니라 어깨에서 반대편 옆구리까지 길게 말이다.

그의 가슴에서 흘러나오는 피도 엄청났다. 한마디로 양패구상이 돼버린 셈이었다.

"그러니 예전부터 내가 말했잖아, 그따위 싸구려 잡기보다는 차라리 내력 그 자체에 신경 쓰라고. 대형처럼 말이지."

지마헌은 두 눈을 새파랗게 만들었지만 아무런 말도 내뱉지 못했다. 지금 그가 낭패에 처했다는 것은 누가 봐도 쉽게 알 수 있는 노릇이었다.

입이 열 개라도 할 말이 없는 것이다. 그녀는 앞으로 한 발 나서며 다시 말했다.

"자, 그럼, 내 성취를 보여줄게. 나의 귀인화를 말이야."

츠츠츠츠츠.

또다시 그녀의 신형이 옅어지고 있었다. 어떤 기운도 느낄 수 없을 만큼 완벽한 잠입. 대체 어떻게 이런 것이 가능한지조차 알 수가 없었다.

그러나 여기서 물러나면 다음에 벌어질 일은 자신과 사형의 죽음뿐이었다. 계양은 합장을 한 채 정신을 집중하기 시작했다.

"아미타불… 나무아미타불…….."

차분하게 불호를 외우며 그는 마음을 가라앉혔다. 흥분해서 될 일이 아니었다. 마음이 급하긴 하지만 이래선 될 것도 안 되는 법이었다.

그렇게 마음을 가라앉히고 호흡하기를 십여 회, 갑자기 계양의 육감에 무언가가 걸렸다. 움직이는 흔적이나 공기의 움직임이 아니었다. 그냥 마음속에서 위험하다는 표시를 전해왔던 것이다.

그대로 양손을 들어 올리며 계현은 내력을 뿜어냈다. 전방에 커다란 기의 막이 형성되며 그와 사형을 지켜내려 한 것이다.

사사사사사… 우수수수.

아주 작은 소리가 들리며 쇠털 같은 작은 암기들이 모조리 땅으로 떨어지고 있었다. 육감은 너무도 정확하게 들어맞았다.

공격을 방어해 냈다면 다음엔 공세를 취할 차례였다. 이미 오래전부터 강호 경험을 쌓았던 그였기에 두 번 생각할 것도 없었다. 그대로 왼손을 뒤로 빼며 오른손을 앞으로 찔러 넣었다.

"차앗! 금강일수(金剛一手)!"

빠아아아앙!

이림의 공격과 달리 그의 공격은 상당한 소음을 동반했고, 그 소리의 여운이 사라지기도 전에 이림의 신형은 나타났다, 조금은 놀란 얼굴을 한 채.

"굉장하군. 그저 감각으로 나의 공격을 막다니… 우연이었나?"

빙긋 웃으며 그녀가 물었지만 계양은 대답을 할 수가 없었다. 입을 열면 역류하는 기력이 바로 토해져 나올 것만 같았기 때문이다.

"사람이 죽을 때가 되면 신기한 일을 만들어낸다더니, 지금이 그런 건가? 하면 저 땡중은 무슨 신기한 일을 만들어낼까나?"

"…무슨 소리를 하는……!"

계양의 신형이 움직였다. 허공에서 바로 떨어져 내리는 무엇인가를 느낀 것이다. 이림은 한 곳만 공격한 것이 아니었다.

펑, 퍼펑!

아낌없이 장력을 뿜어내며 계양은 계현의 신형을 지켰다. 그러나 그가 뒤로 신형을 돌린 순간, 다시 그녀의 공격이 시작되었다.

츠츠츠츠츠.

이젠 어디인지도 모를 만큼 많은 암기들이 쇄도하고 있었다.

계양은 크게 심호흡을 한 후 온몸이 내력을 옷으로 돌렸다.

철포삼을 만들어낸 것이다. 공격에 유용한 철포삼이지만 이럴 때는 몸을 보호할 수도 있었다. 호신강기만큼이나 단단한 방어수단이니 말이다.

피하지 못하면 막는 것뿐이다. 물론 자신이 막을 수 있을 것이라곤 생각지 않았다. 그동안 싸워온 감으로 봤을 때 이미 그녀는 자신보다 고수였다.

그저 사형보다 먼저 저세상으로 가는 것을 택했을 뿐이다. 철포삼으로 몸을 두른 것은 그저 요령일 뿐이다. 혹, 성공할 수 있기를 바라면서.

"무슨 짓이냐! 어서 비키거라!"

뒤쪽에서 계현이 소리쳤지만 계양은 꿈쩍도 하지 않았다. 이미 결심은 선 것이고, 그 누구도 이를 막을 수 없었던 것이다.

그리고 드디어 보이지 않는 작은 암기들이 쏟아져 들어오는 순간이었다. 그의 눈앞에 붉고 푸른 두 개의 기운이 춤을 추는 것이 보였다.

파사사사사.

"……."

흡사 꿈이라도 꾸는 것처럼 몽롱한 정신에 계양은 눈만 껌벅거렸다. 그러다 땅바닥에 떨어지는 작은 우모침을 보곤 퍼뜩 정신을 차렸다.

현실이 맞기는 한 것 같았다. 나타난 두 사람은 바로 보자마자 알아볼 수 있었는데, 바로 설산의 반양장로 두 사람이었던 것이다.

"허어, 벌써 목숨을 버리다니, 아깝지 않나?"

"조금 더 생각해 보시게나. 세상은 아직 살 만해."

얄궂은 미소와 함께 들려오는 농담에 계양은 두 다리에서 힘이 빠지는 것을 느꼈다. 그러자 누군가 그의 곁에 다가와 신형을 받쳤다.

"사부님! 괜찮으십니까?"

"…원일이더냐?"

자신의 제자를 보며 계양은 두 눈을 깜박였다. 그러다 그 앞에 나타난 다른 사람들을 보며 그제야 이것이 꿈이 아님을 확신했다.

"아미타불. 사숙님! 살아 계셨군요!"

계양은 웃었다. 왜인지는 모르나 그저 웃음이 나왔다. 웃음과 함께 그는 조용히 입을 열었다.

"어서 오시오, 장문인……."

공묘는 본 순간, 그는 두 눈을 감았다. 더 이상 서 있을 수도 없을 정도로 내력이 완전하게 고갈된 것이었다.

*　　　*　　　*

웅장한 소림의 본전은 지금 이 순간 많은 사람들로 인해 꽉 차 있었다. 이 소림사 경내에서 가장 큰 곳이지만 거의 모든 사람들이 모이니 너무도 좁아 보였다. 하긴 모인 사람들이 좀 많았다.

소림사의 사람들은 물론이고 외부에서 온 설산의 사람들에,

연의궁 사람들도 있었다. 게다가 새로운 사람들도 보이니 당연한 일이었다. 반가운 얼굴로서 이호 대인과 무연추관 혁리, 그리고 육예의 사람들이 보였다.

아마도 그들은 산문 아래에서 계속 상황을 지켜보고 있었던 듯했다. 그들 모두 중앙에 있는 커다란 다탁을 바라보고 있었는데, 그곳엔 사한이 있었다.

사한은 지금 도시황에게 치료를 받는 중이었다. 하나 아무리 도시황이라 하더라도 당장 그를 완쾌시킬 수는 없었다. 사한의 상세는 사실 상당했다.

보통 사람이라면 이미 죽었어야 할 그였지만 빠른 처치 덕분에 살아날 수 있었다. 하나 얼굴색은 이미 죽은 사람처럼 창백하기 그지없었다.

"왜… 날 살리는 거지?"

치료를 받으면서도 가장 궁금했던 것을 사한이 물었다. 물론 그건 옆에 있는 도시황에게 물은 것이 아니었다.

침상 아래에 묵묵히 서 있는 사내에게 말한 것이다. 거대한 대궁을 등에 멘 채 서 있는 단야에게 말이다.

"난 널 죽이려 했었다. 아울러 너와 같이 있는 모든 것을 다 파괴하려 했었지. 그런데도 날 살린 거냐?"

아무리 아파도 성격은 버릴 수 없는 것인지 특유의 빈정거림이 흘러나오는 순간이었다. 그러나 단야는 전혀 상대하지 않겠다는 듯 다른 이야기를 했다.

"묻고 싶다, 어째서 육마에게 간 것인지. 그들에게 얻을 것이 있었나?"

"……!"

사한의 눈이 조금 커졌다. 지금 분명 목소리는 단야의 것이지만 왠지 느낌이 좀 달랐다. 말투나 다른 뭘로 봐서 아주 오래전에 느꼈던 그 무엇인가였다.

사백숭, 바로 그 사람이었다. 한때 아버지라 불렀던 사람의 어투가 지금 단야의 입에서 나오고 있었던 것이다.

"가장 가까웠으니까."

사한은 간결하게 대답했다. 모두가 무슨 뜻인지 몰랐지만 단야는 무슨 말인지 알고 있었다. 그는 고개를 끄덕이며 다시 물었다.

"지금도 그렇게 생각하나?"

단야의 말에 사한은 선뜻 대답하지 못했다. 그는 고개를 들어 천장을 바라보며 나직이 말했다.

"모르겠다, 누가 귀문주가 될지. 소문을 들어보니 무당에서도 한 사람이 있다 하더군."

"가화준이란 녀석이다."

단야의 말에 그는 고개를 끄덕였다. 그는 두 눈을 감으며 잠시 생각을 해보더니 이윽고 입을 열었다.

"당신과 일사부, 그리고 가화준, 이렇게 세 사람이 후보로군. 진짜 귀문주가 되는 후보가……."

그 말에 여기저기서 작은 술렁거림이 있었다. 특히 모안과 남궁혜미의 두 눈은 반짝임을 지나쳐 햇살 같은 빛이 흘러나올 정도였다.

"그게 무슨 말입니까? 귀문주가 되는 후보라니요?"

역시나 모안이 참지 못하고 물어왔다. 하긴 모안이나 다른 사람들은 전혀 상황을 알 수가 없었다.

십 년 전부터 시작된 그 일을 말이다. 단야는 모안을 바라보았다. 그리고는 허공을 향해 눈길을 던졌다.

꽤 긴 이야기가 될 터였다. 그러나 이젠 마냥 입을 다물고 있을 수는 없었다. 이 사람들도 모두 알 권리는 있었던 것이다.

단야의 입술이 열렸다. 그리곤 최대한 간결하게 정리를 하여 말을 시작했다, 십 년 전부터 있었던 일을.

*   *   *

딸깍.

발아래로 작은 비명 소리가 들렸다. 그리 심각한 소리는 아니었고 기왓장 하나가 비틀리는 소리였다.

천천히 엉덩이를 기왓장에 내려놓으며 가화준은 눈길을 던졌다. 그가 바라보는 곳에서는 그야말로 혈투가 벌어지고 있었다.

사위가 이미 다 어두워져 잘 보이지도 않았지만 시야는 걱정이 없었다. 참으로 밝은 달빛이 허공에서 교교하게 뿌려졌던 것이다.

그 달빛 아래 피를 뿌리며 싸우는 사람들은 소림을 비롯한 무림세가의 사람들과 이마와 삼마였다. 서로 최선을 다해 싸우는 것을 보니 아마도 곧 있으면 결과가 나올 것 같았다.

"안 가봐도 괜찮겠나? 미우나 고우나 꽤 오랜 세월 동안 정붙이며 살아온 사람들 아닌가?"

누구에게 말하는 것인지 모르지만 확실한 것은 독백은 아니었다. 그의 목소리에 대답이 들려왔던 것이다.

"저 두 사람의 나이를 합치면 얼마인 줄 알고 하는 이야기인가? 자기 앞가림은 자기가 알아서 하는 사람들이야."

냉막한 인상의 사내였다. 밝은 달빛 아래 그는 한 손을 무릎 위에 세워 올린 채 턱을 괴고 있었다.

나이를 짐작하기 힘든 얼굴이었다. 사십대의 장한 같기도 하고 칠십대의 노인 같기도 했다. 그러나 그 어느 것도 사내를 제대로 표현하는 단어는 아니었다.

너무나 신비로운 사내, 아마도 그렇게 불러야 정상일 듯했다. 마치 가화준의 친구인 양 그는 살갑게 입을 열고 있었다.

"하긴 싸우는 데 무슨 이유가 있을 리가 없지. 그저 자기가 더 강하다고 울부짖는 것일 뿐, 그리 생각하니 말리는 것도 우습구만."

고개를 끄덕이며 말하는 가화준을 보며 사내는 다시금 웃음을 머금었다. 전적으로 동의한다는 표정, 그것이었다.

"저 녀석들이야 이런저런 이유로 싸운다 하지만 우린 다르지 않나. 그나저나 이곳에 있어야 할 또 한 사람은 오지 않는 건가?"

사내의 목소리에 가화준은 고개를 돌렸다. 그의 눈은 새로이 나타난 사내의 눈을 향했다. 마치 그 눈 속에서 뭔가 찾으려는 듯이 말이다.

"오지 않는 것을 바라는 것은 아니고? 깨끗하게 당신과 나, 이렇게 두 사람으로 압축되니까 말이야."

가화준의 말에 사내는 여유로운 얼굴을 만들었다. 그는 두어 번 고개를 좌우로 흔들고는 가화준을 향해 말했다.

"물론 그렇긴 하지만 그게 무슨 재미가 있을까? 사백승이 남긴 것은 모두 세 사람. 어떻게든 그 의도를 끝까지 지켜주고 싶었거든."

"천하의 일마가 사람의 마음을 지켜주겠다고? 이미 죽은 사람의 마음을? 이것참, 오늘은 정말 놀랄 일투성이구만."

가화준의 목소리에 사내는 씨익 웃었다. 아니, 일마라고 불린 사내, 그가 바로 육마의 최고 우두머리였던 것이다.

"보니 저들도 어느 정도는 귀문의 무공을 익힌 것 같구만. 꽤 열심히 했네 그래."

"그래 봤자 겉껍질뿐이지. 뭔가 새로운 것을 넣어주고 싶어도 그럴 수가 없어. 다 굳어버린 몸에 무얼 해줄 수 있겠나?"

이마와 삼마가 들었으면 기함할 소리를 일마는 하고 있었다. 그들이 배운 무공이 겉껍질뿐이라니 말이다.

"하면 자네도 귀문의 진실에 근접했다는 뜻이군. 아니, 그를 받아들인 것인가?"

가화준과 일마의 나이 차이는 사실 수십 년이 넘게 났지만 두 사람은 너무도 격의없이 이야기하고 있었다. 그런데 더 이상한 것은 그럼에도 불구하고 일마가 순순히 수긍한다는 것이었다.

"당연한 일 아닌가? 진실로 귀문의 힘을 받아들이는 것에 있어 육마란 이름이 방해된다면 버릴 수밖에. 덕분에 난 더 큰 힘을 얻었으니 만족한다."

일마가 말과 함께 까딱까딱 놀고 있던 왼손을 쭉 펴 손바닥을 하늘로 향하게 만들자 기이한 일이 일어나기 시작했다. 그의 손바닥에 시꺼먼 기운들이 빙글빙글 피어올랐던 것이다.

기운들은 잠시 모였다 흩어졌다를 반복하더니 이윽고 하나의 형상을 만들었다. 누가 봐도 정육면체의 딱딱한 물체였다.

"굉장하군그래. 기운의 유형화를 그 정도까지 확대시키다니. 이젠 양손이 필요없는 것인가?"

"그건 너도 마찬가지겠지. 그 어검술은 이를 위장하기 위해 펼치는 것일 테니."

"훗……."

두 사람은 서로를 바라보며 건조하게 웃었다. 그 웃음은 서로를 생각하며 즐겁게 웃는 웃음이 아니었다. 그저 형식적인 웃음에 불과한 것이다.

"세상은 정말 대단해. 솔직히 이 정도의 무공은 귀문이 없었다면 꿈에도 꿔보지 못할 경지일 것이야. 한데 그 경지를 이미 오래전에 들어선 사람이 있다니."

"그래서 소림이 무섭다는 것이지. 현세연의불 각오는 그 경지를 본 지 오 년이 넘었다고 알고 있으니……."

격렬하게 싸우는 사람들을 보며 그들은 조용히 대화를 나누었다. 그리곤 찾아온 정적. 예의를 차린 말은 여기까지였다.

"자, 그럼 우리도 시작해야 할 것 같네만… 어떤가?"

"그래야겠지. 비녀가 목이 빠져라 기다리고 있을 터이니."

두 사람은 자리에서 일어섰다. 그런데 일어서자마자 그들 주변에 심상치 않은 기류가 회오리치기 시작했는데, 그 기류들은 잘 쌓여져 있던 기왓장들을 허공으로 밀어 올렸다.

팍, 파삿.

순식간에 가루가 되는 기왓장 사이로 두 남자가 서로를 바라보고 있었다, 둘 모두의 등에 커다란 검은 날개를 지닌 채.

*　　　*　　　*

"귀문이… 다시 부활한다는 것입니까? 그게 가능한 일이에요?"

모안은 어안이 벙벙했다. 아무리 생각에 생각을 거듭해도 이해할 수 없는 일이었다.

아니, 이해하기 싫었다. 단야의 입을 통해 나온 이야기는 정말 상리(常理)를 벗어나도 한참 벗어난 일이었던 것이다.

"아니, 상식적으로 그게 말이 됩니까? 한 사람의 머리에 두 사람의 인격이 새겨진다는 것은 어떻게 이해한다 치지요. 그런데 말입니다."

모안은 한 걸음 앞으로 나섰다. 두 발로 우뚝 선 채 마치 항의를 하듯 단야에게 말했다.

"신귀자와 염혼녀란 사람이 십 년을 살았다구요? 그것도 죽은 시체가 말이에요? 이게 말이나 되는 소리입니까?"

귀문이 독특하고 기이한 문파라는 것은 너무나도 잘 알고 있는 사실이었다. 그러나 이건 좀 아니었다.

어떻게 그렇게 할 수 있을까? 말을 들어보면 일반인과 똑같이 생활을 했다는 것인데, 죽은 시체가 썩지도 않은 채 돌아다녔다는 셈이었다.

“물론 이해할 수 없겠지. 그러나 이건 틀림없는…….”

“사실이에요. 소녀가 그것을 증명합니다.”

“…이 소저? 아니, 그게 무슨…….”

단야가 아니라 이상하가 증명을 해주니 모안은 더욱더 어안이 벙벙했다. 단체로 미치기라도 한 것이 아닌가 했던 것이다.

“저자에게 잡혀 있었을 때 두 사람을 진맥했었어요. 묘묘와 향 노야란 사람들이었죠. 여기 있는 월홍이 말해준 것이니 틀림없을 것입니다.”

“맞아. 그때 묘묘하고 향 노야 봤다. 오래 이야기도 했어.”

활짝 웃음을 지으며 말하는 월홍을 보며 모안은 고개를 좌우로 흔들었다. 이건 도대체 말이 안 되는 것이다.

뭔가 생각을 할 때는 어느 정도 상식이라는 것이 동반된다. 서로가 생각을 할 때 공통된 인식이 존재하기 때문이다.

그런데 이건 공통된 인식은커녕 딴 세상 이야기를 하는 듯했다. 도저히 생각을 이어낼 수가 없었다.

“흥! 귀문이 가진 힘이 어떤 것인지도 모르면서 지껄이기는. 귀문은 그리 녹록한 곳이 아니야. 어째서 세상의 칼날이 단 네 명에게 한꺼번에 향했는지 이제야 알겠나?”

사한의 목소리가 들려왔지만 그것만으로는 충분히 설명되지 않았다. 모든 것은 스스로 해보지 않으면 공감조차 느낄 수 없을 정도로 기이하게 다가왔다.

“좋아, 다 필요없고… 정리부터 하겠습니다. 일단 십 년 전에 당신을 포함한 세 사람은 귀문주인 사백승으로부터 무언가를 받으셨다 했지요?”

모안의 말에 단야는 고개를 끄덕였다. 그러자 모안은 침을 한 번 삼키며 다시 말했다.

"그 무언가라는 것은 다름 아닌 사백승의 사념이었구요. 그 것이 단야, 아니, 당시 초운이었던 당신과 무당의 가화준, 그리 고 육마 중 일마가 받았구요."

"그래……."

정확한 정리였다. 물론 그 와중에 단야가 기억을 잃은 것과 이미 죽어가던 월홍을 내단으로 살려낸 것은 생략되어 있었다.

그게 중요한 것이 아니기 때문이었다. 모안은 미간을 찡그리 며 다시 말했다.

"그리고 십 년의 세월이 흘러 귀문이 다시 부활을 꿈꾼단 말 이죠? 사념들이 모두 무공을 연성하는 데 사용되어 귀문의 무공 이 완성됨과 동시에… 그럼 세 사람의 귀문도가 탄생한 것인가 요?"

모안은 결론을 내렸다. 세 사람의 절대무공을 가진 자들, 그 들이 지금 이 세상에 나타났다는 뜻이었다. 귀문의 이름이 천하 에 울리도록 말이다.

"아니, 두 명이지. 내가 보기엔 이 바보는 그 기회를 발로 걸 어찬 것 같거든. 만일 받아들였다면 이보다 더 큰 힘을 얻었을 텐데 말이야."

사한의 비틀린 목소리가 들려왔고 모두의 시선이 단야에게 향했다. 단야는 그저 미동도 없이 사한을 바라보고만 있었다.

"누구나 원하는 귀문의 힘을 버리다니, 네놈도 참 박복하구 나. 조금 있으면 진한 후회가 들 것이다."

"네 어머니가 그리 말하던가?"

단야의 목소리에 사한의 눈이 매서워졌다. 갑자기 자신의 어머니 이야기는 왜 하는지 알 수가 없었던 것이다.

"내 어머니가 뭘 어찌하든 네놈이 무슨 상관이냐. 쓸데없는 소리는 집어치우는 것이 좋을 것이다!"

그가 당장에라도 덤벼들 듯 으르렁거렸지만 단야는 전혀 신경조차 쓰지 않았다. 그는 뭔가를 알았다는 듯 고개를 크게 끄덕이며 말했다.

"아무래도 네가 아는 것은 묘묘와 향 노야가 말해준 것 같은데… 그러나 다 말해주진 않았군."

"뭐라?"

사한은 미간을 꿈틀거렸다. 사실 단야의 이야기가 완전히 맞아떨어졌다. 귀문에 대해 알고 싶어 알아보면서 묘묘와 향 노야를 통해 뭔가를 얻었던 것이다.

그것은 귀문의 후계자 선정에 관한 방식이었다. 귀문은 철저한 일인승계였고, 또 기이한 전통을 가지고 있었다. 무공 수련 따윈 있지도 않았다.

그저 사념으로 무공 자체를 통째로 전하는 것이다. 그리고 오늘날 세 명의 사람에게 전해진 것도 바로 그것이었다.

"세 사람 다 귀문의 무공을 받았다고? 틀렸다. 단 한 사람도 진짜 귀문의 무공을 아는 사람은 없다. 모두가 다 사백승의 무공을 받았을 뿐이다."

"…무슨 말도 안 되는!"

단야의 말에 사한은 빽! 하니 소리를 질렀다. 이제 와서 귀문의 무공이 없다는 것은 말이 되질 않는 것이다.

“정말 하나도 모르는 놈이었구나. 귀문은 스승과 제자의 관계로 형성이 되는 것이 아니야. 단 네 명의 인원이 늘지도 줄지도 않으면서 천 년을 이어온다는 것이 일반적인 관계로 가능할 것 같으냐?”

“…….”

사한은 멍한 표정을 지었다. 사실 귀문이 천 년이나 되었다는 것도 오늘 처음 들은 사실이었다. 그만큼의 역사를 지니고 있었다니.

“귀문은 모계전승(母系傳乘)이다, 사한. 우리가 아니라 네 어머니의 머릿속에 각인된 것이 진짜 귀문의 무공이다.”

“……!”

사한의 두 눈이 부릅떠졌다. 설마 단야의 입에서 이런 이야기가 나올 줄은 꿈에도 생각지 못했다. 자신의 어머니가 귀문에 연관되어 있다는 말과 다름없는 것이다.

“우리 세 사람에게 전해진 것은 그 상념을 여는 열쇠일 뿐이다. 세 개로 나뉜 열쇠는 십 년 후에 다시 합쳐지도록 의도되어졌지. 그만한 실력을 몸에 지닌 채 말이다.”

“……!”

너무 놀라면 할 말을 잃는다고 했다. 사한의 입장이 딱 그것이었는데, 왠지 그제야 일마가 어째서 어머니를 그리 자주 불렀는지 알 것 같았다.

어머니의 몸을 탐한 것이 아니었다. 그는 혼자서 그 열쇠를 풀어내려 노력했던 것이다.

"이… 이… 말도 안 되…는……."

그의 턱이 떨려왔다. 아버지가 죽고 나서 어머니는 그를 데리고 육마에게로 갔다. 왜 갔는지 그 이유 따윈 알지 못한다.

그들과 같이 살면서 사한은 많은 고초를 겪었다. 철이 들 무렵부터 그를 아는 사람들 모두가 자신을 경멸의 눈초리로 쳐다보았다.

정조를 잃은 어미 덕에 사는 놈이라고 말이다. 그런 소리를 들을 때마다 사한의 마음을 찢어지는 것 같았고, 결국 인성이 올바르게 형성될 수가 없었다.

그의 어머니를 감싸기는커녕 오히려 같이 경멸해 왔던 것이다. 그러나 이젠 사실을 알 수 있었다.

아주 최근까지도 불려간 것으로 보아 일마는 아직 그 열쇠를 풀어내지 못한 듯싶었다. 결국 그녀는 일마에게 철저하게 이용만 당한 셈인 것이다.

"그럴 리가 없다! 일사부는 내게 모든 것을 전해주었다! 내 어머니는 그런 일사부의 가장 가까운 사람일 뿐이다. 그것뿐이야!"

사한의 두 눈에서 눈물이 흘러나왔다. 그냥 나오는 것이 아니라 봇물 터지듯이 말이다. 소리치면서도 자신의 말이 틀리다는 것은 잘 알고 있다는 반증이었다.

그저 모든 것이 깨어진 청년의 넋두리라고나 할까? 괜한 야료를 부리는 것이나 다름없었다.

"어리석구나, 사한."

단야는 다시 입을 열었다. 사한의 기분을 모르는 것은 아니지만 사실은 사실대로 밝혀야 했다.

"진짜 그가 모든 것을 전해주었다면……."

사한은 두 눈을 질끈 감았다. 단야가 무슨 말을 하려는지 그는 짐작하고 있었던 것이다.

"네가 지금 그 침상에 누워 있는 일은 없었을 것이다."

차분한 단야의 목소리는 사한의 가슴을 찢어놓고 있었다.

第七章

하남성, 소림에서 낙양으로 1

　아무도 말이 없었다. 공료를 비롯한 소림의 사람들부터 팽가와 남궁가의 사람들, 그리고 반양장로와 나중에 온 무당의 사람들까지.

　아니, 심지어 이마와 삼마, 두 사람까지도 아무런 말이 없었다. 사람들은 모조리 고개를 돌려 한 고택의 지붕 위를 바라보고 있었다.

　"대형!"

　천환마창 마헌의 입에서 커다란 소리가 흘러나왔다. 그의 눈은 지붕 위에서 떨어질 줄을 몰랐다. 그도 그럴 것이, 그곳에서는 엄청난 대결이 펼쳐지고 있었다.

　솔직히 무공으로 이야기한다면 그도 어디 가서 그리 낮다고 생각지 않을 정도였다. 아니, 어디를 가든 고수 취급을 받는 것이 사실이었다.

그런데 지금 보여지는 저 두 사람의 대결에 비한다면 자신은 일류고수를 간신히 벗어났다고 말할 수 있었다. 그만큼 지붕 위에서 강렬한 기운이 느껴졌던 것이다.

그냥 바라보기만 해도 온몸의 털이 뻣뻣하게 설 정도로 강렬한 기운이 느껴지고 있었는데, 거리가 문제였다. 약 이십여 장이 넘는 거리인 것이었다.

이 정도의 거리에서도 느껴질 정도로 강렬한 기운이라니 할 말이 없었다. 저 둘의 내력은 자신과는 비교도 할 수 없을 정도였다.

꽈드드드득!

그냥 울림이 아니었다. 이건 허공을 완전히 비틀어 놓는 듯한 소리였다. 아니, 눈으로 봐도 그 힘을 확연히 알 수 있을 정도로 강렬한 울림이었다.

그의 대형인 일마와 정체 모를 청년, 두 사람 간의 거리는 약 삼 장여 정도인데 그 중간의 공기가 완전히 일그러진 것이 보였다. 기의 유형화를 확연하게 이룬 두 사람이었다.

아직 두 사람 다 별다른 자세를 취하지 않고 있었는데, 본격적인 싸움 이전에 서로 기력을 크게 올리는 과정인 듯했다. 그러니 더더욱 놀랄 수밖에 없었던 것이다.

"저 아이… 무당의 오가준이란 아이 아니었나?"

세류마미 이림의 목소리에 마헌은 미간을 찡그렸다. 잘 보이진 않았지만 확실히 그런 느낌은 들었다. 십 년 전에 본 얼굴, 잊을 수가 없는 놈이었다.

심계가 대단하고 무공에 관한 욕심이 엄청난 놈이었다. 친구
까지도 배신하고 자신이 할 것만 찾았던 놈이 바로 그였다.

마헌은 고개를 끄덕이며 말했다.

"그렇군요. 그놈이 맞는 것 같습니다. 한데 저 정도로 무공이
강하다면 진즉 이름을 들었을 법도 한데……."

아직까지 무명이라는 사실이 그저 놀라울 뿐이었다. 그러나
그 의문은 이내 풀렸다.

"지금은 오가준이 아니라 가화준이라는 이름입니다. 무당에
서는 차기 장문인으로 추앙받는 자이지요."

"…그랬군. 한데 왜 네가 여기 있지?"

의문은 풀렸지만 다른 의문이 생겼다. 어느새 두 사람 사이로
들어온 한 남자, 그는 바로 청선이었다.

"비녀께서 알리라 해서 왔습니다. 더 이상 이곳에 있는 것은
위험할 수도 있습니다."

"무슨 말도 안 되는 소리냐? 우리의 말을 듣는 자들은 충분할
텐데? 게다가 양무회와 사한이 낙양을 보고 있지 않더냐?"

마헌의 목소리에 청선은 고개를 좌우로 흔들었다. 그리고는
한 자, 한 자 또박또박 말했다.

"두 사람은 지금 이곳에 없습니다. 협조하기로 약속을 한 육
예와 함께 소림으로 갔습니다."

"…이 뱀 같은 놈이 기어이 사고를 치는구나!"

마헌의 몸에서 검은 기운이 뭉클하게 피어올랐다. 한데 그건
지금까지 피워 올렸던 기운과는 완전히 달랐다.

그저 음유하기만 한 것이 그의 무공이라면 이건 음유에 뭔가

하나가 더해져 있었다. 한줄기 신비로운 기운이 들어 있었던 것이다.

"상황이 그렇다면 쉽지 않겠지. 하나 우리보다는 비녀 자신부터 걱정하라 전해라. 아무리 생각해도 우리가 이놈들에게 질 것 같지는 않으니 말이다. 오홋."

이림은 살풋한 웃음과 함께 손을 들어 올렸다. 모두가 저 위쪽을 바라보고 있는 이 순간이 가장 좋은 기습 기회였다.

"호오, 좋은 판단이십니다. 하면 이 사람도 그냥 있을 수는 없지요. 흡!"

스스스스스.

이림의 손에서 쇠털 같은 암기들이 허공으로 피어오르는 순간, 마헌의 신형이 투명하게 변했다. 그림자에 숨을 수 있는 절정의 은신법이 다시 시작된 것이다.

"이런! 흩어지거라!"

공료는 아차 싶었다. 너무도 대단한 광경에 신경을 쓴 나머지 이마와 삼마의 움직임을 간파하지 못한 것이다.

황급하게 소리를 질러 위험을 알렸지만 이미 조금 늦은 감이 있었다. 살아남은 사람들 중 반수 이상이 바닥으로 쓰러지고 있었던 것이다.

"이 비열한… 큭!"

공료는 내력을 끌어올리다 울컥하는 느낌에 한 쪽 무릎을 땅에 꿇었다. 뭔가 그의 단전 부근을 차갑게 찔러오는 것이 있었다.

"훗, 늦었다, 땡중. 너희들은 모두 내 손에 죽게 될 것이야."

딸랑딸랑.

이림이 손을 들어 흔들었다. 어느새 그녀의 손엔 작은 방울이 매달려 있었는데, 그 소리를 듣는 순간 극렬한 고통이 느껴졌다.

"크아악! 이… 이건……."

마치 고독과도 같은 느낌. 그러나 고독은 아니었다. 고독이라면 내력으로 태워 버릴 수 있었다.

이건 강철 침이 들어와 헤집고 있는 것이다. 마치 강철이 살아 있는 듯 제멋대로 돌아다니니 그 고통을 이루 말할 수가 없었다.

"정신을 집중하고 내력을 단전으로 돌려라! 천근추의 수법을 시전한다고 생각하면 될 것이다!"

자인도 계현의 목소리에 사람들은 일제히 가부좌를 틀었다. 싸우기는커녕 움직이기도 힘든 상황이니 이렇게밖에 할 수가 없었던 것이다.

그리곤 내력을 집중하여 침을 빼내려 하는 순간이었다. 공료의 등 뒤로 무언가가 점점 커지고 있었다.

"참으로 좋은 기회로군. 이거야 원, 치는 내가 다 미안해지네."

"……!"

공료의 몸이 살짝 떨렸다. 마헌의 목소리는 바로 등 뒤에서 들려왔다. 그가 다가오는 느낌조차 알 수 없었다.

세상에 이런 신법이 있다고는 꿈에도 생각지 못할 정도로 정

교한 수법이었다. 공료는 합장을 한 채 그저 멍한 얼굴을 할 뿐
이었다.

“알고나 죽어라. 이것이 밀영잠류옥이다. 음유한 그림자만
있다면 어디든 숨어 갈 수 있지.”

시링.

“장문인!”

마헌의 단창이 허공에 들리자 계현의 울부짖음이 들려왔다.
움직이고 싶었지만 그의 몸도 부상이 심해 쉽지 않았다.

“너를 시작으로 날 이렇게 만든 계양을 비롯한 소림의 땡중
은 모두 죽여주마. 큭큭.”

쐐애액!

섬전 같은 그의 공격에 공료는 두 눈을 질끈 감았다. 이자의
무공은 상상 외였다. 자신도 상대가 안 되었다.

무공이 낮은 사람이 지는 것은 당연한 이치였다. 물론 그 대
가는 목숨이고……. 그렇게 죽는 것에 후회는 없었다.

다만 힘 한 번 제대로 써보지 못하고 죽는 것이 한이었다. 초
운을 살리기 위해 무승들을 내보낸 것이 오히려 전력을 분산시
키는 결과를 초래한 셈이었다.

차라리 잘된 일일지도 몰랐다. 어쨌든 본산은 멀쩡하니 말이
다. 그렇게 생각하며 그는 고개를 숙였다. 한데…….

까아아앙!

“…….”

따갑게 귀청을 울리는 소리에 공료는 반사적으로 몸을 움직
였다. 아랫배가 찢어지는 듯한 고통이 느껴졌지만 지금은 그런

것을 따질 때가 아니었다.

"나이를 처먹어도 비열한 짓거리는 여전하구나. 뭐? 밀영잠류옥? 본 교의 음지비행술(陰志飛行術)이 언제부터 그리 변했나?"

희끗희끗한 머리에 거도를 든 사내였다. 그렇다고 몸이 큰 것도 아닌지라 거도가 힘겨워 보일 정도였다.

일견하기에 왜소하다고 할까? 그러나 이 왜소한 사람을 보자마자 마헌은 얼굴을 확 구겨야 했다.

"음마도 산음! 이 빌어먹을 놈이 감히!"

이를 부득부득 갈며 공격을 하려다 그는 멈추었다. 그리고 단창을 한 번 휘두르는 듯하다가 신형을 흐릿하게 만들었다.

이어 그가 나타난 곳은 이림의 곁이었다. 하나 이림의 앞에도 누군가가 막고 있었다.

"벽파인 황각! 밀당이 움직인 건가?"

이림의 목소리에 사람 좋은 얼굴의 황각이 차분히 고개를 끄덕였다. 그러자 그의 고갯짓에 두 사람이 뒤로 한 발 물러섰다.

이 두 사람이 그냥 올 리는 없었다. 밀당은 그 힘이 보통이 아닌 곳이다. 특히 강호의 도의 따윈 이들에게 없었다.

교주의 명령이라면 목숨을 걸고 해내야 했다. 그것이 도덕적이든 아니든 말이다.

"빌어먹을… 밀영대까지. 아주 작정을 했군."

어느새 주위를 둘러싼 흑의인들을 보며 두 사람은 서로 등을 기대었다. 두려울 정도로 강한 자들이 나타났다. 천년마교가 그 힘을 드러낸 것이다.

소림의 힘은 드러나 있었고, 또 얼마간은 통제가 잘못되어 꺾인 상황이었지만 이들은 달랐다. 천천히 완벽하게 상황을 보고 나타났으니 그 준비가 어느 정도인지 미루어 짐작할 수 있었다.

"아미타불. 그대들은… 소림을 대신하여 일단 감사드리오."

뒤쪽에서 공료의 목소리가 들려왔다. 소림과 마교, 서로 어울릴 것 같지 않은 사람들이나 오늘만은 달랐던 것이다.

"일단 세침부터 빼내시오, 시간이 지나면 돌이킬 수 없으니. 그리고 감사할 것은 없소이다."

산음은 어깨에 대도를 올려놓으며 말했다. 그리곤 앞으로 나서며 다시 입을 열었다.

"어떤 망할 녀석 때문에 이 고생이니……."

뜻 모를 소리를 하는 산음이었다.

*　　　*　　　*

짤짤짤.

"망할, 누가 내 욕을 하나?"

우언은 새끼손가락을 넣고 귓구멍을 흔들었고, 그 동작에 모두의 시선이 그에게로 향했다.

부상당한 사한은 의약당으로 이송되었고 지금은 앞으로의 일을 의논하려 하는 순간이었다. 때를 맞추어 우언이 등장한 셈이었다.

"우 형! 대체 어디 갔다 온 거예요! 지금 얼마나 대단한 일이 일어났는데 정말."

"아, 구경거리 하나 놓친 건가? 이것참, 씁쓸한데……."

넉살 좋은 표정을 지으며 우언은 단야에게 다가오고 있었다. 그러면서도 그의 눈은 날카롭게 빛나며 단야의 몸을 샅샅이 훑었다.

"확실히 달라졌네. 분위기도 그렇고, 몸도 좀 달라지고……."

"너야말로……."

단야의 목소리에 우언은 씨익 웃었다. 사실 조금 발 빠르게 움직이긴 했었다. 처리할 일이 한두 가지가 아니었으니 말이다.

"육반마 오천악, 사극마 오격, 거기에 양무회까지… 육마의 세 명을 네 손으로 죽였구나. 정말 무서운데 그래."

"……."

그의 말에 단야의 미간이 살짝 찡그려졌다. 왠지 좋지 않은 기분이 들어서였다. 한데 그 변화를 우언은 놓치지 않았다.

"한 가지 묻자, 단야."

마치 그는 뭔가 협상이라도 할 자세였다. 우언의 모습은 사람들을 조금 놀라게 하기도 했지만 왠지 자연스럽게 경계를 하게 만들었다.

"넌 누구지?"

뜬금없는 소리였다. 여태껏 친구라며 같이 움직였음에도 불구하고 누구냐니, 황당하기 그지없는 소리였다.

황당하다고 생각지 않은 것은 단야뿐인 듯했다. 그는 고개를 끄덕이며 진지한 목소리로 말했다.

"나는……."

단야가 한 걸음 움직이자 어느새 그의 앞엔 월홍과 이 소저가 있었다. 단야는 그들을 바라보며 말했다.

"소림에서 자라고 소림에서 사랑을 받았다. 한때 과거를 잃었지만 이젠 확실하게 기억하지. 초운이라 불리는 사람이었다."

"아미타불!"

그의 목소리에 불산수 공문의 얼굴이 격동으로 물들었다. 초운이 돌아온다면 그건 소림의 홍복이나 다름없었다.

"그와 함께 요녕성 용현촌의 보군이기도 하다. 단야라는 이름으로 불리며 여기 있는 월홍을 돌봐야 하는 사람이다. 그리고……"

월홍의 머리를 슬쩍 쓰다듬으며 그가 말하자 월홍의 얼굴에 미소가 번졌다. 월홍은 바로 단야의 허벅지를 꽉 끌어안으며 뺨을 비볐다.

"강호란 곳에서 만난 이 소저를 마음에 두고 있는 사람이기도 하지. 또한 운이 좋게 수많은 친구를 만난 사람이기도 하다."

순간 이상하의 얼굴은 발갛게 물들었고 단야를 아는 사람들의 얼굴에 미소가 감돌기 시작했다. 짧은 말이었지만 단야를 표현하는 데 가장 적절한 것들이었다.

할 말 다했다는 듯 단야는 고개를 돌려 우언을 바라보았다. 우언은 뭔가 생각을 하는 듯하더니 이윽고 조금 굳은 얼굴로 단야에게 말했다.

"하면 나는 어떻게 생각하지? 아직도 우린 친구인가?"

담담한 목소리로 그가 물었다. 사람들의 표정이 일순 야릇하게 변했는데 그것이 왜 그렇게 중요한지 알 수 없었던 것이다.

그러나 이내 들려온 단야의 목소리에 이유를 짐작할 수 있었다.

"천마의 후인이라는 것을 잊어달라는 거냐, 아니면 그럼에도 불구하고 친구가 될 수 있냐는 물음이냐?"

"뭣!"

"처… 천마!"

단야의 말에 여기저기서 놀란 얼굴을 했다. 물론 몇몇 사람은 이미 짐작하고 있던 터라 그리 놀라지 않았지만 대부분의 사람들은 모두 낯빛을 굳히고 있었다.

개중에는 병기에 손이 가는 사람들도 있었다. 그러나 상황이 그렇게 험악하게 전개될 이유는 없었다.

"굳이 말하지 않아도 알고 있으리라 믿는다. 내가 원하는 것은 그저 네 대답일 뿐, 다른 말들은 신경 안 써."

조금은 장난스럽게 우언이 말하자 경계심을 가진 사람들도 살짝 마음을 놓기 시작했다. 우언은 자신이 어떻게 행동을 해야 하는지 알고 있는 듯싶었다.

"내가 어떻게 생각하는가가 중요한 것이 아니겠지."

잠시의 시간이 흐르고 단야가 입을 열자 우언은 미간에 작은 주름을 만들었다. 언뜻 그의 생각을 알 수가 없었던 것이다.

"네가 날 어떻게 생각하는가가 더 중요하다. 우언, 너야말로 다른 사람의 말에 신경 쓰나?"

"…빌어먹을."

우언의 입술이 비틀렸다. 그러나 그 비틀린 입술은 아주 해학적인 표정을 만들었다. 한 방 먹었다는 표정인 것이다.

"좋아, 난 확실해. 아직 네놈은 친구다. 그러니 친구 대우를 해주지. 지금 빨리 낙양으로 가라.”

피식 웃으며 그가 이야기하자 여기저기서 의아한 반응이 나왔다. 대화 도중 갑자기 낙양이 나오는 이유를 알 수 없었던 것이다.

“무슨 말입니까, 우 형? 낙양이라니오? 거긴 이미 소림의 공료 장문께서 사람들을 데리고 가셨습니다. 세가의 사람들도 있구요. 그러니…….”

“그들은 세 명의 마인을 감당하지 못하네. 일마와 이마, 삼마의 무공은 이미 상식 이상으로 올라선 지 오래야.”

“…설마?”

모안은 믿을 수 없다는 듯 중얼거렸다. 도대체 그럼 얼마나 대단한 무공을 가지고 있다는 것인지 상상조차 되질 않았다.

그러나 한편으론 이해가 되기도 했다. 삼선승 중 한 명이 죽었다. 그 정도의 실력이라면 충분히 위험하고도 남음이 있었던 것이다.

“본 교의 사람들을 보내놓았어. 솔직히 설득하는 데 시간이 좀 걸렸지. 그들이라면 얼마간의 시간을 벌 수 있을 거다. 그러니 단야, 네가 가야 해. 아, 그리고…….”

한참 말하다 우언은 단야에게 바싹 다가섰다. 그리곤 장난스러운 미소를 머금으며 조용히 말했다.

“이번엔 나도 가겠어. 정말 왜 이리 좋은 구경만 골라 놓치는지… 둘이서 경공으로 최대한 빨리 가자고.”

싱긋 웃으며 말하는 그를 보며 단야는 고개를 돌렸다. 애당초 진지함과는 거리가 먼 사람이 바로 그였다.

"물론 가긴 가겠지만 경공까지는 필요없다. 말을 바꾸며 마차로 가도 된다."

단야의 말에 우언은 얼굴을 확 우그러뜨렸다. 이건 촌각을 다투는 일이라 생각한 것이다.

"지금 내 말을 귓등으로 들은 거냐? 빨리 가지 않으면 낙양이 피바다가 된다고! 그런데 뭐가……."

"사부님……."

"…뭐?"

자신의 말을 끊으며 단야가 입을 열자 그게 무슨 말인가 싶은 우언이 그를 바라보았다.

"사부님이 먼저 가셨다."

다른 말은 필요없었다. 우언은 그 말이 무슨 뜻인지 몰라 일순 멍한 표정을 지었다.

그러다 두 눈을 부릅뜨며 그는 소리쳤다. 거의 발악 수준이었다.

"가… 각오 스님께서? 현세연의불께서 가셨다고?"

더 대답할 필요를 못 느꼈는지 단야는 말이 없었다. 그저 신형을 돌리며 그가 있던 작은 모옥으로 향할 뿐이었다.

"당할! 그냥 거기 있을걸. 아우!"

인상을 벅벅 쓰며 우언이 입을 열었다, 좋은 구경 하나 또 제대로 놓쳤다는 듯이.

2

"알려주지 않았나요? 어째서 아직 저들이 있는 거지요?"

"들으려고 해야 알려주지 않겠습니까? 저들의 눈에 전 사람도 아닌걸요."

어깨를 으쓱이며 청선이 답했다. 비녀는 내심 그 말에 동조했는데, 저들에게 있어 육마들보다 무공이 낮은 이는 사람도 아니었다.

그저 부리는 노예 정도로밖에 인식이 없을 터였다. 그런 사람들에게 말을 전하러 간 청선이 더 대단한 셈이었다.

"저들이야 그렇다 치고 저희부터 어찌해야 되는 것이 아닙니까? 상황을 봐서 빠지는 것이 어떻겠습니까?"

청선이 주변을 두리번거리며 말했다. 아직 이곳에 다른 사람들이 있는 듯한 느낌은 없었다. 지금 낙양엔 마교의 사람들이 쫙 깔려 있었다.

무공으로 보면 어떻게든 치고 나갈 수 있겠지만 그런 상황을 만들지 않는 것이 제일 좋은 일이었다. 해서 지금쯤 사라지는 것이 옳았던 것이다.

"청선……."

"예, 주군."

갑자기 그를 부르는 소리에 청선은 고개를 돌렸다. 면사를 벗으며 자신을 바라보는 비녀가 눈에 보였다.

"그동안 수고했어요. 이제 떠나도 좋습니다."

"……."

순간 청선은 살짝 멍한 표정을 지었다. 생각지도 못한 이야기를 들은 것이다.

"제가 잘못 들은 것입니까? 저보고 떠나란 말을 하신 건가요?"

그가 되물었다. 정말 그녀의 뜻인지 확실하게 물어보고 싶어서였다.

"그렇습니다. 이제 모든 것을 정리해야겠어요. 그러니 그만 떠나세요. 짧은 시간이었지만 고마웠어요."

살풋한 미소를 머금으며 입을 여는 그녀는 정말 아름다웠다. 중원에서 가장 아름다운 여인을 뽑으라면 단연 이 여인을 뽑을 정도로 말이다.

그런데 그 웃음은 지금껏 봐왔던 웃음과는 뭔가 달랐다. 굉장히 시원하다고나 할까?

한마디로 진심이 담긴 웃음이었다. 어째서 그런 웃음이 나오는지 알 수 없었지만 청선은 뚱한 표정을 지었다.

"정말 절 미치게 만드시려는 겁니까? 무엇이 되었든 결말이라는데 보지도 말고 가라구요? 못합니다, 그렇게는."

"청선……."

"저도 알고 싶습니다. 귀문의 일들을, 이 모든 일의 결말을 말입니다. 그러니 가라는 말은 마십시오. 그 명령은 안 들은 것으로 하지요."

팔짱을 끼며 청선은 시선을 아래로 돌렸다. 그곳엔 이마와 삼마가 고군분투를 해가며 싸우고 있었는데, 서서히 그들의 본색이 나오는 중이었다.

"게다가 지금 가장 재미있을 때입니다. 저 두 사람, 진짜 화난 것 같은데요?"

청선에게 있어 육마는 그리 크게 가슴에 와 닿는 존재는 아니었다. 무공이 대단하긴 하나 그들의 성정을 생각한다면 절대 가까이 하고 싶지 않았다. 저들이 위험한 지금 이 순간에도 말이다.

오로지 그 자신만 믿는 사람들. 강 건너 불구경하듯 하는 것은 그들의 업보였다. 그들을 위해 죽어줄 사람은 없는 것이다, 자신조차도.

"저 많은 숫자의 사람들을 어찌 상대하나요. 저들도 힘들겠군요."

무공에 대해 잘 모르는 그녀가 봐도 지금은 위험한 상황이었다. 조금만 더 있으면 이마와 삼마는 싸늘한 시신이 될 것만 같았던 것이다.

그러나 청선의 생각은 조금 다른 듯했다. 그는 좌우로 고개를 저으며 말했다.

"꼭 그렇지만은 않습니다. 솔직히 저 두 사람의 무공은 엄청나거든요. 이제 슬슬 그 본색을 내비칠 때가 되었지요."

"……."

청선의 말에 그녀는 고개를 다시 돌려 이마와 삼마 두 사람을 바라보았다. 그리고는 두 눈을 크게 떴다. 전혀 예상하지 못한 방향으로 전개되고 있었던 것이다.

"하아, 하아……."

세류마미 이림의 작은 입에서 거친 신음 소리가 새어 나왔다. 평소처럼 장난스럽게 호흡하는 것이 아니었다. 진짜 힘들어 큰

숨을 내쉬고 있었던 것이다.

평소의 그녀라면 있을 수 없는 일이었지만 지금은 달랐다. 완벽한 차륜전, 더욱이 상대는 한때 몸을 담았던 마교의 인물들. 당연히 껄끄러울 수밖에 없었다.

"후우웁, 후우우우우……."

잠시 커다란 숨을 크게 들이쉬며 그녀는 눈을 치켜떴다. 물론 그 시선이 머무는 곳엔 산음과 황각이 있었다.

"이림, 그동안 더 대단해졌군. 솔직히 인정하지, 두 사람 다."

산음은 진심 어린 목소리를 내었다. 이마와 삼마는 진짜 두려울 정도로 강한 상대였다.

미리 소림의 선승들이 힘을 빼놓지 않았다면 자신들의 필패였다. 처음 만났을 때 호기롭게 외친 것은 그저 선수를 뺏을 생각에서였다.

시간이 지날수록 그들의 위력이 나타나는 중이었다. 이미 새벽을 지나 아침으로 가는 상황. 대단한 내력이 아닐 수 없었다.

"큭큭, 이제야 뭔가 좀 알 것 같군. 이대로 우리 힘을 빼시겠다?"

가슴을 크게 울렁이며 마헌이 입을 열자 황각은 한쪽 입술을 말아 올렸다. 역시 너무 눈에 보이는 계획이었다.

우언이 그들에게 부탁한 것은 단야가 올 때까지 막아달라는 것이었다. 경공으로 최대한 빨리 달리면 하루 안에 올 수 있으니 말이다.

솔직히 그 정도의 시간을 끄는 것은 쉽진 않지만 불가능한 것도 아니었다. 밀영대까지 계산해 넣으면 말이다.

그런데 지금 그 계산이 살짝 비틀려지고 있었다. 이들의 무공 수준을 너무 낮게 본 셈이었다.

"그렇게는 안 되지. 이제 끝을 보자고!"

파츠츠츠츠.

"……!"

황각과 산음의 표정이 일순 변했다. 마헌의 신형이 기이하게 변하기 시작했기 때문인데 신형뿐만이 아니라 얼굴까지도 괴이 스럽게 뒤틀려지고 있었다.

흐릿한 신형은 여전했지만 이번엔 정말 다른 점이 있었다. 바 로 옆에서 보면 그가 안 보였다. 마치 종이처럼 말이다.

"놀랍지 않나? 이게 내가 얻은 것이다. 귀문의 무공, 그 엄청 난 세계로 발을 딛게 된 것이지."

말과 함께 손을 쓰고 있는 것이 분명히 보이는데도 파공음조 차 들리지 않았다. 허공에 대고 헛손질을 하고 있는 것 같았다.

그런데 그 효과는 엉뚱한 데서 나타났다. 자신들이 아니라 전 혀 예상치 못한 곳에서 섬뜩한 소리가 들려오고 있었다.

파파파팟… 촤아아아.

한쪽에서 피 분수가 뿜어져 나왔다. 십여 명의 밀영대가 거꾸 러지며 뿜어내고 있는 터라 황각은 어금니를 꽉 깨물었다.

어두운 바닥에서 칼날이 솟아나와 죽임을 당한 것인데 도무 지 어떤 무공인지조차 알 수가 없었다. 이건 완전히 다른 무공 인 것이다.

원래 마헌의 무공은 대기 중에 흐르는 음기의 기운을 타고 이 동하는 것이 원리였다. 그것이 마치 그림자를 타고 흐르는 것처럼 보이는 것인데 그림자가 진 곳이 당연히 음기가 많이 흐르기 때문이었다.

그런데 이건 달랐다. 꽤나 먼 거리에서 어떻게 이렇게 움직이는지 모르지만 이래선 앞으로 일각을 더 버티기도 어려워 보였다.

"그래, 그게 좋겠군. 하면 나도 힘을 써볼까?"

파츠츠츠츠.

절망적인 상황이었다. 이제는 이림의 모습까지 완전히 변하며 한층 더 기운이 커졌다. 그녀는 유부에서 나온 사자와도 같은 형상이었다.

마치 그녀의 등에 수십여 개의 손이 달린 것처럼 보였다. 검은 기운들이 모여 유형화가 된 것인데, 그것들이 춤을 추듯 하늘거리고 있었다.

"이것이 우리들의 귀인화, 지난 십 년간의 고련의 성과다. 효과는 말이지……."

이림의 양손이 허공으로 올려졌다. 아울러 등 뒤에 달린 수십여 개의 손도 같이 움직였다. 그러자 놀라운 일이 일어났다.

촤라라라랑!

바닥에 떨어져 있던 병기들이 모조리 허공으로 떠오른 것이었다. 마치 생명이라도 달린 듯한 모습에 모두의 모골이 송연해질 때였다.

"캬아악!"

쩌저저저정!

괴성과 함께 그녀의 손짓에 따라 병기들이 박살나기 시작했다. 마치 수백여 개의 손이 병기들을 잘게 부러뜨리는 것같이 느껴질 정도로 말이다.

짜라라라라라락!

근 백여 개에 가까운 병기가 부러지자 그 파편은 이루 셀 수가 없을 정도였다. 이림은 괴소를 흘리며 양손을 살짝 들어 올렸다.

스슷.

마치 손가락에 암기 하나를 잡듯이 말이다. 그런데 일순 허공에 수천, 수만 개의 손길이 나타났다. 모두가 이림과 같이 손가락 사이에 파편을 끼고 있었다.

"모두 조심해라! 산개해서 이 자리를 피해도 좋다!"

심상치 않음을 느낀 황각은 커다란 소리를 질렀다. 말이 좋아 산개지 퇴각하라는 소리였다. 이건 상대가 될 수 없었던 것이다.

그러나 순순히 그들이 도망치도록 놔둘 두 사람이 아니었다. 그들의 귓가에 마헌의 목소리가 들려왔다.

"웃기는 놈들이군. 그냥 가게 둔다고 누가 그러더냐!"

좌좌좌앗!

"큭……."

"흐읍!"

그림자에서 나온 칼날들이 직격하자 누가 먼저라 할 것 없이 그들은 허공으로 몸을 띄웠다. 그러나 그건 이림이 원하는 바였다.

"좋아! 바로 그거라고!"

피이이잇!

수만여 개의 조각이 살아남은 사람들을 향해 폭사되었다. 이 한 번의 손짓으로 승패가 난 것이다. 믿을 수 없지만 저 두 사람의 승리였다.

황각과 산음은 모든 내력을 끌어올렸다. 그리곤 허공에 내력의 강기막을 치려 했다. 피해를 최소한으로 줄여보려 한 것이다.

그러나 그 노력은 너무나도 허무하게 깨졌다. 작은 조각 하나하나에 모두 내력이 깃들어 있었던 것이다.

파파파팟.

보이지도 않는 빠른 속도로 암기들이 강기막을 뚫고 그대로 몸을 파고들려 하는 순간이었다. 일순 두 사람의 눈을 크게 뜨게 만드는 일이 일어났다.

"……."

멈추었다. 허공에 내려오는 수많은 파편들이 모두 멈춘 채 아침 햇살에 반짝이고 있었다.

마치 바닷물에 햇살이 비춰지듯 엄청난 반짝임에 눈이 부실 정도였다. 아울러 바닥에서 올라오던 기이한 칼 역시 보이질 않았다.

그리고 이어 그 반짝임이 한곳으로 모이기 시작했다. 양측의 중간에 정확하게 위치하며 엄청난 빛을 냈다.

키킥, 키키키키킥!

섬뜩한 소리를 내며 조각들이 뭉쳐지고 있었다. 마치 누군가 손으로 꽉꽉 누르듯이 말이다. 그것은 이내 직경 반 자도 안 되는 크기의 작은 공이 되어갔다.

허공에 흩어졌던 조각들의 엄청난 양에 비해 너무나도 작은 크기였다. 그리고 일순 그 공 앞에 한 사람이 나타났다.

"역리(逆理)의 무공이로구나. 어떻게 이런 무공을 익힐 생각을 했누……."

힘없이 중얼거리듯 말하지만 근처에 있는 사람 누구도 그 말을 듣지 못하는 사람은 없었다. 한줄기 현기가 실린 음성이었던 것이다.

오 척 단구의 작은 키에 허리마저 살짝 굽은 노인이었다. 그러나 그 노인이 나타난 순간 그들을 옥죄던 살기는 모두 사라진 후였다.

물론 산음과 황각은 잘 알고 있었다. 이 노인이 누구인지 말이다. 천하에 이런 기공을 보여줄 사람은 정말 손가락으로 꼽을 수 있으니 말이다.

"현세연의불… 각오!"

놀라움과 흥분이 가득한 목소리였다.

천환마창 마헌과 세류마미 이림은 등허리에서 땀이 배어 나오는 것을 느꼈다. 근 십 년 만에 느끼는 최고의 긴장감이었다.

아니, 그냥 긴장감이 아니라 일말의 두려움까지 느껴지는 순간이었다. 현재 강호의 최고수라는 사람이 눈앞에 있으니 당연한 일이었다.

하나 솔직히 흥분도 흥분이지만 두려움이라는 감정이 더 컸었는데, 그건 첫 등장에서부터였다. 이림이 만들어놓은 수많은 암기들을 각오가 모두 거두어들일 때부터였다.

내력이라고 다 같은 내력이 아니었다. 거기에도 여러 가지 종류가 있는데 크게 나누어서 추(推), 인(引) 두 가지로 나눌 수 있다.

추는 밀어내는 힘이고, 인은 당기는 힘을 이야기한다. 일반적으로 많은 사람들은 추결을 많이 사용한다. 인결은 그만큼 연성하기가 쉽지 않은 것이다.

보통 추결을 사용하는 사람들이 인결의 의미를 깨닫게 되는 시점을 일컬어 일류고수로 진입하기 시작한 상황이라 말하는 것을 보면 인결이 얼마나 난해한 것인지 잘 알 수 있었다.

그런데 지금 각오의 내력은 완벽한 인결이었다. 수준을 논할 상황이 아닐 정도로 대단한 것이다.

가가가각.

허공에 둥실 떠오르는 철구는 아직도 작아지고 있었다. 이젠 손바닥만 하게 돼서야 힘없이 허공에서 떨어졌다.

쫘아아아아앙!

동시에 커다란 소리와 함께 일 장여의 바닥이 함몰되었다. 작은 공이지만 그 공에 깃든 힘이 얼마만큼인지 능히 짐작할 수 있는 상황이었다.

"삼마, 한 수에 승부를 건다. 준비해라."

"…그러지요."

불안감을 느낀 것은 마헌뿐만이 아니었다. 이림 역시 서두르는 것을 보니 확실히 두렵긴 한 모양이었다.

"하아아아압!"

끽, 기긱…….

양손을 좌우로 크게 뻗으며 그녀는 기합성을 질렀다. 그러자 바로 앞에 떨어진 철공이 떨리기 시작했다.

"그딴 짓… 땡중, 너만 할 수 있는 게 아니야!"

달칵, 달가닥.

암기를 던지는 데 있어 가장 중요한 것은 암기 자체와 동화되는 것이었다. 귀문의 무공은 바로 그 점을 가능하게 만들어주었다.

그녀는 철로 된 것을 움직일 수 있었다. 아주 작은 장신구도 그녀에겐 훌륭한 무기가 될 수 있었고, 심지어 땅에 떨어진 은자 부스러기도 암기가 되었다. 그녀가 원하기만 한다면 말이다.

그러나 지금 눈앞에 있는 철구는 그런 자신의 생각을 비웃기라도 하듯 꼼짝도 안 하고 있었다. 그녀는 갑자기 오기가 피어올랐다.

다른 것들을 가지고 할 수 있었지만 꼭 이걸로 승부를 내야 했다. 그리고 그녀의 노력은 결국 결실을 맺었다.

쫘아아앗! 파사사사사…….

공중으로 들려 올라가진 않았지만 철구는 대여섯 개의 조각으로 분리되었다. 그리고 그 분리가 다시금 시작되고 있었다.

"아하하하하! 그래, 어떠냐, 땡중! 이 이림, 그리 녹록치 않아! 쿨럭, 컥……."

얼굴 가득 괴소를 지으며 그녀는 웃었다. 그러나 그 웃음이 웃음으로 보이는 사람은 아무도 없었다.

이미 그녀의 가슴은 피로 물들어 있었다. 입에서 토혈을 시작한 것이다.

무리한 내력을 끝까지 끌어올렸기 때문이다. 그러나 그만한 성과는 분명히 있었다.

모든 조각들이 다 각오를 향해 서서히 움직이고 있었던 것이다. 비록 그 속도가 각오에 비할 것은 아니지만 말이다.

"여기도 있다, 땡중!"

촤촤촹!

일순 각오의 그림자에서 십여 개의 촉수 같은 것이 뻗어 올랐다. 마치 종이를 길게 찢은 듯한 모양에 움직임도 바람을 받은 듯 펄럭였다.

하지만 그 효과는 대단했다. 닿기만 해도 살이 쫘악쫘악 갈라지는 그 무공에 바라보는 모두의 눈이 경악으로 물들 때였다.

"아직도 모르는구나, 역리의 무공이 얼마나 무서운 것인지를."

슛.

각오는 오른손을 들었다. 자신의 가슴 앞으로 쭈욱 내민 것인데, 그 동작만으로도 공기의 흐름이 달라졌다.

고오오오오…….

마치 자연의 모든 기운이 그 손에 모여드는 듯한 착각이 들었다. 그리고는 압력이 이어졌다.

"큭……."

마헌은 어깨가 부서질 것 같은 느낌이 들었다. 어떻게 이런 힘이 가능한지 모르지만 그는 젖 먹던 힘까지 모두 사용했다.

툭, 투툭.

꽉 다문 입술 사이로 작은 핏줄기가 흘렀다. 최선을 다해 온 내력을 음유한 기운을 따라 흘리는 도중이었다.

바로 그때 각오의 손바닥이 뒤집혔다. 하늘을 향하던 손바닥이 땅으로 향하는 순간이었다.

꾸우우우우웅! 촤촤촤악!

"크아아악!"

순간 마헌의 몸에 수많은 칼날이 밀고 들어왔다. 그건 각오를 향해 자신이 쏘아 보낸 내력의 칼날이었다.

오히려 힘에 밀려 자신이 당하게 된 것이다. 십여 개의 칼날에 뚫리며 마헌은 공중에 몸을 띄웠다.

그가 띄운 것이 아니라 칼날이 띄운 것이다. 극렬한 고통 속에서 마헌은 내력을 끊었다.

털썩!

"마헌!"

이림의 눈에서 불길이 일었다. 그녀는 악에 받친 듯 커다란 소리를 질렀다.

"빌어먹을 땡중! 어디 죽여봐!"

스스스스.

분리를 시켰지만 십여 개에 불과한 철 조각이었다. 각오는 손을 내리며 이번엔 앞으로 걸어갔다.

"지난 세월 동안 초식 같은 것은 잊은 지 오래로구나."

한 발 한 발 그가 앞으로 나설 때마다 허공에 뜬 철 조각들이 부르르 떨리기 시작했다. 그저 다가가는 것만으로 강렬한 기운이 쏟아지는 셈이었다.

"더 이상 역리의 무공을 펼치면 네 자신이 상하게 된다. 이제 그만두거라."

"역리는 무슨 역리! 이건 귀문의 무공이다. 천하무적의 무공이라고!"

이림의 입에서 악에 받친 소리가 흘러나왔다. 하나 그녀의 몸은 소리와는 달리 서서히 무너지고 있었다.

"아니, 그건 귀문의 무공이 아니다. 귀문의 무공은 그 자신을 이롭게 하지 해롭게 하지 않는다."

"뭐라고?"

뭔가 아는 듯한 각오의 말에 이림은 조금 기이한 표정을 지었다. 하나 마치 악귀처럼 일그러진 얼굴이라 정확히 어떤 감정이 떠오른 것인지는 판별이 되질 않았다.

"저길 봐라, 이림. 저걸 보면서도 느끼는 것이 없나?"

각오가 가리킨 곳은 지붕 위였다. 이 소란 속에서도 서로를 노려보며 격렬한 내력의 대결을 펼치는 두 사람을 가리킨 것이다.

"귀문의 무공은 저런 것이다. 이따위 눈을 혹하게 만드는 기술이 아니다. 무공, 그 자체의 운용법이 다른 것이지."

"거, 거짓말! 쿨럭!"

툭, 투투툭.

결국 이림의 신형은 크게 흔들렸고 허공에 떠올랐던 철 조각은 모두 땅에 떨어졌다. 그녀는 가쁜 숨을 몰아쉬면서 품속에 손을 넣었다.

"이… 이것이 귀문의 무공이다. 비녀가 준 것이야! 이것이 틀릴 리가… 없다고!"

꾸깃.

얇은 책자를 하나 꺼내 확 말아 쥐며 그녀는 커다란 소리를 질렀다. 하나 그녀의 마음속에서도 의문은 떠오르고 있었다.

정말 일마와 자신들의 무공은 완전히 그 궤적이 달랐다. 일마의 무공은 중후함, 그 자체였지만 자신들은 괴기스러울 뿐이었던 것이다.

"그럴 리가… 없다고!"

콰아악, 파아앙!

쓰러진 마헌의 멱살을 움켜쥐며 그녀는 신형을 날렸다. 그녀가 가는 곳은 저 지붕 위의 일마에게로였다.

각오를 비롯한 그 누구도 그녀를 막지 않았다. 아니, 솔직히 각오가 아니면 막을 사람도 없었다. 그만큼 빠르고 훌륭한 신법이었다.

"대형! 말씀해 주세요! 우리가 익힌 것이 귀문의 것이 맞다고 말입니다. 어서요!"

내력의 대결에서는 조금의 변수만 있어도 큰일나기 십상이었지만 그녀는 그런 생각은 전혀 하고 있지 않는 듯했다.

마치 미친 것처럼 자신의 이야기만 떠들었던 것이다. 일마와 가화준 사이에 이는 강렬한 기의 폭풍 때문에 입고 있는 옷이 다 찢어질 판이었지만 그녀는 전혀 아랑곳없었다.

하나 여전히 말이 없는 일마인지라 그녀는 이번엔 손을 뻗었다. 어떻게든 알고 싶다는 강렬한 욕구. 그리고 그때, 정말 놀랄 일이 벌어졌다.

"오, 너희들이구나."

"……!"

소리치던 이림과 부상을 입고 쓰러져 있는 마헌 모두 두 눈을 부릅떴다. 그들의 눈앞에 또 하나의 일마가 나타난 것이다.

아니, 반쯤 투명한 것이 마치 혼백이라도 되는 듯한 그 모습에 두 사람 다 한걸음씩 뒤로 물러섰다. 이곳은 도저히 상식이라는 것이 통하는 곳이 아니었다.

"그래, 나를 위해 이렇게까지 해준다니, 그저 고마울 따름이지. 헛헛."

환영은 너그럽게 웃으며 두 사람에게 손을 뻗었다. 뭐가 고마운 것인지는 전혀 알 수가 없었다.

"두 사람의 결정, 고맙게 받아들이마. 그럼 편히 쉬거라."

슛.

갑자기 일마의 팔이 쭈욱 늘어나더니 이림과 마헌의 머리 위에 얹혀졌다. 그러자 두 사람의 입에서 괴성이 터져 나왔다.

"끄아아아!"

"꺄아아악!"

비명 소리와 함께 두 사람의 몸이 순식간에 작아지기 시작했다. 마치 애벌레가 곤충에게 진액을 빨리듯 홀쭉해진 것이다.

너무나 순식간에 일어난 일이라 뭐라 할 말도 없는 상황이었다. 이윽고 일마의 팔은 다시 원래대로 돌아갔다.

털썩, 털썩.

마치 짐승의 가죽이라도 된 듯, 납작하게 된 두 사람의 신형이 땅에 떨어졌다. 도저히 사람이라 믿기지 않는 가운데 일마의 환영은 원래 몸 안으로 빨리듯 사라졌다.

그리고 그때부터 일마의 몸에서 붉은 기운이 크게 용솟음치기 시작했다. 두 사람의 힘을 빨아들인 그가 가화준을 압박하기 시작한 것이다.

第八章

하남성, 소림에서 낙양으로 2

1

　"쯧, 이것참, 괜히 이상한 기분이 드는구만. 뭔가 빠진 것 같기도 하고……."

　"우 형은 제발 좀 말을 가려가면서 해요. 그런 말 들을 때마다 아주 가슴이 철렁철렁 내려앉습니다."

　모안은 우언을 째려보며 입을 열었다. 그러나 그 말은 모안에게만 해당하는 것이 아니었다. 여기 있는 사람 모두가 다 그렇게 느낄 터였다.

　하긴 그의 정체를 알게 된 순간부터 놀라기 시작했으니 말이다. 우언은 피식 웃으며 모안에게 말했다.

　"이봐, 모안. 생긴 거답지 않게 왜 그래? 그리고 부탁인데, 그렇게 말하고 싶으면 놀라는 얼굴이나 만들고 말하지?"

　우언의 목소리에 이번엔 모두의 눈길이 모안에게 향했다. 그러자 모두의 눈에 두 눈을 반짝이는 모안의 모습이 보였다.

마치 무엇인가 일어나기를 바라는 것처럼 말이다. 그의 모습에 여기서기에서 실소가 터져 나왔다.

"어이구, 이 심각한 상황에서도 웃음이 나오지 아주. 돌아가면 죽어라 무공이나 배울 생각해."

"그렇지 않아도 그리할 거요. 하나 그전에 반드시 이 결말은 보고 가야겠소."

모안은 굳은 목소리를 냈고, 우언은 그 말에 크게 고개를 끄덕였다. 그것이야말로 우언이 하고 싶은 말이기도 했다.

"한데 벌써 이틀째인데 낙양 쪽은 어떤지 알 수 없으니 참 난감하네요. 벌써 무슨 사단이라도 난 것이 아닐까요?"

한숨을 푹 쉬며 모안이 계속 입을 열었다. 경공으로 빠르게 움직인 것도 아니고, 몇 대의 마차로 움직이는 길이었다. 말을 바꾸어가면서 최대한 빠르게 간다고는 해도 경공보다 빠를 수는 없었다.

특히나 단야 정도의 무공이면 더욱더 빠르게 갈 수 있었지만 단야는 그리하지 않았다. 이렇게 다 같이 말과 마차를 타고 가는 것을 택한 것이다.

그 노력이 통한 것인지 상당히 빨리 와서 이제 내일쯤이면 낙양에 들어설 수 있었다. 지금은 그전에 취하는 마지막 휴식 중이었다.

타탁, 탁.

살짝 사그라져 가는 불속에 통나무 몇 개를 더 넣으며 단야는 주변에 눈길을 주었다. 어느새 꽤나 많은 사람들이 이곳에 있게 되었다.

설산의 사람들에 우언, 거기에 혁리와 이호까지 있었다. 산에서 내려올 때 만나게 되었던 것이다.

참으로 반가운 두 사람이었다. 그러나 마냥 즐거워할 것만은 아닌 것이, 그 옆에 여섯 명의 사람이 있었다.

육예. 짐작컨대 아마도 이들이 육마를 도와 저 낙양을 비워놓았을 터였다. 그리고 그 짐작은 그대로 맞아떨어졌다.

단야는 왜냐고 묻지도 않았다. 순순히 그 사실을 인정하는 그들을 보며 조용히 신형을 돌렸을 뿐이다. 그리고는 여기까지 이들이 따라온 것이다.

말과 함께 모안은 육예를 바라보고 있었다. 사실 모안뿐만이 아니라 많은 사람들이 육예를 그리 좋은 눈으로 바라보지 않았다. 따라오는 것 자체를 불쾌해할 정도로 말이다.

솔직한 마음으로는 박살을 내고 싶었다. 어쨌든 그들로 인해 낙양은 피를 흘렸고, 지금도 피를 흘리고 있었다. 원인이 무엇이든 그 책임은 피할 수 없는 것이다.

"낙양이라… 그럼 나도 하나 묻지."

그런데 그 말에 단야가 아니라 평시가 입을 열고 있었다. 조용히 가도 뭣할 시점에 오히려 그가 입을 열다니.

단야는 고개를 들었다. 할 말이 있으면 해보라는 식으로 말이다. 그러자 평시는 얼굴을 굳히며 말했다.

"낙양에 관해 왜 아무것도 묻지 않는 것인가? 또한 우리가 소림을 포위하고 있었던 것도 알고 있지 않았나?"

"아니, 뭐라고요?"

모안의 눈이 사나워졌다. 이건 처음 듣는 말로 그 사실을 몰랐던 사람들은 모안만이 아니었다.

단야와 밖에서 온 우언을 제외하고는 거의 몰랐던 것인데, 그 말을 보충이라도 하듯 우언이 입을 열었다.

"꽤나 흉악한 놈들을 데리고 있으시던데… 하나 그렇다고 해서 소림이 통제될 줄 알았소이까?"

"……."

우언의 말에 평시는 눈빛을 굳혔다. 보통 사람이라면 소림을 둘러쌌다면 공격을 생각했을 터, 한데 그는 단번에 육예의 의중을 꿰뚫어 보았던 것이다.

"어째서 그렇게 생각했소?"

평시는 단야가 아니라 우언을 향해 입을 열었다. 그러자 우언은 피식 웃으며 답했다.

"그대들과 나, 이번이 처음 보는 것이 아니오이다. 기억하시오?"

"물론이외다. 관도에서 한 번 뵈었지요."

서로가 날카로운 눈빛을 발하며 대답을 했다. 오가는 대화는 살가웠지만 그 표정만은 진지한 두 사람이었다.

"그때 알았소이다, 당신이 원하는 것이 고작 서책 나부랭이가 아니라는 것을. 무엇인지는 모르겠지만 그보다 훨씬 더 큰 것을 원한다는 인상을 받았소. 아마도 세상 그 자체이겠지."

"……."

"당신의 수하들은 그 초석이 될 테지. 힘을 과시하는 것이 아니라 보여주는 사람. 그래서 그 보여지는 힘으로 세상을 만들려는 사람이 바로 당신이오. 그런데 무리하게 소림과의 일전을 통해 그 힘을 소진하진 않겠지."

"훌륭하오. 대단한 통찰력이군."

우언의 말에 평시는 선선히 인정했다. 그 말대로 평시는 세상을 만들고 싶었다. 그의 다섯 형제와 함께 말이다.

물론 자신들이 무언가를 누리려 하는 것이 아니었다. 어디까지나 민초를 생각하는 관의 일원으로서 결정한 것, 솔직히 불로장생을 위해 귀의서를 가져오라는 황제의 명령은 그저 곁가지에 불과했다.

"그 첫발이 소림의 몰락이었나? 그렇게 생각했다면 그건 틀렸소. 방법도, 결과도 말이오."

이번엔 단야가 말했다. 그저 조용하게 중얼거리듯 이야기했을 뿐이지만 평시의 귓가엔 천둥처럼 들려와 가슴에 비수가 되어 꽂히고 있었다.

"어째서 그리 생각하는가? 실제로 소림이 약해진다면 힘은 재구성될 것이네. 소림도 강호제일문파라는 굴레에서 벗어나 조금 더 활발한 활동을 할 수 있을 테고 말이야. 그리 생각하지 않나?"

만일 이곳에 실질적으로 소림의 살림을 맡고 있는 공문이라면 솔깃한 소리일 수도 있었다. 사실 소림은 그동안 너무나 허례적인 일들을 많이 해왔다.

온전히 강호제일의 문파이니 해야 하는 것들, 각종 대회의 개최라든지 분쟁의 문제, 때로는 무림과 관의 문제에서도 소림은 개입해 왔었다.

머리가 지끈거릴 문제들이 한두 가지가 아니었던 것이다. 그런 일들에서 해방된다면 어찌 보아 더 좋을 수도 있었다.

"그래서 귀문을 택한 것이오? 힘의 균형이 맞추어질 사람들로? 그리고 이번엔 내 차례가 된 것이고?"

"……."

단야의 말에 평시의 얼굴이 눈에 띄게 변했다. 다른 사람들은 대체 무슨 말인지 몰라 멍한 표정을 지었는데 평시는 굳은 얼굴을 풀지 않으며 말했다.

"가화준이 이야기했나? 생각보다 믿기 힘든 친구였군."

"훗……."

단야는 웃었다. 그의 웃음소리를 듣는 것은 거의 처음이 아닐까 하는 생각이 들 정도였는데 하필 그 첫 웃음이 반쯤은 가소롭다는 웃음이었다.

"그 녀석이 이야기했다라… 왜 그렇게 생각하지? 그걸 꼭 말로 들어야 알 수 있다고 생각하나?"

"……."

"이미 일마와 가화준에게 새로이 귀문의 문주가 되면 자신들과 손잡자고 이야기했겠지. 그것이 아니면 당신이 여기 내 앞에 있을 필요가 없지. 목숨을 걸더라도 관철되야 하는 약속이니. 아닌가?"

단야의 목소리에 여기저기서 도끼눈이 떠졌다. 누가 귀문을 이어받든 어차피 육예와 같이하게 될 것이라는 뜻이니 말이다.

힘의 중심에 육예가 들어가게 되는 것이고, 이는 곧 관의 개입을 뜻했다. 무림인의 입장에서는 좋을 턱이 없었다. 그리고 바로 그때 모안의 목소리가 허공에 울려 퍼졌다.

"황당한 이야기군요. 그게 당신이 말한 힘의 균형이라는 것이오? 내 보기엔 그저 한자리 꿰차고 세상을 호령하고 싶어하는 것밖엔 안 느껴집니다."

"감히! 대형의 뜻에 무슨 망발이냐!"

평서가 눈을 부라리며 소리치자 일순 주변의 공기가 싸늘하게 변했다. 그러나 모안은 한껏 입술을 비틀며 계속 이야기했다.

"말 한번 잘했네. 그래, 망발. 지금 당신 대형이란 사람이 하는 것이 망발이야. 소림을 제어하면 힘의 균형이 생겨? 역사를 아는 사람들이 그따위 이야기를 하나?"

"이놈이 정말!"

평서의 몸에서 강렬한 내력이 피어오르기 시작했다. 그야말로 일촉즉발의 상황. 그러나 그는 함부로 출수할 수가 없었다.

그를 향해 엄청난 한기가 밀어닥친 것이다. 그건 모안의 옆에서 흘러나오는 것이었다.

"너……."

묵직한 마유조의 목소리였다. 비록 부상 중이긴 하나 무공을 펼치는 데는 무리가 없는 상태였다.

"한 번만 더 내 사제의 말을 막는다면……."

시링.

그의 손에서 검날이 뽑혀졌다. 그리고는 자신의 앞에 살짝 꽂아놓으며 입을 열었다.

"그땐 내가 널 죽이겠다."

<u>스스스스</u>.

평상시의 과묵한 마유조가 아니었다. 그의 몸에서 강렬한 기운이 피어올랐는데, 아울러 그 옆에 우언까지 같이 서 있자 그냥 위협이 아니었다. 아무리 그들 여섯 명이라 해도 이 두 사람은 만만히 볼 수 없는 것이다.

"진정하시게나. 이 자리에서 서로 싸울 생각은 서로 없을 것이라 믿겠네. 그렇지 않다면 이야기조차 시작하지 않았겠지."

무릎에 월홍을 올려놓은 이호의 목소리에 긴장이 조금 풀리기 시작했다. 이호는 모안을 향해 다시 말했다.

"젊은 친구, 모안이라 했던가? 자네의 말을 듣고 싶군. 계속해 주시게나."

모안은 이호를 향해 살짝 고개를 끄덕이곤 다시 고개를 돌렸다. 한데 그 방향은 육예를 향한 것이 아니었다.

바로 옆에 있는 남궁혜미를 향한 것이었다. 그는 잠시 그녀의 얼굴을 바라보다 이내 굳은 표정으로 다시 입을 열었다.

"난 당신에게 묻고 싶습니다, 어째서 그렇게 힘에 집착하는지. 아무리 무공을 하는 우리들이지만 우리가 힘만으로 세상을 산다고 믿습니까?"

"그게 무슨 소리인가?"

의미가 너무 넓은 이야기였다. 너무 넓어서 어떻게 말을 해야 할지 몰랐던 것이다.

"간단한 이치입니다. 세상을 어지럽히는 자들은 흔히 말하죠. 소림에 비해 우리는 어떠한가 하고 말입니다. 즉, 소림의 힘에 자신들의 힘을 비교하여 보지요."

확실히 간단한 것이고 이치에 맞는 것이었다. 어느 누구나 그런 생각은 한다. 강호에 분란을 일으키려는 사람뿐만이 아니라 그저 무공을 수련하는 단체라도 말이다.

"그게 귀문이라는 이름으로 바뀌는 것뿐입니다. 그래도 모르시겠습니까?"

평시는 고개를 좌우로 흔들었다. 그 생각을 안 해본 것이 아니었다. 어쩌면 세력이 큰 단체 하나 만들어놓는 것에 불과하다고 말이다.

하지만 그렇게라도 해야만 세상은 흐르기 시작할 것이었다. 정체되어 있는 이 세상에 새로운 활력이 생길 수가 있는 것이다.

그래서 감행한 것이다. 실보다는 득이 더 많다는 생각 아래 말이다.

"이봐요, 평시. 당신 정말 답답하군요. 이번에 소림을 보며 생각한 게 없어요? 정말 소림에 고수가 구름같이 있는 것 같아요? 소림에서 마음만 먹으면 세상을 뒤집을 정도로 말이에요."

남궁혜미의 목소리가 허공에 울렸다. 참다가 결국 입을 연 것이다.

"보셨잖아요. 육마의 한 명에게 하마터면 큰일 날 뻔한 것이 소림이에요. 그런 소림이 그토록 대단해요? 두려워 양다리가 떨릴 정도로 말이에요."

"……."

그녀의 말에 평시의 가슴이 살짝 답답해져 왔다. 확실히 그점은 의외의 일이었다.

"맞습니다. 남궁 소저의 말처럼 소림이 인정받는 것은 힘 때문이 아니에요. 그들의 공명정대함이 우선이죠. 힘은 그 후에 성립되는 것입니다. 당신들이 두려워하는 속가의 힘은 그런 이유로 모여드는 것이죠."

모안은 결론지었다. 솔직히 더 이상은 할 이야기도 없었다. 이렇게까지 이야기하는데 알아듣지 못한다면 할 말이 없는 것이다.

평시가 무슨 생각을 하는지 알 수가 없었다. 마음이 흔들리거나 한다면 얼굴에 나타날 터인데 전혀 그런 것이 없었다.

그건 자신의 결정이 옳다 생각하고 있다는 뜻이었다. 말로 해서 전혀 먹히지 않았다는 뜻이기도 했다.

"후우, 그럼 결국 네 결정이 제일 중요하다, 이거구만. 어떻게 할래?"

우언이 단야에게 묻자 모두의 시선이 그에게로 향했다. 아마도 그들의 생각은 단야가 거절하는 것이 최선의 방법이라 여길 터였다.

"애당초 원래 내가 듣고 싶은 것도 그것이오. 나의 제안에 대하여 어떻게 생각하시오?"

마치 최후통첩이라도 하는 듯한 평시의 모습에 여러 사람의 심기가 뒤틀렸다. 단야는 손을 뻗어 한 번 불을 뒤적이다 입을 열었다.

"십 년 전, 귀궁사 사백승이 소림을 찾아왔었소. 그건 알고 있소이까?"

단야는 엉뚱한 이야기를 꺼내고 있었다. 평시는 미간을 찡그리며 답했다.

"물론이오. 이 강호에 그들의 터전을 잡기 위해 와서 이야기했다고 들었소이다. 그게 뭐 어찌 되었단 말이오?"

쉬쉬하면서 알려진 사실이기에 새로울 것도 없었다. 얼마 전에 소림사에서 가화준이 밝힌 이후로 많은 사람들이 알게 되었던 것이다.

"확실히 그가 소림사를 찾아온 것은 맞소. 실은 사부님을 보러왔었지. 당신들이 알고 있는 이야기는 그 이후의 일이지."

"……."

뭔가 조금 이상한 느낌이 들기 시작한 것은 그때부터였다. 단야는 타오르는 불을 보며 조용히 말했다.

"우선 그가 먼저 사부님께 요청한 것은 비무였소. 포권을 올리며 사람 좋은 미소를 짓는 짓 따윈 절대 하지 않았소."

"……!"

모두의 눈이 크게 떠졌다. 이건 처음 듣는 이야기였다.

"결과는 어떻게 됐나요? 누가 이긴 거죠?"

모안이 궁금함을 참지 못하고 묻자 단야는 고개를 끄덕이며 바로 대답해 주었다.

"사백승은 졌다, 그것도 처참하게. 이미 그 당시에도 사부님의 무공은 인간의 수준을 넘어서 있었소."

"……."

모두의 눈이 경악으로 물들었다. 사실 그들의 머릿속에는 아직도 그 광경이 잊혀지질 않고 있었다. 마치 놀리듯 육마의 한 명인 오정마군 양무회를 꼼짝도 못하게 만든 것을 말이다.

그 무공이 이미 십 년 전에 연성되어 있는 것이라니… 각오의 무공은 도저히 상상하지 못할 정도인 것이다.

"이후 그의 태도는 완전히 변했지. 장문인을 만난 것은 그 후의 일이었소. 그리고 그것이 여러분들이 알고 있는 사백승이오."

단야의 말이 끝나자 모안을 비롯한 사람들은 충격에 휩싸였다. 귀궁사 사백승, 그 사람의 성정에 대해 다시 생각해 봐야 하는 것이다.

단야의 말대로라면 그 역시 힘으로 세상을 오시하려던 사람이다. 그리곤 안 되자 차선책을 행한 것이다.

"귀문에 대해 환상이 있다면 당장 버리는 것이 좋을 것이오. 대단한 무공을 가지고 있기는 하나, 그뿐이오. 그저 무림문파의 한 종류일 뿐이란 말이오."

"그… 그런……."

평시의 눈이 커졌다. 이것이 사실이라면 쉽게 말해 줄을 잘못 선 것이다. 귀문이 아니라 소림에 섰어야 했다.

소림의 각오, 그 이름의 무게가 어느 정도인지 적나라하게 알 수 있는 순간인 것이다. 아울러 이건 그의 계획이 성과를 거둔다 하더라도 소용없다는 말과 다름없었다.

평시는 일순 어찌해야 할지 몰라 하는 표정을 지었다. 침착하던 그의 얼굴에서 당황한 빛이 역력하게 보일 정도로 그는 놀라고 있었다.

단야는 자리에서 일어났다. 서너 걸음 정도 불가에서 멀어지면서 동이 터오는 동쪽 하늘을 바라보고 있었다. 그곳은 바로 낙양이었다.

낙양의 하늘엔 지금 붉고 푸른 기운이 서로 얽히며 기이한 모양을 만들어내고 있었다. 다른 사람의 눈에는 보이지 않았지만 단야의 눈엔 너무도 확실하게 보였다.

"하면 단 형, 이 한 가지만 물어보겠습니다. 답해주실 수 있나요?"

"……."

모안의 목소리에 단야는 고개를 돌렸다. 그는 뭔가를 골똘히 생각하다가 정리를 다 한 듯 빠르게 말했다.

"제가 아는 사실을 다 종합해 보면 한 가지 답이 나옵니다. 모두 십 년이란 시간에 맞추어져 있다고 말입니다. 단 형도 그렇고, 저 가화준도 그래요."

확실히 똑똑한 친구였다. 알고 있는 것도 많지 않을 텐데 여기까지 생각해 낸 것을 보면 말이다.

"전 과연 이것이 우연인가 하는 생각이 듭니다. 그럼 무언가 십 년 후엔 변한다는 것을 알고 있어서가 아닐까요?"

귀문은 무공만 대단한 것이 아니다. 의술, 신선술, 방술 모두 뛰어났기에 할 수 있는 추측인 것이다.

"귀문엔 기이한 재주가 많다고 들었습니다. 그러니……."

"사부님 때문이다, 모안."

"예?"

단야의 말에 모안은 되물었다. 어째서 여기에 각오의 이야기가 나오는지 도무지 추측할 수가 없었다.

그러나 이어 들린 단야의 말에 그는 두 눈을 부릅떴다. 그리곤 사백승이 얼마나 무서운 사람인지를 알게 되었다.

"사부님의 천수가… 당시 십 년 남았었기 때문이지."

"……!"

모두의 눈이 부릅떠지는 순간이었다. 그리곤 그 누구도 입을 열지 않았다. 그저 죽어서도 세상에 집착한 사백승이 두려워질 뿐이었다.

2

오늘로 삼 일째. 두 사람은 아직까지도 미동조차 없었다. 그 저 서로를 바라보며 내력의 대결을 계속할 뿐이었다.

"아미타불. 사조님, 저 두 사람은 지금 어떻게 된 겁니까?"

그동안 조용히 자리를 지키던 공료가 각오에게 물었다. 그러 자 중인들의 시선이 모두 그에게 향했다.

이곳엔 지금 너무나도 많은 사람이 모여 있었다. 소림과 남 궁, 팽가의 사람들, 그리고 마교의 황각과 산음, 반양장로만 해 도 많은데 이들보다 더 많은 사람들이 이곳에 와 있었다.

구파일방의 사람들이 모두 와 있었다. 게다가 이 낙양에 분타 를 둔 사람들은 거의 대부분 와 있었다. 수룡왕 용후까지 와 있 었으니 오지 않은 사람이 없다고 하는 것이 옳은 표현이었다.

"보이지 않는 모양이구나, 저 두 사람의 싸움이. 그런 것이더 냐?"

"…아미타불. 소승, 불민하여 아무것도 보이지 않습니다."

공료는 얼굴을 벌겋게 물들이며 허리를 숙였다. 아니, 그건 공료만 부끄러워할 일이 아니었다. 여기 온 사람들 중 그 광경을 볼 수 있는 사람은 아무도 없었던 것이다.

"하면 잘 보아라. 이들의 싸움은 이 늙은이조차 경외감이 들 정도로구나. 헛허."

너털웃음과 함께 각오는 오른손을 들어 올렸다. 그러자 그의 손에서 하얀 연기가 뭉클하게 피어올랐다.

그건 내력으로 만든 증기였다. 양강의 내력으로 공기중에 떠다니는 수분을 증발시켜 허공으로 흩뿌린 것이었다.

사람들은 그저 신기한 광경에 각오의 손을 바라볼 뿐이었지만 중요한 것은 그의 손이 아니었다. 그 손에서 나온 연기들이 하늘로 올라가면서 보인 광경이었다.

고오오오오오.

저 하늘 위에서 하얀 연기는 엄청난 비틀림을 보여주고 있었다. 물경 사십여 장에 이르는 방대한 하늘이 모두 이지러지고 뒤틀렸던 것이다.

"아, 아미타불!"

절로 다리가 풀리는 광경에 공료는 떨리는 목소리로 불호를 외웠다. 지난 삼 일 동안 이런 광경이 벌어지고 있을 줄은 꿈에도 몰랐었다.

모두의 눈이 다 화등잔만 하게 커지는 가운데 각오는 손을 내렸다. 그리고는 공료를 향해 말했다.

"잠시 뒤로 물러나시게, 이젠 때가 된 것 같으니."

"예? 그게… 무슨 말씀이신……!"

말없이 턱짓을 하는 각오를 따라 시선을 돌리자 주목할 만한 일이 일어났다.

가화준이 일어난 것이다. 일마는 아직도 그대로였는데 가화준은 천천히 앞으로 걸어가고 있었다.

약 십여 걸음 정도 걸어가 일마의 바로 앞에 선 가화준은 손을 뻗었다. 그리곤 그렇게 한참을 있다가 손을 거두었다.

"후우……."

긴 한숨을 들이쉬며 그는 신형을 돌렸다. 그리고는 주변을 한번 바라보곤 낭랑한 목소리를 내었다.

"아하하하, 이 정도로 많은 사람들이 있을 줄은 몰랐군요. 모두가 이 가 모를 축하해 주시는 것입니까?"

잘생긴 얼굴에 화사한 웃음까지 띤 채 그는 앞으로 걸어왔다. 지붕 위를 걷고 있는데 소리는 전혀 나질 않았다.

그리고 지붕의 끝에 다다랐는데도 그는 계속 걸어오고 있었다. 그냥 떨어지기라도 하려는 듯이 말이다.

그런데 그 순간 사람들은 자신들의 눈을 의심할 수밖에 없었다. 쓰러지기는커녕 가화준은 허공을 걷고 있었다. 마치 보이지 않는 계단이라도 있는 듯이 말이다.

"허, 허공답보(虛空踏步)! 허공답보다!"

어느 촌구석 할아버지가 철모르는 손자에게 이야기하던 것이 지금 현실이 되어 나타나고 있었다. 가화준은 정말 허공을 걸어 각오를 향해 다가왔다.

일각 이상이나 시간이 걸렸는데도 미동조차 없는 초절정의 신법에 보는 사람 모두 현기증을 느낄 정도였다. 그러나 정작 시전하는 가화준은 그저 평소에도 그랬다는 듯 차분했다.

“웃차, 꽤 힘이 드는군요, 이런 건. 역시 쓸모없는 짓일까요?”

헌앙한 그의 모습에 여기저기서 경탄 섞인 눈초리가 쏟아지는 순간이었다. 각오는 살풋이 웃으며 말했다.

“글쎄, 때론 시의적절하다 할 수도 있겠지. 그나저나 저 친구는 어찌할 것인가?”

“아, 그렇군요. 육마의 우두머리인 일마가 있었군요.”

그제야 생각이 났다는 듯 그는 씨익 웃었다. 그리곤 오른손을 들어 올리자 허리춤에 맨 검이 허공으로 뽑혀 올라왔다.

차아아앙!

“오오오!”

“어… 어검술!”

경탄의 눈길을 넘어 감탄의 소리까지 들려오자 그는 피식 웃었다. 그리곤 오른 손가락을 살짝 튕겼다.

따악. 피이이잉!

손가락이 튕겨지자 마치 신호라도 되는 듯 그의 검이 허공을 날았다. 하늘 높이 솟구치더니 하나의 빛살이 되어 현란한 광채를 뿌렸다.

그리곤 빠르게 내려왔다, 아직도 앉아 있는 일마의 머리 위로.

콰각!

섬뜩한 소리와 함께 검파만 보일 정도로 깊숙이 박혀 버리자 모든 사람들은 상황을 확연히 깨달았다. 일마는 이제 이 세상 사람이 아닌 것이다. 가화준이 다시 손가락을 움직였다.

따아악.

두 번째 소리가 들리는 순간 검이 다시 움직이기 시작했다. 검날은 누가 잡아 비튼 듯 회전을 시작했고 일마의 육신은 그 위력을 감당할 수가 없었다.

쫘아아악! 쩌어어엉!

일마의 육신은 갈기갈기 찢어졌고 그가 있던 자리는 거대한 폭음에 휩싸였다. 마치 천상에서 신이 검을 내려치듯, 그렇게 집이 무너져 버린 것이다.

피리리리리링.

꼭 살아 있는 것처럼 검은 허공에서 움직이다 가화준의 어깨 위로 올라섰다. 그리곤 그의 몸을 타고 빙글빙글 휘돌고 있었다.

"핫핫, 이 녀석이 좀 더 놀아달라고 하는군요. 한번 노는 것에 길을 들였더니 조금은 귀찮은데요?"

"이미 죽은 사람을 그리 대우할 것은 없지 않나? 다소 잔인한 면모가 있었구만."

각오의 말에 가화준의 얼굴엔 더욱더 짙은 미소가 피어올랐다. 그는 미소를 지우지 않은 채 답했다.

"육마의 한 명이니 얼마나 좋습니까? 결국 세상의 우환 하나를 던 셈이지요. 이 사람이 말입니다."

피링.

여전히 검날이 휘도는 가운데 가화준은 한 걸음 앞으로 다가섰다. 그리곤 고개를 들어 꼼꼼하게 주위를 살폈다.

"휘유, 구파일방의 사람들은 다 왔군. 게다가 수룡왕도 계시구만. 아니, 숨어서 보고 있는 사파인들까지 생각하면 엄청난 숫자구만."

주목받고 있다는 사실이 기분 좋은 듯 그는 빙글빙글 웃고 있었는데 문득 그의 눈에 무당 사람들의 모습이 보였다.

특히 그가 보고 있는 사람은 유난히 그를 따르던 동화였다. 그런데 그 동화의 앞을 학산이 막아섰다.

"무슨 뜻입니까, 사백님. 저에게 하실 말씀이라도 있으신가요?"

"그건 오히려 내가 묻고 싶은 말이로구나. 나에게 할 말이 없느냐?"

서로가 서로에게 질문을 하며 침묵이 흐르는 순간이었다. 더 참지 못하고 학산이 입을 열었다.

"대체 넌 누구냐! 내가 아는 가화준은 절대로 아니다. 무공부터 사람까지, 모두 전혀 모르는 다른 사람으로 변했구나!"

"아하하하하!"

학산의 말에 가화준은 웃었다. 뭐가 그리 웃긴지 모르지만 너무나 낭랑한 그의 웃음소리는 허공 가득 울렸다.

그러나 그 울림은 웃음과는 정반대의 효과를 가져왔다. 쩌렁한 내력의 울림이 동반했던 것이다.

"컥……."

"허억!"

내력이 약한 사람들은 자리에 주저앉으며 귀를 감쌀 정도였다. 그러자 각오의 양손이 허공에 들려졌다. 양손을 쭉 편 채, 그대로 박수를 친 것이다.

짜아아앙!

한순간에 주변을 휘감았던 거대한 기운이 모두 사라졌다. 그러자 가화준은 각오를 바라보며 입을 열었다.

"역시 각오, 당신은 정말 그냥 둬서는 안 될 사람이야. 이게 말이나 되나?"

"아미타불! 가 시주는 말을 삼가시오! 어찌 강호의 대선배님에게……."

쌍심지를 켜며 공료가 나서려다 입을 다물었다. 각오의 손이 허공에 올라왔기 때문이다.

"그건 자네의 생각인가, 아니면 자네 안에 있는 누군가의 생각인가?"

뜻 모를 소리였다. 하나 가화준은 안다는 듯 더욱더 화사한 미소를 지으며 각오에게 대답했다.

"솔직히 이야기하자면……."

피리링.

가화준의 검이 허공에 떠오르기 시작했다. 그 검의 번뜩임을 바라보며 가화준은 말을 이었다.

"두 사람 모두의 생각이지."

피리리링!

가화준의 웃음이 허공에 울리는 순간, 그의 검이 각오에게 폭사되었다. 그러자 보는 사람 모두 낯빛이 확 굳어졌다.

"이 무슨! 당장 멈추지 못할까!"

공료를 비롯한 소림의 사람들이 모두 달려나갔다. 그러나 가화준의 검은 도저히 막을 수 있는 속도가 아니었다. 단 한 명을 빼곤 말이다.

스슷.

검지손가락을 굽혀 엄지로 살짝 누른 후 각오는 손을 들었다. 그리곤 마치 이곳으로 올 줄 알았다는 듯 허공에서 엄지손가락을 놓았다.

따아아앙!

도저히 막을 수 없을 것 같던 검이 막혔다. 그것도 각오의 손가락 하나에 의해서 말이다. 그러나 가화준은 이미 그 정도는 짐작했던 듯 재차 공격을 시작했다.

"그렇지. 그리 나와야 좀 할 맛이 나겠지. 그럼 이건 어떨까나?"

피핑, 피이이잉!

분명 하나였던 검이 두 개로 분리가 되었다. 그것도 똑같은 형태로 말이다. 기검을 하나 만들어낸 것이다. 그에 각오는 양손을 들어 올렸다. 그리곤 장력을 치며 두 개의 검날을 튕겨내었다.

따당!

한데 되돌아간 검은 이번엔 네 개가 되었다. 그러더나 각오에게 향할 땐 다시 여덟 개로 분리되었다.

"사, 사조님!"

"각오 대사!"

아무리 각오라도 이건 쉽지 않은 상황이었다. 각오는 조용히 오른손을 정권을 쥔 뒤 천천히 앞으로 내밀었다.

카가가가강!

무형의 막이 생기며 검날을 모두 되튕겨내자 사람들은 한시

름 놓았다는 표정을 지었다. 하나 이번엔 열여섯 개의 검날이었
다.

그리고 그 검날을 만들어낸 가화준은 빙글빙글 웃고 있었다.
마치 이때를 기다린 듯 가화준은 조용히 입을 열었다.

"후, 이것참, 기다려야 하나, 아니면 숨통을 끊어줄까? 고민되
는데?"

마치 각오의 목숨이 끝나게 된 것처럼 가화준은 말하고 있었
다. 그에 공료는 가소롭다는 표정을 지었는데, 바로 그때였다.

"쿨럭, 컥……."

"사, 사조님!"

각오는 기침과 함께 새빨간 붉은 선혈을 내쏟았다. 그러자 공
료를 비롯한 사람들 모두 그에게 달려가 부축했다.

"이게 대체……."

"헛헛, 세상의 이치인 게지. 달이 차면 스러지듯 사람도 갈 때
가 되면 가야 하는 것이지."

"무슨 그런 말씀을!"

사실 이제까지 많은 내력을 사용해 왔던 각오였다. 자신에게
남은 시간이 얼마 되지 않는다는 것을 그는 잘 알고 있었다.

반년을 살 수 있을 힘을 요 며칠간 다 쏟아부었기에 이런 현
상이 나타났다. 솔직히 더 이상은 무리였다.

"비켜나시게들. 이 세상에 무슨 미련이 있다고 목숨을 구걸
하겠는가. 헛헛."

"산속에 처박혀 있더니 머리가 어떻게 된 건가?"

"쓸데없는 소리 말고 앉아 있게나! 그나마 있는 친구 한 놈 어

설프게 보낼 정도로 우린 약하지 않아.”

항임과 우오상이었다. 두 사람과 각오가 친구 사이라는 것은 웬만한 사람은 거의 다 아는 사실이었다.

두 사람은 가화준을 노려보며 철검을 들어 올리고 있었다. 물론 막을 수 있을 것이라고는 그들 스스로도 생각하지 않았다.

그저 이렇게 친구를 보내고 싶지 않은 것뿐이었다. 그래서 나온 것이고 말이다.

“흠, 오히려 잘된 것일 수도 있겠군요. 세 분이서 같이 삼도천(三途川)을 건넌다면 그것도 좋겠지요. 그럼 그리해 드겠습니다.”

피리리리리링!

마치 선심이라도 쓰는 듯 가화준이 손을 쓰자 항임과 우오상은 온 내력을 다 끌어올렸다. 그러나 그럼에도 불구하고 날아오는 기검의 느낌은 거의 느껴지질 않았다.

“빌어먹을, 무서운 놈이구만.”

“그러게.”

그저 서로 농처럼 주고받을 뿐이었다. 그리곤 철검에 힘을 실어 그냥 휘둘러보려 할 때였다.

쉬이이잇… 쩌저저저저저정!

검날이 모두 허공으로 튕겨 나가고 있었다. 하얀 검날을 튕겨 낸 것은 거뭇한 물체였는데, 그것이 정확히 무엇인지는 알 도리가 없었다.

너무나 빠른 속도로 휘돌았기에 그런 것인데 그것은 눈이라도 달린 듯 제멋대로 돌아다니는 중이었다.

그러다 일순 모조리 허공으로 치솟아오르더니, 이후 입술을 깨문 가화준을 향해 한꺼번에 폭사되었다.

콰가가가가각!

가화준은 허깨비가 되어 허공을 휘저었고 날아든 것은 모두 땅에 떨어져 깊숙이 박혔다. 그러자 그게 무엇인지 바로 알 수 있었다.

"화살?"

철로 만든 검은 화살. 그 화살을 보는 순간 반양장로 두 사람은 피식 웃었다. 누구의 짓인지 아주 잘 알고 있는 것이다.

"이봐, 땡중. 아직 갈 때는 아니지?"

항임의 장난스러운 목소리에 각오가 웃었다. 그리고 두 사람을 향해 입을 열었다.

"조금만… 더 있다 가도록 하지, 그럼."

그리고는 두 사람의 부축을 받고 뒤쪽으로 빠져나가기 시작했다.

한데 그가 있던 자리엔 언제부터인지 커다란 사내 하나가 서 있었다. 한 손에 검은 대궁을 꽉 잡은 그는 움직이는 각오를 바라보고 있었다.

"혈살마궁이다!"

"단야다!"

사람들의 웅성거림이 일었지만 단야에게는 아무것도 들리지 않았다. 오직 천천히 멀어져 가는 각오의 모습만이 눈에 들어올 뿐이었다.

"그래도 오랜만에 본 사람인데 반가운 척이라도 해야 하는 거 아닌가?"

"……."

꽈아아악.

순간 활을 든 단야의 왼손에 힘이 들어가기 시작했다. 그는 서서히 신형을 돌렸다.

가화준의 신형이 보였다. 한껏 여유로운 표정을 지으며 그는 단야를 바라보고 있었다. 마치 이 순간을 즐기려는 듯 말이다.

"참으로 기나긴 시간이었다. 이제야 그 끝을 보게 되다니, 흥분되지 않나?"

스스스스.

눈의 착각이 아닌가 싶었다. 가화준의 몸에서 검들이 솟아나고 있었다. 그리곤 허공 가득 검들이 살랑거리며 휘돌고 있었다.

그러나 분명 이것은 현실이었다. 단야는 오른손을 움직여 세 발의 화살을 뽑아냈고 그와 함께 그의 등에선 거대한 검은 날개가 피어오르고 있었다.

"우리 둘 중 하나가 귀문을 이어받는 것이다, 단야. 강호의 역사에서 가장 신비로운 문파의 주인이 되는 것이지."

가화준은 정말 흥분한 듯 볼까지 상기되어 있었다. 양손을 허공으로 든 채 그는 한껏 내력을 올리는 중이었다.

"그러니 이 즐거운……!"

쩌어어어엉! 타탓!

가화준의 신형이 이 장 뒤로 팅겨났다. 어느새 그의 앞엔 십여 개의 검이 서로 얽힌 채 화살 하나를 막고 있었다.

　화살엔 검은 날개가 커다랗게 달려 있었는데, 날개는 이내 사라지면서 땅에 힘없이 떨어지고 있었다.
　푹.
　힘을 다한 화살이 떨어지는 순간, 가화준의 눈썹이 역팔자로 치솟아 올라갔다. 단야의 목소리가 들려온 것은 그때였다.
　"오가준……."
　가화준의 본명을 부르며 그는 다시 시위를 먹이고 있었다. 등 뒤에 솟아난 검은 날개가 화살로 옮겨지는 순간, 단야의 목소리가 다시 들려왔다.
　"말이 많아졌구나."
　파아아아앙!
　단야의 손에서 또 한 발의 화살이 떠났다. 이를 시작으로 둘 사이에 더 이상의 대화는 없었다.
　검과 화살만이 서로를 향해 난무할 뿐이었다.

第九章
하남성, 낙양

　답답하다는 말은 이럴 때 사용하는 용어였다. 아니, 답답함을 넘어 스스로가 한심해지는 것은 정말 처음이었다.

　적어도 무공에서는 어느 정도 성취를 이루었다고 생각했었다. 장차 마교의 주인 자리를 놓고 경합해야 할 그였기에 항상 무공은 신경 써왔다고 생각했다.

　그런데 지금 단야의 모습을 보니 그 생각이 얼마나 우매한 것인지 단박에 알 수 있었다. 단야의 무공은 이미 그의 수배 이상이었던 것이다.

　아니, 어쩌면 그 이상인지도 몰랐다. 눈으로 보면서도 그 실체를 잡을 수 없을 정도라면 이미 말은 다 한 것이다.

　단야와 가화준의 신형은 눈으로 보면서도 확인이 되지 않을 정도였다. 두 사람 다 십여 개 이상의 환영을 보여주면서 어우러지고 있었던 것이다.

환영과 함께 가화준의 검, 그리고 단야의 화살이 숫자를 셀 수도 없을 정도로 허공을 떠돌았다. 솔직히 저 안에서 서로 피한다는 것이 불가능하게 생각될 정도였다.

딱 한 호흡. 우언도 한 호흡 정도의 시간이라면 어찌해 볼 수도 있겠다는 생각을 했었다. 그러나 저렇게 장시간 동안은 도저히 무리였다.

"두 눈 뜨고 제대로 봐도 모를 판에 무슨 생각에 팔려 있는 거냐?"

벽파인 황각의 목소리에 우언은 작은 한숨을 내쉬었다. 물론 그 말이 무슨 뜻인지 모를 리는 없었다.

진정한 고수 간의 싸움은 그저 보고 있는 것만으로도 좋은 연구가 된다. 더욱이 지금 단야와 가화준의 성취는 그 짝을 찾아보기 힘들 정도로 고강했다.

이들의 어우러짐은 무공이 아니라 하나의 예술이었다. 어느 장인이 심혈을 기울인 장면이라 해도 믿을 수 있을 만큼 대단한 대결인 것이다.

"얼마나 걸릴까요? 아니, 시간이 충분해도 도달할 수 있을까요?"

"……."

황각의 입이 다물어졌다. 우언의 말이 무슨 뜻인지 그는 단박에 알 수 있었다. 우언도, 자신도 모두 한 명의 무림인이었으니 말이다.

알 수 없는 자괴감이 이 자리를 피하고 싶을 만큼 강렬하게

들었다. 병기를 꺾고 두 번 다시 강호에 나서지 않겠다는 말이
입안에 빙빙 돌 정도인 것이다.

더욱이 우언은 앞으로 더욱 성장 가능성이 있는 젊은 사람이
었다. 무공에 대한 욕심이 남다를 시기에 비슷한 연배의 단야와
가화준의 무공을 보니 오죽 답답하겠는가.

그러니 어떤 말도 할 수가 없었다. 그러자 이번엔 산음이 말
했다.

"지금 이 승부는 일단 그 결과가 중요할 것 같구나. 자괴감은
그 후에 느끼도록 하자."

황각과는 달리 산음은 다른 점을 생각하고 있었다. 개인적인
관점과는 달리 그는 상황을 주시하고 있는 듯했다.

물론 그 점 역시 중요한 것이다. 승부의 승자가 누구인가에
따라 이 강호의 정세가 달라질 터였다.

단야가 이긴다면 별일이 없겠지만 문제는 가화준이 이길 경
우였다. 그렇게 된다면 이 강호가 어떤 일을 겪게 될지 아무도
모르는 일이었다.

"결과요? 대체 무슨 말씀을 하시는 것입니까? 그럼 지금 단야
가 질까 봐 걱정이라도 해야 한다는 말인가요?"

"…무슨 뜻이냐?"

우언의 말에 산음이 되물었다. 뭔가 단야에 대하여 안다는 말
로 들리니 묻는 것이었다.

"저놈은 지지 않습니다. 단야라는 친구를 아는 사람이라면
누구나 그런 생각을 가지고 있을 겁니다. 한계라는 것을 모르는
놈이거든요."

뭘 얼마나 잘 알기에 이런 이야기를 하는지 모르지만 산음은 미간을 찡그렸다. 고작 그런 이유로 이렇게 말하는 것은 우언답지 않았다.

우언은 상당히 머리가 좋은 녀석이었다. 형세 분석이나 사람을 판단할 때 보면 엄청난 정보를 가지고 이를 기반으로 분석을 한다.

그래서 나오는 결과이기에 틀린 적이 거의 없었다. 어떨 때는 정말 놀라울 정도의 판단력을 보였던 것이 우언이었고, 그래서 차기 교주로서도 입지가 서서히 굳어갈 정도였다.

한데 그런 자가 이렇게 뜬구름 잡는 이야기를 하니 이상할 수밖에 없었다. 그러자 우언의 목소리가 들려왔다.

"훗, 꽤나 이상하다는 표정이시군요. 하나 이상할 것 없습니다. 난 저 녀석과 같이 다니면서 분명히 느낀 것이 있거든요."

"무엇을 느꼈다는 것이냐?"

황각마저도 궁금한지 물어오자 우언은 살짝 입가에 미소를 머금으며 말을 이었다.

"때론 사람 그 자체를 믿어야 하는 경우도 있다고 말입니다. 그리고 그 믿음엔 어떤 조건도 없어야 한다는 것이지요."

역시 전혀 그답지 않은 소리였다. 하나 믿지 않아도 어쩔 수 없는 사실이었다.

"저 녀석이 바로 그런 놈입니다. 그리고 그건 나만 그런 게 아니지요. 한번 둘러보세요."

"……!"

황각과 산음은 우언의 말에 고개를 돌려 주변을 바라보았다.

그런데 정말 우언의 말처럼 이상한 것이 보였다.

손에 땀을 쥘 정도로 긴장해야 할 그들이 오히려 편안한 얼굴을 하고 있었다. 마치 반드시 단야가 이길 것을 확신한다는 듯이 말이다.

"우린 그저 결과를 기다릴 뿐이죠. 그뿐이에요. 이변이 일어날 것이란 생각은 하지도 않아요."

놀란 두 사람과 달리 우언의 얼굴은 여타의 사람들처럼 편안해 보였다. 그렇게 사람들이 바라보는 가운데 단야와 가화준의 일전은 절정으로 치닫고 있었다.

피피피핑!

이미 눈으로 보는 상황을 지나쳐도 한참 지나쳤다. 온몸의 내력을 끌어올리며 단야는 양손을 빠르게 놀렸다.

아울러 그의 발도 덩달아 섬전처럼 움직였다. 때론 발가락과 발꿈치, 그리고 새끼발가락 부근에 힘을 준 채 반응 속도를 최고조로 끌어올렸다.

단야의 몸이 수십여 개로 불어나 보이는 것은 그 때문이었다. 워낙 빠르고 짧게 움직이기에 가능한 수법이었다.

파파팡!

그러나 그냥 움직이기만 한 것은 아니었다. 움직이면서 단야는 빠르게 양손을 놀려 화살을 날렸다. 얼만큼의 화살을 날렸는지 셀 수도 없을 만큼 날렸던 것이다.

거리는 약 오 장여. 그 간격이 점점 줄어가는 상황이었다. 단야와 가화준, 두 사람은 서로 다가가면서 승부를 냈던 것이다.

타타탓. 피이잉! 티이잉!

단야가 날린 화살은 하릴없이 허공을 갈랐다. 세 발 중 마지막 화살은 하릴없이 허공을 가른 이전과는 달리 기어이 가화준의 왼손에 의해 튕겨졌는데 거리가 가까워질수록 목표물에 근접하고 있는 상황이었다. 그러나 또한 위험해지기도 했다.

여기저기 몸에 작은 생채기가 나기 시작했다. 그러나 단야는 멈추지 않았고 사 장여로 줄어든 순간, 허리를 살짝 숙이며 오른손을 앞으로 내었다.

카라랑!

기검들이 머리 위에서 충돌하고 있었다. 눈에 보이는 것만 이십여 개의 기검. 모두 한꺼번에 들이닥쳤지만 단야는 거침없이 앞으로 나아갔다.

휘이이잇!

귓가에 들려오는 바람 소리와 함께 이마에 흐른 땀이 타고 나갔다. 튕기듯 허공에 떠오른 땀방울이 아래로 떨어져 내리기도 전에 단야는 오른발에 힘을 주었다.

콰악, 파아앙!

한순간 모든 것이 하얀 선으로 보일 정도로 빠른 신형 속에서 단야는 오른손을 뒤로 빼냈다. 시위를 팽팽하게 만든 것이다.

스팡!

하나의 화살이 허공을 가르자 단야는 허리를 뒤로 꺾었다. 마치 은어가 거꾸로 물길을 거스르듯 단야의 신형 또한 그렇게 튕겨 올라가고 있었다.

그 와중에 단야는 두 번째 화살을 시위에 먹인 채 힘껏 당겼다. 그리고 그 순간 허공에 하얀 검날들이 들이 닥쳤다.

파파파파팟!

단야는 한줄기 연기가 되어 허공으로 움직였다. 방금 그가 있던 곳엔 엄청난 기검의 기운이 폭사되어 청석이 깔린 대로가 거북이 등껍질처럼 갈라지고 있었다.

파아앙!

그리곤 두 번째 화살을 먹여 쏘았다. 왠지 여기저기 몸이 뻐근해진다는 느낌이 드는 가운데 단야는 왼발을 뻗어 땅을 디뎠다.

그리고는 왼발 무릎을 크게 굽힌 채 가화준을 바라보았다. 가화준은 손을 들어 그가 쏘아낸 화살을 튕겨내려 하고 있었다.

그러나 그가 쳐내는 것은 첫 번째 화살이었다. 유려한 곡선을 그리는 단야의 화살은 한꺼번에 두 개의 화살을 쏜 것이나 다름없는 효과를 만들어냈다.

피핏!

결론을 말하자면, 두 개의 화살은 모두 허공을 갈랐다. 가화준의 신법 또한 놀라울 정도로 신묘해서 어깨과 옆구리에 작은 생채기를 내는 것으로 만족할 수밖에 없었다.

토톡, 톡.

“……”

바로 그 순간, 단야의 귓가에 아주 작은 소리가 들려왔다. 무언가 액체가 떨어지는 소리, 집중하지 않았다면 들리지 않을 소리였다.

그리고 그것이 무엇인지는 이미 짐작하고 있었다. 그건 그의 턱에서 떨어진 핏방울이었다. 이마에 작은 생채기가 생겨난 것이다.

아니, 느낌이 난 것이 그곳일 뿐이지, 실은 상당히 많은 곳에 상처를 입은 후였다. 단야는 어금니를 꽉 깨물며 신형을 앞으로 확 숙였다.

마치 앞으로 구르기라도 할 태세였는데 쓰러지기 직전, 왼발로 힘차게 청석을 박찼다.

파아아앙!

허공에 청석가루가 피어 올라갈 정도로 막대한 힘이었다. 거리는 약 삼 장. 그사이를 단숨에 좁히며 단야는 오른손을 휘둘렀다.

맞은편에서도 마찬가지였다. 한줄기 하얀 섬광이 번뜩이는 가운데 두 사람은 결국 부딪쳤다.

꽈아아앙!

귀청을 찢는 소리가 허공에 울려 퍼졌다. 두 사람은 한 덩이가 되어 서로를 노려보고 있었는데, 가화준의 손엔 어느새 검이 들려 있었다. 다른 사람은 몰라도 단야는 어검술만으로 대적하기 힘든 상대였다.

단야는 쇠로 만든 화살로 그의 검을 막은 상황이었다. 화살의 깃 부분을 손으로 잡고 상박에 깃대를 붙인 후, 화살촉 부분은 팔꿈치 쪽으로 돌린 상황이었다.

두 사람이 서로 얽혀 있는 곳은 반원형으로 움푹 파여져 있었다. 일 합의 여파라고는 믿을 수 없을 만큼 대단했는데, 약 오 장여의 공간이 그렇게 주저앉아 버린 상황이었다.

"역시… 넌 저 바보와는 확실히 다르구나. 진짜 귀문의 무공이 어떤 것인지 확실하게 깨닫고 있어."

가화준의 목소리가 들려오자 단야는 고개를 들었다. 지금까지 목숨을 걸고 싸웠던 상대답지 않게 그는 빙긋 웃으며 단야를 바라보고 있었다.

바보라는 것이 누구를 칭하는 것인지 모를 리는 없었다. 일마를 이야기하는 것이었다.

"그놈은 그저 정신무공에 넋을 빼앗겼더군. 아니, 무공도 아니고 신산술에 귀혼술(鬼魂術)까지 손대려 했지. 하긴, 신귀자와 염혼녀가 곁에 있으니 그런 욕심이 생길 만도 할 거야."

신귀자와 염혼녀, 향 노야와 묘묘를 말하는 것이다. 그런데 그들의 것에까지 손을 뻗었다라……

"솔직히 그놈을 만나서 어처구니가 없었다. 어째서 그따위 잡술에 흥미를 가지는지 말이야. 자신이 가진 귀문의 것이 얼마나 대단한 것인지 그놈은 전혀 알지 못하더군."

슬쩍 한쪽을 향해 턱짓하는 그를 보고 단야는 고개를 돌렸다. 가화준은 장원이 완전히 갈라진 곳을 가리켰던 것이다.

"그냥 쉽게 갈 수도 있었지만 한 번 보고 싶었다. 그토록 중요한 것도 놓칠 정도로 뭐가 그렇게 좋은 것인지 말이야. 그 때문에 삼 일이나 걸렸지."

이길 수 없기에 삼 일을 끈 것이 아니었다. 일마가 가지고 있는 것이 무엇인지 알기 위해 삼 일 동안이나 기다렸던 것이다.

물론 결과는 실망. 삼 일 후 그는 더 볼 필요가 없다는 판단 아래 그를 죽였다. 그리고 단야를 만난 것이다.

"귀문의 무공은 바로 기의 운용술, 세상에 있는 모든 것들의 기와 자신의 기를 연결하는 데 있지. 이토록 효과적이고 간결한 것은 우리 무당에도 없다, 단야."

가각.

검의 힘에 의해 단야의 철시가 조금씩 구부러지기 시작했다. 철시는 화살이고 쏘는 것이다. 이렇게 검처럼 사용하는 것은 솔직히 무리였다.

"난 알고 싶다, 단야… 아니, 초운. 그들의 놀라운 무공을 말이다. 그러니 절대로 질 수 없다."

정말 친구에게 이야기하듯 그는 말했다. 아주 오래전에 정말 친했던, 그때로 돌아간 듯이 말이다.

그러나 그건 이미 말했듯 아주 오래전의 이야기였다. 단야는 고개를 좌우로 흔들며 입을 열었다.

"어째서 귀문을 이어받으려 하지? 무당의 무공도 대단하다. 굳이 귀문의 무공이 필요하진 않아."

"이봐, 단야. 지금 장난하나? 이런 무공이 무당에 있을 것 같아?"

과아아아아아!

말과 함께 그의 등에서 엄청난 기운이 솟아 나왔다. 그건 가화준이 만든 기검이었는데, 물경 백 개가 넘는 숫자였다.

"가진다면?"

단야의 말에 가화준은 단야의 눈에 초점을 맞추었다. 단야는 여전히 표정없는 두 눈으로 그를 바라보고 있는 중이었다.

"가진다면이라니? 몰라서 묻나? 힘이 있는 자가 강호를 가진다. 이건 동서고금의 진리다. 거기에 난 관부의 힘도 가지게 될 것이다.”

“육예의 힘을 말하는가?”

가화준의 고개가 끄덕였다. 한마디로 이 세상을 모두 가진다는 뜻이었다. 이 강호에 절대자가 탄생하게 되는 것이다.

“강호를 가졌다 치면, 그 뒤엔 어떻게 할 텐가?”

“뭐라고?”

계속된 단야의 말에 가화준은 미간을 찡그렸다. 이런 질문은 그가 미처 생각해 보지 않은 것이었다.

아니, 천하를 준다는데 왜 마다하는 것인가? 고려해 볼 가치도 없는 질문이었던 것이다.

“너와 나, 둘다 금욕적인 생활을 해온 사람들이다. 좋은 의식주를 위해 힘을 얻으려 한다는 것은 고려할 가치도 없다고 생각한다.”

“훗, 물론이다. 그따위 금은보화는 다 필요없지. 그저 난…….”

가화준은 언뜻 대답을 하지 못했다. 그는 저 하늘을 향해 눈을 들고 단야는 쳐다보지도 않은 채 다시 입을 열고 있었다.

“태양이 될 것이다, 영원히 지지 않는 태양이. 이 가화준은 바라볼 수도 없는 빛나는 존재가 되어서…….”

“틀렸다.”

말을 자르며 단야가 말하자 가화준의 눈썹이 크게 휘어졌다. 그는 단야를 잡아먹을 듯 노려보며 말했다.

“틀렸다고? 뭐가 틀렸다는 것이냐?”

새파란 살기가 한꺼번에 흘려지는 가운데 단야는 어금니를 꽉 깨물었다. 주변의 공기들이 요동치는 것이, 심상치가 않았던 것이다.

"가화준이라는 말이 틀렸지. 그렇지 않나, 사백승?"

"……."

단야의 이야기에 가화준의 표정이 눈에 띄게 변했다. 마치 숨겨진 마음이라도 들킨 듯했는데 단야는 그의 눈을 바라보며 말을 이었다.

"내 안의 사백승이 나와 이야기할 때 느낄 수 있었다, 날 도와주려는 것이 아니라는 것을. 그저 선택이라고 하지만 선택의 여지는 없었다."

"……."

"내가 어떤 길을 가든 사백승의 상념은 사라질 것이었다. 아니, 사백승이 있기라도 한 것인지 의심되는군, 대체 내게 뭘 원한 것이었지?"

단야의 말에 가화준은 웃었다. 하얀 이가 드러나는 시원한 웃음. 그러나 그 시원한 웃음 뒤엔 차가운 살기가 폭사되고 있었다.

"역시 널 끌어들이는 것이 아니었다. 귀문의 역사를 다시 시작하는 데는 여기 가화준과 일마면 충분했어."

가화준의 얼굴에 다른 사람의 얼굴이 겹쳐져 보인 것은 그때였다. 그건 틀림없는 사백승의 얼굴이었다.

"내 안에 있던 사백승은 진짜가 아니었군. 그저 금제에 불과한 것이었나?"

"아니, 상념은 맞아. 다만 그 상념은 내가 아니라 다른 사람의 인격으로 되어 있지. 애당초 난 이 오가준, 이놈이 좋았어."

과아아아아.

가화준의 몸에서 시커먼 검은 기운이 폭발하듯 일어나고 있었다. 그건 지금까지 보여주었던 기운과는 비교도 할 수 없을 만큼 대단한 크기였다.

"적당히 야비하고 잘생겼지. 그리고 욕심도 좋고. 십 년 후 나의 몸으로는 딱 좋은 상황이었다. 아, 물론, 너도 괜찮은 놈이었어."

이제 더 이상 가화준은 없었다. 이건 완벽한 사백승의 목소리였다.

"그런데 원정을 내주다니… 이미 죽은 비아에게 무공의 모든 것을 내던지는 순간, 난 포기했다. 넌 쓸모있는 놈이 아니라고 말이다."

비아… 월홍의 진짜 이름이었다. 사백승은 계속 말했다.

"그러나 기회는 주어야 했다. 바로 옆에 신귀자, 염혼녀, 그 연놈이 있었거든. 솔직히 가장 귀찮은 놈들은 그놈들이야, 죽지도 않으면서 날 제약이나 하는."

가화준의 몸에서 진짜 강렬한 기운이 피어올랐다, 그 어떤 사람보다 신귀자와 염혼녀를 싫어하는 것처럼.

단야로서는 조금 이해가 되지 않았지만 짐작은 할 수 있었다. 신귀자와 염혼녀는 사백승을 받드는 사람들이 아니라 감시하는 사람일 수도 있었던 것이다.

"그 자리에서 널 제외시켰다면 그 두 사람이 가만있지 않았을 거야. 하면 내 다른 계획도 틀어지게 놔두겠지. 그래서 너까지 모두 세 명이 후보가 되었다. 이상하게도 그 두 사람은 널 좋아하더군."

어쩔 수 없이 그를 도왔다면 이해가 가는 상황이었다. 아무래도 신귀자와 염혼녀는 그를 좋아하지 않은 것 같았다. 사백승은 표정을 바꾸어 슬쩍 웃으며 말했다.

"한데 역근경은 정말… 귀경만큼이나 말도 안 되는 무공이더군. 어떻게 사람을 그토록 완벽하게 회복해 놓을 수가 있지? 원래대로라면 넌 일마처럼 죽어야 했다."

이제야 모든 것이 밝혀지고 있었다. 단야는 두 눈에 힘을 담으며 그에게 말했다.

"육마와 나, 그리고 사부님, 구파일방 중 소림 다음으로 손에 꼽히는 무당의 후기지수. 마음에 걸리는 적수들은 모두 죽이려 한 것이군. 이후 다시 세상에 나타나기 위해서……."

"그래, 바로 그것이었다. 멋진 계획이지 않나?"

눈앞에서 웃는 사백승의 망령을 보며 단야는 양손에 힘을 주었다. 그는 아랫입술을 한 번 깨물고는 다시 말했다.

"한 가지만 더 묻지. 그럼 십 년 전엔 왜 그렇게 무력하게 무너진 것이지? 그땐 분명 사부님도 없었다."

십 년을 기다린 것은 각오의 천수를 봤기 때문이다. 거기까지는 이해할 수 있었다. 그러나 십 년 전, 그가 죽을 때 왜 그냥 죽었는지는 아직도 이해할 수가 없었다.

이 정도의 무공이라면 충분히 도망도 치고 다음을 노릴 수도 있었을 것이다. 그러나 그는 그렇게 하지 않았다.

물론 가화준이 그의 가족을 인질로 삼아 조종했다고 하지만 지금의 무공을 봤을 때 정말 이해가 가지 않았다. 인질은커녕 그 앞에 나서는 것조차 불가해 보였던 것이다.

"귀문의 연원은 아무도 모르지. 그러나 한 가지 짐작되는 것은 있었다. 그걸 난 십 년 전에 깨달았지. 어찌 되었든 마공에 연원이 있다고 말이다."

"……."

"십 년 전에 네 사부에게 당한 후 난 심마(心魔)에 빠져들었다. 항마의 기운이 자연스럽게 서려 있는 네 사부의 무공 때문이었지. 그것만 아니었어도 이 빌어먹을 것들은 모두 십 년 전에 죽었다."

"……!"

어쩔 수 없이 죽은 것이었다. 그때를 생각하면 아직도 화가 난다는 듯 그의 눈길이 매서워지는 순간이었다.

"너를 시작으로 난 중원에 나의 깃발을 꽂을 것이다. 그리하여 이 강호에 귀문의 이름을 드높일 것이다. 아울러……."

"귀문이 아니라 네 이름이겠지, 사백승."

단야는 오른손에 힘을 주며 말했다. 철시는 조금 더 휘어졌고 곧 끊어져 버릴 판이었다.

"큭. 그래, 아무래도 좋아. 난 나보다 못한 자들에게 철저히 복수할 것이다. 그리고……."

사백승의 생각은 너무도 명백해졌다. 단야의 머릿속에서 언제나 아이들과 부인을 염려하던 사백승의 모습은 그저 하나의 조작된 상념에 불과했다.

"기왕 부르는 거 가화준으로 부르지. 사백승이란 이름은 이제 버릴 때가 된 것 같으니. 훗.”

진짜 그는 이런 자였다. 심계가 깊고 그 목적을 위해 가족도 하나의 도구로 사용할 수 있는 사람인 것이다. 단야는 한자 한자 힘주어 말했다.

“이름이야 네가 원하는 대로 해주지, 가화준.”

단야의 눈에서 불꽃이 피어올랐다. 그야말로 노골적인 적의가 피어올랐던 것이다.

“그러나 네가 하려는 짓은 막겠다.”

강렬한 의지가 담긴 목소리지만 사백승은 빙긋 웃었다. 전혀 개의치 않는 모습이었던 것이다.

“훗, 그 휘어진 한 개의 화살로?”

가소롭다는 듯 그가 말했다. 사실 단야의 철시는 이게 마지막이었다. 다 여기저기 흩어져 있었던 것이다.

“분명히 말하지. 사물과의 소통을 목표로 수련하는 무공은…….”

과아아아아아!

단야의 몸에서 검은 날개가 사라졌다. 대신 그의 어깨에서는 금황색의 날개가 커다랗게 치솟아오르고 있었다. 일순 단야는 허리를 숙였다. 왼 무릎을 굽히며 오른발로 땅을 쓸듯 사백승의 하체를 쓸어냈다.

“귀문의 무공만이 아니다!”

파아아앙!

사백승의 신형이 허공으로 떠오르는 순간이었다. 그의 주변으로 수십여 개의 검은 화살이 치솟아 올라왔다.

땅에 떨어져 있던 화살이 단야의 의지에 의해 날아온 것인데, 그것이야말로 어검술과 다름없는 기술이었다.

"과연… 과연! 차아앗!"

쩌러러러렁!

사백승의 몸에서 강렬한 기운이 폭발했다. 구름처럼 뭉클하게 일어난 검은 기운은 모여드는 단야의 화살들과 정면으로 부딪쳤다.

그리고 검과 하얀 기운이 서로 얽히기 시작했다. 양측 다 보이지 않는 공방을 거치는 듯하더니, 한순간 빠르게 분리가 되었다.

스슷.

그리고 중인들의 눈에 양쪽의 모습이 보였다. 사백승과 단야, 둘 다 멀쩡한 모습이 아니었다.

사백승은 왼쪽 어깨가 기이한 방향으로 틀어져 있었다. 아마도 단야의 일격을 받은 듯했다. 그러나 그의 얼굴엔 득의의 미소가 떠올라 있었다.

단야는 한쪽 무릎을 꿇은 채 왼쪽 어깨를 살짝 떨고 있었다. 그 역시 왼쪽 어깨를 다쳤고, 어깨부터 뒷등까지 긴 혈선이 그어져 있었다.

"아하하하하, 이젠 내가 이긴 것이나 다름없구나. 이봐, 단야. 내겐 아직 이 오른팔이 있다."

시링.

고검이 살짝 떨며 시린 검명을 울어대고 있었다. 그러나 단야는 여전히 일어나지도 못했다.

"너는 모르지만 당연한 결과다. 난 지금 그냥 이 몸의 무공만 가지고 있는 게 아니다. 정신무공이란 함정에 걸린 일마의 내력도 고스란히 가지고 있거든."

슛.

한 걸음 한 걸음 앞으로 걸어오는 그의 입가엔 웃음이 계속 걸려 있었다, 마치 이 순간을 즐기는 듯이.

"기억을 잃고 십 년간 수련조차 제대로 못한 네놈이 날 이길 수는 없다, 아무리 역근경이 희대의 무공이라 해도."

결론은 처음부터 나 있는 것이었다. 단야의 무공은 십 년 전과 다름이 없었다. 기억이 돌아온 순간, 그때의 무공으로 돌아간 셈이었다.

아니, 오히려 퇴보했다고나 할까? 사백승이 쓰던 활을 수련했으니 쓸데없는 짓을 한 것이다. 정공으로는 승산이 없었던 것이다.

"왜 그렇게 생각하지? 수련 한 번 못했다고?"

"뭐라?"

단야의 말에 사백승은 걸음을 멈추었다. 수련을 했다면 그건 오직 궁술뿐이었다. 단야의 무공이 아닌, 사백승의 무공. 무공만은 진짜로 전해주었었다.

"지금 내 앞에서 궁술을 논한다는 것인가? 이 귀궁사라 불리는 내 앞에서?"

어치구니없다는 듯 그가 말했다. 그러나 단야는 진지했다.

"십 년 동안 날 살린 역근경이다. 그 기운이 십 년간 근근이 숨어 있었다고 생각하나?"

“……..”

순간 사백승의 얼굴이 굳어졌다. 주변의 공기가 너무나 변한 것이 느껴졌던 것이다.

마치 모든 공기들이 단야를 중심으로 휘돈다는 느낌이 들 정도로 달이다. 시험 삼아 사백승은 내력을 살짝 흘렸다.

파지지지지!

“……..”

놀랄 일이었다. 공기의 흐름이 마치 칼날과도 같았는데, 어떻게 하는 것인지 알 수가 없었다. 더욱이 자신과 단야의 거리는 근 오 장여로 늘어나 있는 상태였다.

“역근경의 수련이… 되어왔었다는 이야기냐? 말도… 안 돼!”

커다란 소리를 지르며 그는 온 내력을 다 끌어올렸다. 그러자 단야의 목소리가 들려왔다.

“그럼 이건… 어떻게 설명할 건가?”

고오오오오오.

“……!”

사백승의 두눈이 부릅떠졌다. 아니, 사백승뿐만이 아니라 바라보는 모두의 눈이 커졌다. 그들은 지금 환상을 보고 있다고 생각했다.

무릎을 꿇고 있는 단야의 앞에 거대한 활 한 자루가 나타나 있었다. 지면과 수평하게 누워 있는 금황색의 활은 크기가 무려 삼 장이 넘었다.

온전하게 만들어진 활 모양이 아니었다. 거대한 기의 흐름이 하나의 활 모양으로 뭉뚱그려져 있는 듯한 느낌이었다.

단야는 오른손을 움직였다.

허공에서 시위를 당기듯 오른손을 뒤로 젖히자 삼 장여의 활이 크게 휘어졌다.

그리고 시위가 당겨진 순간 활의 바로 앞에 금색 회오리가 나타나기 시작했다.

츠츠츠츠.

주변의 공기를 모조리 끌어들이는 강한 인력에 때 아닌 바람이 불었다.

그런데 그 하얀 기운은 점점 기이한 형상을 갖추어가고 있었다. 거대한 하얀 날개가 빙빙 휘감기는 형상이었다.

"마, 말도 안 되는!"

사백승의 입에서 경악성이 흘러나왔다. 이것이 무엇인지 그는 너무나 잘 알고 있었다.

궁술, 그리고 소림의 무공이 서로 어우러지고 있었다. 백보신권의 또 다른 모습인 셈이었다.

귀문의 무공 또한 그 속에 녹아 있었다. 누가 뭐라고 해도 날개는 귀문의 무공, 아니, 자신의 무공이었다. 귀문의 무공을 모른다면 저런 현상이 나타날 리가 없었다.

그 모든 것을 다 취합해 낸 것이다. 그리고 그제야 사백승은 사태의 심각성을 느꼈다. 그리고 한순간 섬전같이 느껴지는 것이 있었다.

"빌어먹을 신귀자! 네놈이었구나. 네놈이 진짜 무공을 가르쳤어!"

그건 사백승의 의도가 아니었다. 바로 신귀자가 무공에 관련

된 사념들을 넣어놓았던 것이다. 사백승의 궁술은 정말 고스란
히 단야에게 전해진 것이다.

"오냐, 그 염원까지 다 박살 내주지! 그냥 죽엇!"

콰아아아아!

피를 토하듯 소리친 사백승의 의도에 따라 허공에 피워 올린
수백 개의 검은 칼날이 모조리 단야에게 향하는 순간, 단야는
오른손을 놓았다.

파아아아앙!

금색 빛살이 사백승을 향했다. 좌우로 이지러지며 날아가는
화살은 눈으로 본다는 표현이 무색할 정도로 빨랐다.

마치 전설상의 용 한 마리가 허공을 날아오르는 듯한 생각이
들 정도였다. 그러다 중간 부근에서 엄청난 폭발을 일으켰다.

파가가강!

그냥 폭발이 아니라 수백 개의 가닥으로 이루어진 화살들이
폭사되었던 것이다. 그리곤 검은 칼날을 모두 부러뜨렸다.

이어 금황색의 화살이 자신을 향해 휘어져 들어오자 사백승
은 온 힘을 다해 양손을 들어 올렸다.

"크아아아아!"

쫘아아아앙!

기의 폭발이 일어났다. 반경 칠 장여의 공간이 일그러지고 청
석들이 모두 박살나면서 허공으로 치솟아올랐다.

마치 요녕성의 용권풍을 보는 듯한 착각에 구경하던 이들 모
두가 뒤로 크게 물러났다. 한데 한참을 기다려도 용권풍은 가라
앉지 않았다.

스스스스스.

스산한 바람이 불어 피워 올린 먼지를 날리고서야 중인들의 눈에 모든 상황이 보였다. 그런데 단야와 사백승, 두 사람 모두 그대로였다.

다만 서로를 둘러싼 막대한 기의 흐름만이 사라진 후였다. 문득 가화준의 목소리가 들려왔다.

"대단하구나, 초운. 아니, 단야라 해야겠군. 역시 내가 사람 보는 눈이 있어."

차분한 그의 목소리에 단야의 미간이 꿈틀거렸다. 이건 사백 승의 목소리가 아니었다.

"…화준."

단야는 일어나며 입을 열었다. 사람의 분위기가 완전히 바뀌었던 것인데, 틀림없는 가화준이었다.

"내 의지로 산다는 것이 이렇게 대단한 것인지 몰랐다. 산다는 것엔 관심도 없었고 어떻게 하면 문파의 이름을 높일 것인가에만 관심이 있었거든."

사박사박.

가벼운 걸음으로 그는 단야에게 다가왔다. 오 장여의 거리를 사뿐하게 다가온 그는 단야의 앞에 놓인 바위에 걸터앉았다.

"이렇게 보니 하나하나가 다 멋진데? 저 부서진 전각도 그렇고, 하늘 높이 떠오르려는 해도 그렇고… 왜 진작 이런 것을 보지 못했을까?"

단야는 두 눈을 질끈 감았다. 지금 그는 완전한 가화준, 단야의 친구였다. 그러나 그 친구에게 남은 시간은 거의 없었다.

“힘이 아니라 삶을 추구했어야 했는데… 흡…….”

파각!

가화준의 옆구리가 확 파인 것은 그때였다. 마치 누군가의 주먹이 두부를 꾹 누른 것처럼 말이다.

“미안하다… 화준…….”

“아니… 그러지 마라, 단야.”

단야의 목소리에 가화준은 고개를 흔들며 말했다. 말하는 와중에도 그의 몸엔 파인 자국이 계속 생겨나고 있었다.

퍽, 퍼퍼퍽! 우드드득!

섬뜩한 소리에 단야는 양손을 꽉 쥐었다. 보지 않아도 지금 가화준의 상황이 어떤지 잘 알고 있었다.

날아간 것은 화살이 아니라 권격. 즉, 백보신권을 실어 보낸 것이나 다름없었다. 그것이 이제 효과를 나타내고 있었던 것이다.

“이미 십 년 전에… 난… 죽은 사람… 크윽…….”

퍼걱!

가슴이 크게 파이며 가화준의 신형이 흔들렸다. 그러나 그는 쓰러지지 않고 바위 위에 계속 서 있었다.

“너와 나의… 십 년… 이젠… 네가… 살아갈 차… 례… 쿨럭…….”

“화준!”

탓.

쓰러지는 가화준의 신형을 단야는 안았다, 두 눈을 감고 어금니는 꽉 깨물고서.

우득.

섬뜩한 소리와 함께 가화준의 목이 아래로 툭, 꺾였다. 그리곤 더 이상 가화준의 신형에선 어떠한 기운도 느껴지지 않았다.

그러나 단야는 그를 안은 오른팔을 풀지 않았다, 차근히 식어가는 그의 체온을 조금이라도 늦추려는 듯이.

아무런 말 없이 그저 안고만 있는 단야의 두 눈에서 눈물이 흐르고 있었다. 가화준이 흘린 피만큼이나 뜨거운 눈물이었다.

외전

뽀득, 뽀드득.

새하얀 눈 위를 걷는 기분은 언제나 좋을 수밖에 없다. 더욱이 아무도 걷지 않은 곳을 걷는다면 마치 처녀지를 탐험하는 듯한 느낌마저도 든다.

그러나 그게 꼭 진리처럼 통용되는 것은 아니었다. 무릎을 넘어 허벅지까지 잠기면 짜증부터 치고 올라오는 것이다.

"아버지, 힘들어?"

사내의 머리 위엔 작은 아이 한 명이 올라서 있었는데 또랑또랑한 눈에 현기가 가득 담겨 있는 것이, 무척이나 총명해 보이는 아이였다. 아직 말을 잘 하지는 못하는지 발음이 상당히 뭉뚱그려져 들려왔다.

"완(婉)이 너, 지금 이 아버지가 즐거워하는 걸로 보이냐?"

　보통 이런 경우에 부자 사이라면 흔히 하는 말이 있다. 그렇지 않다거나 아니면 걱정 말라거나 하는 소리. 그러나 이 부자에겐 전혀 통하지 않는 소리였다.

　"그거야 아버지가 무공 수련을 엉망으로 해서 그렇지. 내력만 조금 더 있었어도 훨씬 더 편하고 빠르게 올 수 있지 않겠어?"

　아무리 봐도 다섯 살도 안 된 아이였다. 그러나 그 입에서 나오는 것은 친구에게나 할 수 있을 법한 이야기였다.

　"아무리 생각해 봐도 네가 눈 위를 걷고 싶어하는 것 같구나. 지금부턴 이 아빠랑 같이 갈까? 손잡고?"

　"뭐, 그럴까요? 그럼?"

　"응?"

　아이의 반응에 놀란 것은 오히려 사내였다. 그는 잠시 생각하더니 완이라 부른 자신의 아이를 내려놓았다. 아이는 그대로 푹 눈 속에 파묻혀 목만 내놓는 신세가 되었다.

　"풋, 그러고 걷겠다고? 참, 너도 진짜 한고집 하는구나. 누가 지 어미 안 닮았다고 할까 봐……."

　사내는 빙글빙글 웃었다. 아닌 게 아니라, 눈 속에 폭 파묻혀 커다란 눈망울을 또록또록 굴리는 모양새가 여간 귀여운 것이 아니었다.

　물론 아이가 걸어간다는 것은 있을 수 없는 일이었다. 그냥 한 번 반응이나 보고자 한 것이었는데, 그때였다.

　"철이 없어도 이렇게 없는 놈이 세상에 또 있을까? 이놈아, 네가 아비냐!"

콰앙!

"끄아아악!"

사내는 비명을 지르며 눈 위를 뒹굴었다. 거의 이마에 별이 번쩍거리는 상황이었는데, 이어 완이의 목소리가 들려왔다.

"할아버지!"

마치 이산가족이라도 만난 듯 반가운 음성, 아니, 반갑다기보다는 서럽다는 표현이 더 옳은 것 같았다. 물론 틀림없이 그의 아들이 내는 소리였다.

완이의 신형은 한 노인의 품에 가 있었다. 나타난 노인은 모두 두 명이었는데 두 사람 다 아이를 걱정스러운 눈빛으로 바라보고 있었다.

"아이구, 완이야, 어쩌다 저런 아비를… 이 눈 속에… 정말 이 놈이 미친 거 아냐!"

"너 이놈, 돌아가면 네 내자에게 다 이야기할 테니 각오해 둬라. 이런 어린아이를 눈 속에 데려가는 놈이 세상이 어디 있누!"

"아씨! 그게 아니에요!"

버럭 소리를 지르며 그는 쓰고 있던 모자를 벗었다. 이젠 검은 수염을 풍성하게 기른 모안이었다.

모안은 옷에 묻은 눈을 툭툭 털어내며 눈길을 던졌는데, 그건 새로 나타난 두 노인이 아니라 그들의 품에 안겨 한껏 재롱을 떠는 완이에게로였다.

"너 반양장로님들 온 거, 알고 있었지? 그지!"

도끼눈을 뜬 채 모안이 소리치자 완이는 찔끔한 표정을 지었다. 그러다 이내 고개를 돌리며 자신을 안고 있는 항임에게 들릴락 말락 하게 말했다.

"할아버지, 추워요… 콜록……."

완벽했다. 목소리도… 표정도……. 모안은 그저 어금니를 꽉 깨무는 수밖에 없었다.

"아이구, 그래그래. 이놈이 뭘 잘했다고 큰소리야! 애 다 죽어가는구만! 너 이놈, 올라가서 보자!'

타탓, 시시싯!

정말로 완이가 걱정되었는지 항임은 경공을 펼치기 시작했고 이내 그의 모습은 장내에서 사라졌다. 남은 것은 우오상과 그 자신뿐이었다.

"장로님, 속으시면 안 됩니다. 완이 저놈, 완전히 여우예요."

"이 멍청한 놈이… 지 아들보고 여우가 뭐냐, 여우가! 어이구.'

우오상이 고개를 흔들며 핀잔을 주자 모안은 인상을 확 구겼다. 뭘 해도 안 되는 날인 것이다.

"쓸데없는 소리 말고 빨리 올라가기나 해. 네 처는 이미 와서 기다린 지 오래야."

"아… 예!'

모안은 펄쩍 뛰며 소리쳤다. 설마 부인이 먼저 산에 올라가 있었는지는 몰랐던 것이다.

"완이가 걱정돼서 올라왔다 하더라. 마침 유조 내외와 혁리, 그 친구도 볼일이 있어 같이 왔어. 그러니 항임이 먼저 가면 무슨 일을……."

"먼저 갑니다!'

타타타탓, 파아앙!

커다란 눈보라를 일으키며 모안은 허공을 비상했다. 과거의 그에 비한다면 정말 장족의 발전이었다.

아무것도 모르고 강호를 주유한 그때에 비한다면 말이다. 우오상은 피식 웃으며 위쪽을 바라보았다. 하얗게 눈이 덮인 산은 정말 봉우리 끝이 보이지 않을 정도로 높았다.

"그나저나 단야 그 녀석, 정말 높은 데 살긴 하는구만. 헛헛."

한줄기 너털웃음과 함께 그도 눈 위로 몸을 올렸다. 그리고는 바람이 되어 정상을 향해 달리기 시작했다.

"많이 아파, 아버지?"

"꼭 지금 물어야 되냐?"

한쪽 뺨이 벌겋게 부어오른 채 모안은 퉁명스런 목소리를 내었다. 발음도 살짝 부정확하지만 입고 있는 옷만큼은 간편했다. 이곳은 정말 훈훈했던 것이다.

꽤나 큰 모옥이었다. 바로 뒤쪽엔 벼랑이 있어 바람을 막아주었고, 앞엔 꽤 넓은 공터가 있었다.

중원에서 볼 수 있는 집은 아니었고 유목민들이 쓰는 파오와 같은 형태였다. 근 삼 장여의 공간이 나오는 넓은 집이었다.

가운데 언제나 큰 불이 피워져 있는데다가 사방이 동물 가죽으로 둘러싸여 있으니 추울 이유가 없었다. 문득 그의 손에 무언가 날카로운 것이 걸렸다.

슬쩍 눈을 돌려보니 웬 호랑이 한 마리가 입을 벌린 채 누워 있었다. 솔직히 다른 곳이라면 놀라 자빠지겠지만 이곳에서는 전혀 아니었다.

"그참, 이 정도면 내다 팔라니까요? 이거 하나 팔면 일 년은 먹고살 돈이 생겨요. 내가 내다 팔아줘요?"

"그놈의 오지랖은. 당신 아들이나 챙겨욧! 이 엄동설한에 걷게 하는 아버지가 어디 있어욧!"

모안이 입을 열자마자 옆에서 뾰족한 소리가 흘러나왔다. 바로 그의 부인, 남궁혜미였다.

"아, 그건 오해라니까. 당신 말대로 내가 이렇게 가슴에 꼭 안고서 오고 있었는데……."

"행여나. 머리 위에 무등 태워 바람 쌩쌩 맞으며 왔겠지. 니 팔 힘이 그리 강하지 않다고 본다만……."

"누님, 부디 내 인생에서 빠져 줘요. 부탁이오."

단 한 번에 속을 긁어놓는 양소은의 말에 모안은 입술을 비죽이며 말했다. 양소은은 배가 상당히 부른 상황이었는데 그건 그녀의 뱃속에 새 생명이 들어 있기 때문이었다.

양소은과 마유조는 결국 결혼을 했다. 이 년 전의 일이었는데 설산파 창립 이래 최대의 경사라는 본인의 말을 싹 무시한 채 모안은 그때 한참 저주의 말을 살살 날렸었다.

물론 그때 이미 자신은 결혼한 이후였으니 말이다. 한데 그것이 마음에 박혔는지 이젠 틈만 나면 세 치 혀로 속을 긁어놓고 있었다.

"우와… 고모님, 혹시 우리 보셨어요? 어떻게 아셨어요?"

“……!”

갑자기 놀라며 말하는 완의 말에 모안은 사색이 되었다. 이건 완이가 모안을 놀리려 하는 것이 아니라 진짜 놀라 하는 말이었다.

“당신, 진짜 내 손에 죽고 싶은 거지! 남궁가의 검술이 우스워 보여!”

“아냐, 아니야! 그게 아니라…….”

모안은 앉은자리에서 몸만 비틀며 반 장여를 움직였다. 멋들어진 유빙진세보였는데, 확실히 무공의 성취가 남다른 그였다.

“호호홋, 간만에 이 집에 활기가 넘치는군요. 모두들 안녕하셨나요?”

모안은 크게 한숨을 내쉬며 반가운 표정을 지었다. 나타난 사람은 이상하 소저였던 것이다.

아니, 이젠 이 부인이라 불러야 했다. 혼례식을 올린 것은 아니지만 이호에게 당부까지 받으며 같이 사니 말이다.

“월홍이 형!”

“헤헷, 완이구나.”

바로 옆에 있는 월홍을 향해 완은 쪼르르 달려가 안겼다. 월홍은 지난 세월이 무색하게 그 모습 그대로였지만 사실 모습만 그럴 뿐이었다.

실제로는 많이 달라져서 이젠 이상하로부터 의술을 배우고 있었다. 말하는 것부터 모든 것이 다 달라져 있었던 것이다.

“손발이 꽤 차네? 무슨 일이 있었어? 일루와 고뿔이라도 들겠네.”

“으응.”

모안은 뜨끔한 표정을 지으며 슬며시 고개를 돌렸고 남궁혜미는 다시 도끼눈을 만들었다.

모안은 애써 무시하며 입을 열었다.

“그런데 여기가 무슨 설산파 지부라도 됩니까? 왜들 다 여기로 오셨대?”

“헛헛, 그런 넌 왜 여기 왔느냐? 하고 싶은 이야기가 있는 것이 아니냐?”

살짝 웃으며 말하는 혁리의 말에 모안은 피식 웃었다. 그는 고개를 끄덕이며 다시금 혁리의 얼굴을 바라보았다.

아마도 가장 변하지 않은 사람 중 하나가 혁리일 터였다. 그러면서도 크게 변한 사람도 역시 혁리였다. 혁리는 이제 이곳 감숙의 명포교로 이름을 날리고 있었다.

무연추관이라는 직함도 있지만 그보다도 포교 혁리로 더 세인들에게 알려져 있었다. 하나 요즘은 포교보다 다른 일을 하고 있었다. 북경에서 이호를 보필하는 중이었다.

이호는 다시 북경으로 돌아갔다. 그곳에서 해야 할 일을 찾아보겠다면서 말이다. 그리고 혁리는 그를 대신하여 가끔 이곳에 왔었다.

“대인께서 좀 들르시라고 성화입니다. 어찌 오 년 동안 발길을 끊으셨습니까?”

“그러신가요? 봄이 되면 찾는다고 전해주시지요. 아직은 이곳에 좀 일이 많군요.”

“허허, 그리 전하지요. 대인께서 기뻐하시겠습니다.”

혁리는 차분히 웃으며 말했고 이상하 역시 웃음으로 답했다. 아닌 게 아니라 그녀는 이곳에서 참 바쁜 나날을 보내고 있었다.

이곳에 병사를 개설한 것이다. 이 파오 바로 아래에 더 큰 집이 하나 있었고, 그곳이 바로 병사였다.

연의궁의 오화였던 그녀다. 또한 구하기 힘든 약재는 연의궁에서 지원해 주기도 하니 솔직히 이곳에선 단야보다 그녀가 더 유명했다. 약왕선녀(藥王仙女)로 말이다.

관에서도 지원하고, 특히나 설산파에서도 아낌없이 지원하니 사실 사는 것은 그리 큰 문제가 없었다. 그러나 단야는 여전히 일을 하고 있었다. 사냥꾼 본연의 일을 말이다.

"집이 이렇게 꽉 차는 경우도 있군."

문밖에서 들려오는 묵직한 목소리에 사람들의 시선이 일제히 움직였다. 커다란 사내 하나가 허리를 깊숙이 숙인 채 집 안으로 들어서고 있었다.

"단 형님!"

단야였다. 오늘도 사냥을 하고 왔는지 꽤 큰 노루 한 마리를 옆에 놓고는 불가로 다가왔다. 언제나 그렇듯, 벗어놓은 활과 화살은 완이의 장난감이었다.

"이히힛, 웃차!"

시위를 튕기며 노는 모습에 모안은 당황하며 말리려 했지만 단야의 손이 움직였다. 그냥 두라는 뜻이었다.

살짝 얼굴이 일그러진 것을 꽤 오랜 동안 봐온 모안이기에 그것이 웃음이라는 것을 알 수 있었다. 단야는 이곳에 와서 많은 표정을 찾아가는 중이었다. 물론 얼굴의 흉터 때문에 잘 나오진 않지만.

"그럼… 차부터 한잔할까요?"

경쾌한 이상하의 목소리에 모두의 고개가 끄덕여졌다. 할 말은 그 후에 해도 늦지 않는 것이다.

"모두가 다 같은 일 때문에 온 것이구만."

혁리는 뒷머리를 긁었다. 오늘 단야를 만나러 온 것은 강호에 한 가지 일이 생겼기 때문이다.

사실상 단야는 강호에 발길을 끊은 후였다. 오 년 전 낙양에서 가화준이 죽고 이어 그의 스승 각오가 천수를 누리고 죽었을 때 모든 일을 털고 이곳으로 온 것이었다.

물론 소림이 그냥 놔둘 리는 없었다. 공료는 눈물로 그를 붙잡았지만 단야의 고집을 꺾진 못했다. 그는 초운이 아니라 단야로 살기를 원했던 것이다.

하나 사람들은 알고 있었다. 소림이 위험할 땐 단야가 나서게 될 것이었다. 아니, 소림이 아니라 그가 아는 사람 누구라도 위험하다면 그는 돌아올 것이었다.

오늘은 그래서 온 것이다. 요즘 강호에 돌려진 한 장의 배첩 때문이었다.

"그렇습니다. 바로 귀문의 개파. 개파자(開派子)로서 사한의 이름이 올려져 있습니다. 이것이지요."

모안은 단야에게 배첩을 내밀었다. 사한은 개파를 하면서 조금이라도 귀문과 연관되어 있는 사람에게는 모두 배첩을 보냈다.

오직 단야만 그 배첩을 받지 못했다. 어떤 의미가 있는지 모르나 그리 좋은 의도는 아닐 것이라는 생각이 드는 가운데 우오상이 고개를 갸웃거리며 말했다.

"단야, 자네에겐 오지 않는 배첩이라… 뭔가 이상한데? 응당 자네가 있어야 귀문이 성립되지 않는가?"

"……."

단야는 묵묵히 배첩을 받아 살펴보았다. 특이한 것은 없었고, 그저 일반적인 배첩이었다. 한참을 살펴보던 그는 다시 배첩을 돌려주었다. 묵묵히 돌려주는 단야를 대신하듯 항임의 목소리가 들려왔다.

"나도 그리 생각하네. 어쩌면 꿍꿍이가 있는 것이 아닐까 하는 생각이 드는 것도 그 때문이지. 아마도 우리만이 아닐 것이야."

"항임 장로님의 말씀이 옳습니다. 세가에서도 배첩을 받고 지금 목하 조사 중입니다. 다른 곳도 마찬가지겠지요."

남궁혜미의 목소리에 모두 걱정스런 얼굴을 만들었다. 이들은 지금 오 년 전의 일이 다시 생길까 두려워하는 것이다.

물론 관의 협력은 더 이상 없다. 이호가 정계에 있는 한 그런 일은 없을 것이다. 이호는 무림과 관의 역할을 확실하게 구분하며 정사를 펼치고 있었다.

물론 서로 완전한 분리를 말한 것은 아니다. 무림은 무림대로 어느 정도 자율권을 주는 것이고 관의 힘 또한 우습게 볼 수 없도록 확실하게 무림에 못 박아두고 있었던 것이다.

승상의 자문 역을 하는 그 때문에 무림과 관, 모두가 상당히 만족하며 안정되어 가는 중이었다. 육예가 아직도 있기는 하나 그들의 힘은 많이 축소된 상황이었다.

"축하한다고 전해주겠나."

"단 형?"

한참을 기다린 중인들의 귓가에 단야의 목소리가 들리자 두 눈을 휘둥그렇게 떴다. 이건 의외의 반응이었던 것이다.

"뭘 두려워하는지 잘 알고 있습니다만, 그런 일은 일어나지 않습니다. 이건 진짜 말 그대로 개파일 뿐입니다. 그 이름이 귀문인 것뿐이지요."

"…어떻게 그리 확신하는가?"

단야의 말에 마유조가 물었다. 단야는 잠시 생각을 하다 입을 열었다.

"사백승의 내자를 만났었습니다. 그녀가 제게 묻더군요, 귀문의 모든 것을 계승하겠냐고."

"정말입니까?"

모안을 비롯한 중인들은 모두 귀를 쫑긋거렸다. 이건 처음 듣는 이야기였던 것이다.

"흔히들 귀문하면 무공만 생각하지만, 실상 귀문에서 무공이 차지하는 비중은 그리 높지 않다. 이건 자네도 알고 있는 것이 겠지."

"물론입니다. 의술과 신산술, 주술까지 모두 아우르지요."

슬쩍 이상하의 얼굴을 보며 그는 말했다. 귀문과 연의문이 연결되어 있다는 것은 모두가 쉬쉬하고 있는 사실이었다.

오 년 전 되살아난 사백승의 일을 생각하면 섬뜩하지만 연의 궁이 한 일을 고려하면 충분히 상쇄할 수 있었다. 그래서 조용히 묻히게 된 것이다.

"무공을 제외한 모든 것은 그녀가 가지고 있었다. 한데 그녀가 그런 것을 넘겨주겠다고 한 것이지. 그리고 난 그때 그것들을 모두 받았다."

"에? 받았다구요?"

모안은 의외라는 표정을 지었다. 생각대로라면 모두 거절했어야 정상이었다. 한데 다 받았다니…….

"그 여인을 위해서였지요. 수많은 시간 동안 오로지 귀문의 것을 지켜야 한다는 숙명을 지니고 살아온 여인이었으니."

대답은 이상하의 입에서 나왔다. 아마 그 자리에 같이 있었던 모양인데 단야는 고개를 끄덕이며 말했다.

"맞소. 기하라는 그 여인, 그 여인의 짐은 그것으로 끝이 난 것이지. 그리고 난 귀문의 모든 것을 받은 자로서 처음이자 마지막 명령을 내렸네."

점점 흥미진진해지는 옛이야기에 모안은 차가 식는지도 몰랐다. 어찌 보면 강호의 뒷이야기이니 당연히 관심이 가기도 했다.

"귀문을 해산했지."

"……!"

모안의 눈이 커졌다. 과연 이런 방법이 있기도 했다. 귀문의 해산이라…….

"하면 귀문의 비급들은 다 어쩌셨어요? 아니, 전에 말하기를,

그 여인의 머릿속에 각인되어 있다고 하지 않았었나요?"

모안의 말에 단야는 고개를 끄덕였다. 그는 잠시 찻잔에 입을 대었다가 다시 말했다.

"대단한 여인이었다. 무려 팔만 자에 해당하는 비급을 모조리 외우고 있었어. 내가 보는 앞에서 필사를 시작했는데 꼬박 일주일 동안 다 써내더군."

"세상에… 그럴 수가!"

남궁혜미는 경탄을 자아냈다. 그녀도 똑똑하다는 소리를 듣지만 그 정도는 아니었다. 팔만 자를 외운다니…….

"그리곤 떠났다. 나도 이곳으로 왔고 말이지. 그게 다야."

"대체 그게 뭔 소리예요? 그게 왜 귀문에 신경 쓰지 않아도 된다는 것으로 해석이 되죠?"

모안은 이해할 수 없었다. 지금 중요한 것은 배첩을 보낸 자가 사한이라는 점이었다.

모나고 비틀린 심성의 사한이 하는 일이다. 이미 그의 무공 대부분이 육마의 것임을 세상이 다 알고 있으니 위험하지 않을 수가 없었다.

"귀문의 배후에 그 여인이 있으니까. 아마도 귀문이라는 이름은 사한이 고집했을 테지."

"…세상에 이로운 것들만 다시 펼쳐 내려 한다는 것인가요?"

그제야 뭔가 알 듯한 표정으로 모안이 말하자 단야는 살짝 고개를 끄덕였다. 그리곤 품속에서 하얀 종이를 꺼내 모안에게 넘겨주었다.

"실제론 이것이 먼저 도착했기 때문이지."

“이게 뭐……!”

그건 소림에서 온 배첩이었다. 그러나 소림사의 사람들이 쓴 것이 아니라 한 여인이 쓴 것이었다.

기하라는 여인, 그녀가 써낸 것이 소림을 통해 이곳으로 와 있었던 것이다. 아들이 개파를 하는 연유까지도 말이다.

“어차피 육마에게 제대로 된 무공조차 받지 못했군요. 오히려 소림에 무공 협조를 하다니…….”

모안을 비롯한 사람들의 얼굴에 안도감이 든 것은 그때였다. 강호에는 해가 되지 않을 것이 확실해 보였던 것이다.

그렇다면 축하할 일이었다. 축하를 전해달라는 그의 말이 이해가 가는 순간이었다.

“아니, 그냥 지금 축하해 주는 것이 좋을 것 같군.”

말과 함께 단야는 자리에서 일어났다. 그리고는 맨손인 채 신형을 돌려 밖으로 나갔다.

“아참, 비급은 어찌했나요? 왜 그건 이야기 안 해줘요? 치사하게. 앗, 뜨거!”

타탁, 탁.

갑자기 불똥 하나가 튕겨 손바닥 위에 올라오자 모안은 호들갑을 떨었다. 그건 월홍이 사그라드는 불씨를 살리려 종이 몇 개를 넣었기 때문이다.

“앗, 미안해요, 모안 형. 여기 불이 잘 붙는 게 별로 없어서요.”

“아, 그래. 뭐, 별거 아니… 웅? 엥!”

타들어가는 종이, 그 종이에 깨알 같은 글씨가 써져 있는 것이 보이자 모안은 손을 뻗었다. 그러나 그 손을 제지하는 사람이 있었다.

짝!

"악! 왜 그래요, 당신?"

남궁혜미였다. 그녀는 눈을 흘기며 모안을 향해 말했다.

"쓸데없는 생각 말고 어서 나가봐요. 북궁 단야의 활솜씨를 본 게 오 년 전이잖아요."

"응? 아, 뭐, 그런데 정말……."

어처구니없다는 표정을 지으며 모안은 마지못해 밖으로 끌려 나왔다. 마음속으로야 보고 싶은 마음이 굴뚝같지만 확실히 그건 실례였다.

하나 대신 그것만큼 멋진 광경을 볼 수 있었다. 창공에 거대한 금황색의 활 한 자루가 떠올라 있었던 것이다.

게다가 시위가 한껏 당겨져 있었고 말이다. 물경 십여 장에 이르는 거대한 활이었다.

물론 진짜 활은 아니었다. 활 모양으로 단야가 기를 뽑아내어 형상화한 것이었다.

<u>고오오오오오.</u>

그 활 앞에 빛의 회오리가 펼쳐지고 있었다. 그리고 그 순간 봉우리 전체의 공기가 한꺼번에 떨렸다.

쩌르르르릉!

단야의 손에서 시위가 놓아진 것은 그때였다. 지진이라도 난 듯 봉우리의 눈들이 모두 허공으로 피어올라 찬연히 빛나는 가운데 단야의 뜻을 담은 화살이 하늘 높이 솟구쳐 올랐다.

"우아아아아!"

장관이라는 말은 이때 써야 했다. 마치 허공에 수만 개의 빛들이 반짝이는 듯했는데, 봉우리의 눈들이 허공으로 떠오르며 태양빛에 반짝였던 것이다.

그 정중앙에 나선형으로 커다란 구멍이 뚫리며 단야의 화살이 날아갔다. 아마 어떤 형태로든 귀문에 닿게 될 터였다.

"자네, 그거 아나? 세상 사람들이 자네를 뭐라고 부르는지 말이야."

"……."

문득 들려오는 혁리의 말에 단야는 고개를 돌렸다. 물론 그는 알지 못했다.

과거엔 혈살마궁이란 섬뜩한 이름으로 불리웠지만 지금은 몰랐다. 사실 관심도 없었다.

"북궁(北弓)이라 부른다네. 간결하지만 오만하기까지 한 별호이지. 한데 말이야……."

혁리는 이마에 손을 들어 올렸다. 아직도 기의 회오리는 허공에 그대로 남아 있었기에 볼거리는 충분했다.

"그것도 모자란 듯하이. 허허허, 누가 이걸 보고 사람의 힘이라 하겠나?"

혁리의 너털웃음에 단야는 웃었다. 그 웃음이 웃음 같지 않더라도 상관없었다.

옆에 다가온 이상하와 월홍을 살짝 안은 채 그는 허공으로 고개를 돌렸다. 그가 여태껏 만났던 사람들 하나하나가 다 떠오르는 순간이었다.

　그저 인연을 맺은 사람들과 더욱더 소중하게 인연을 이어가고 싶은 마음뿐이었다. 북궁이든 귀궁사든 상관없었다.

　힘이 아니라 삶을 추구했어야 한다는 죽은 가화준의 목소리가 귓가에 아른거릴 뿐이었다.

(終)

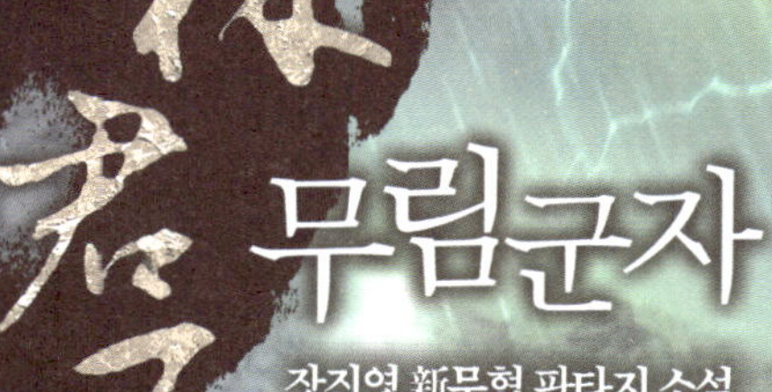

武林君子
무림군자

장진영 新무협 판타지 소설

무림은 그를 영웅이라 불렀고,
그는 자신을 소인이라 칭했다.

"사람이 가져야 할 것 중 가장 기본은 인의(人義). 자신이 정한 바
를 흔들림없이 나아가는
것이 바로 군자의 도(道)다."

얽히고설킨 그들의 인연에 의해 시간의 수레바퀴가 돌아가고,
숨죽였던 무림이 풍룡과 함께 웅대한 날개를 펼친다!!

검의 길을 걷길 원했지만, 태생적인 한계로
꿈을 접어야 했던 치유사 랑스.
그러나 결코 접을 수 없었던 지고(至高)의 꿈을 위해,
자신이 가진 모든 재능을 이용해 최강의 적과 맞서 싸운다!

총탄과 포탄과 마법이 난무하는 전장의 한복판을 지배하는 최강의 전력 기사!
그런 기사에 맞서기 위해, 랑스는 금지된 힘에 손을 대고야 마는데……

과학과 문명이 발달된 새로운 판타지의 전쟁!

THE PANDORA COMPANY

PANDORA
판도라

류승현 퓨전 판타지 소설

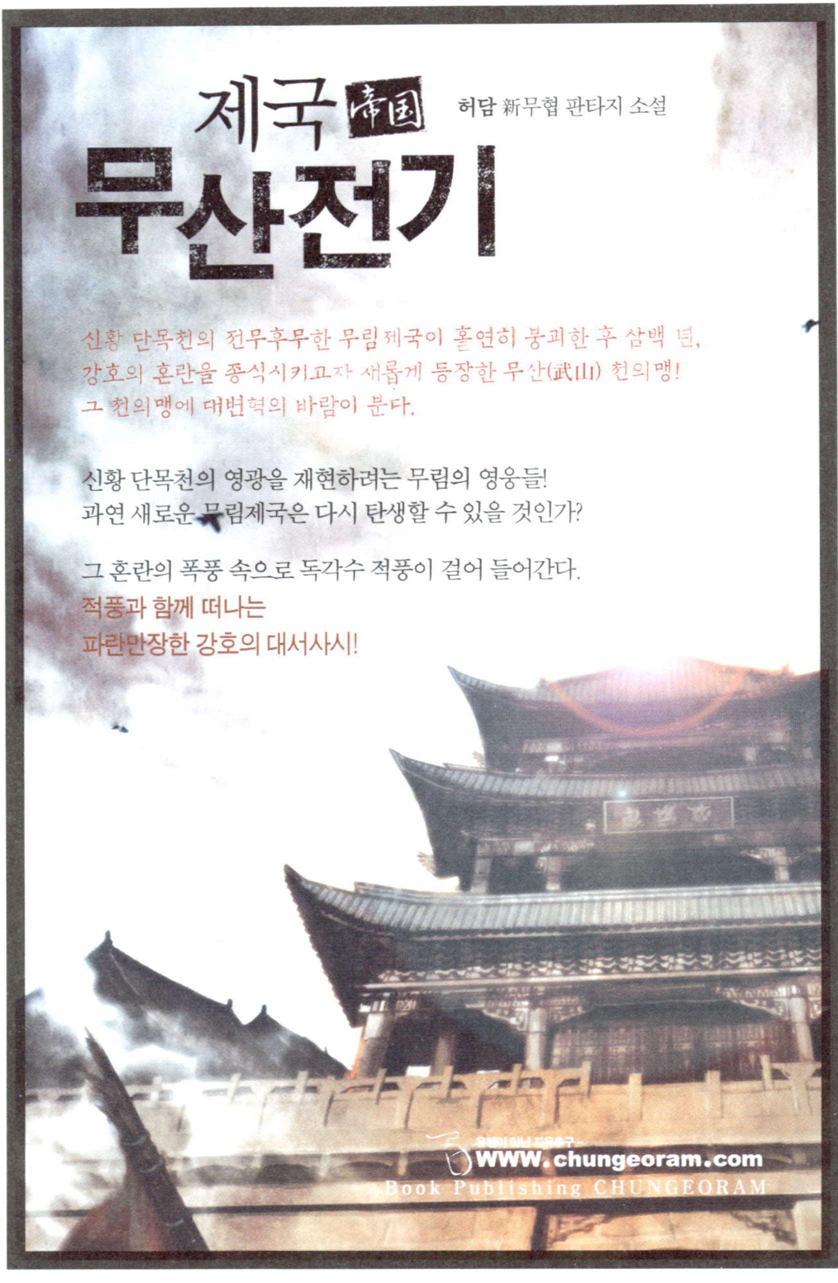

신황 단목천의 전무후무한 무림제국이 홀연히 붕괴한 후 삼백 년,
강호의 혼란을 종식시키고자 새롭게 등장한 무산(武山) 천의맹!
그 천의맹에 대변혁의 바람이 분다.

신황 단목천의 영광을 재현하려는 무림의 영웅들!
과연 새로운 무림제국은 다시 탄생할 수 있을 것인가?

그 혼란의 폭풍 속으로 독각수 적풍이 걸어 들어간다.
적풍과 함께 떠나는
파란만장한 강호의 대서사시!